Angela Mackert

DIE FARBE DER DUNKELHEIT
Antiquerra-Saga (1)

Bibliografische Information der Deutschen Nationalbibliothek: Die Deutsche Nationalbibliothek verzeichnet diese Publikation in der Deutschen Nationalbibliografie; detaillierte bibliografische Daten sind im Internet über http://dnb.d-nb.de abrufbar.

Impressum

Titel: Die Farbe der Dunkelheit — Antiquerra-Saga (1)

Copyright © 2016 by Angela Mackert
1. Auflage 2016
Alle Rechte vorbehalten. Nachdruck – auch auszugsweise – nur mit Genehmigung der Autorin.
Redaktion: Angela Mackert
Lektorat: KaGr
Covergrafik: Kiselev Andrey Valerevich / Shutterstock.com
Coverlayout und Innengrafik: Angela Mackert
Herstellung und Verlag: BoD — Books on Demand, Norderstedt
ISBN der Printausgabe: 978-3-7392-1992-9
Auch als eBook erhältlich.

Herausgegeben von
Angela Mackert

Sie finden mich im Internet unter: www.angela-mackert.de

Beachten Sie auch bitte:
https://business.facebook.com/autorin.angela.mackert

Angela Mackert

DIE FARBE DER DUNKELHEIT
Antiquerra-Saga (1)

Die »Antiquerra-Saga« ist eine mehrteilige Fantasy-Reihe. Jeder Band kann auch unabhängig vom Vorgängerband gelesen werden.

Bisher in der Reihe »Antiquerra-Saga« erschienen:

Band 1: DIE FARBE DER DUNKELHEIT

Band 2: FEENSCHWUR (ab Februar 2016)

Band 3: VAMPIRBLUT (ab März 2016)

Licht des Lebens

Dunkel des Todes

Mit goldener Flamme

Brennend verbunden

Ende bringt Anfang

Und Anfang Ende

Oben und Unten sind eins

Zwei Seiten des Ganzen

Vereint in der goldenen Flamme

Die ewig brennt

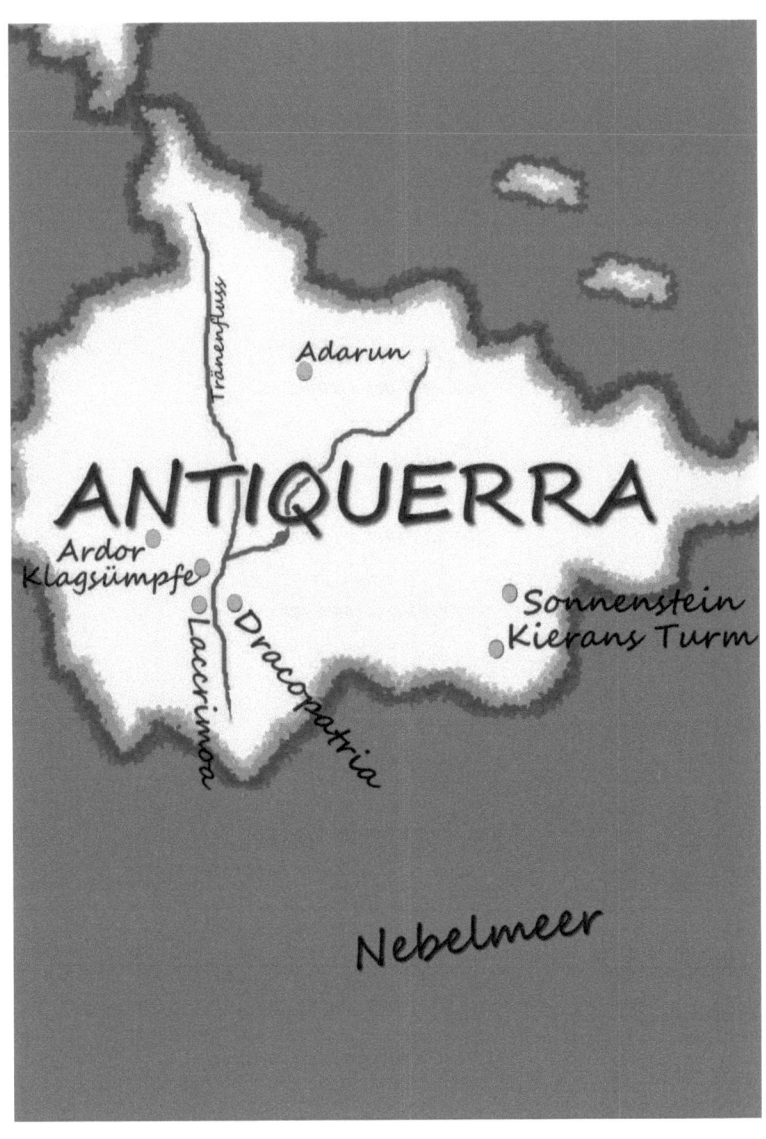

»Im Grunde ist unsere alte Erde Antiquerra nur eine Insel in einem zeitlosen Raum. Doch als Mutter aller Welten bewahrt sie das Geheimnis der Götter in ihrem Schoß.«
— Luczin zu Kieran, während einem ihrer vielen Gespräche, die den Ereignissen folgten.

PROLOG

Barfuß ging Königin Tahereh durch den Wald. Dämmrige Schatten zogen hinter ihr her, hüllten die Bäume ein, und ließen ihre Gestalt wie ein Schemen erscheinen. Sie folgte einem geheimen Pfad, weitab des ebenen Wegs. Überall wucherten Hecken, deren Dornen ihre nackten Füße zerkratzten. Königin Tahereh nahm es kaum wahr. Ein paar Stiche. Ein paar Tropfen Blut. Was war das schon im Vergleich zu dem wütenden Schmerz in ihrem Inneren. Aber bald war alles vorbei. Ein Lächeln spielte um den Mund der Königin, während sie in gleichmäßigem Tempo vorwärtsging. Ihr langes, schwarzes Haar wippte im Takt ihrer Schritte. Fast heiter. Sollten die Dornen sie doch verletzen. Es war nur ein hilfloser Versuch, sie auf ihrem Weg aufzuhalten. Füße und Hände, mehr von ihrem Körper erwischten die Stacheln nicht. Ihr nachtblaues Kleid mit der endlosen Schleppe schützte sie. Die Hecken durften es nicht berühren, zogen sich davor zurück. Die an der Schulter des Gewands angenähte Schleppe, mit der Tahereh des Nachts das Firmament verdunkelte, schwebte hinter ihr her, ohne von einem Baum oder einem Zweig berührt zu werden.

Als unerwartet ein Laut ertönte, blieb Tahereh stehen. Ein Kauz lockte mit seinem Ruf. »Ku-Witt. Ku-Witt. Komm mit. Komm mit!«

»Sei still! Ich kenne meinen Weg.« Taherehs Gesicht nahm einen misstrauischen Ausdruck an. Sie schaute auf die Strecke zurück, die sie gegangen war. Nirgends regte sich etwas. Nicht einmal ein Windhauch. Tahereh lachte leise auf und ging weiter. Wer sollte hierher kommen? Sie hatte Vorkehrung getroffen. Niemand außer ihr würde je diesem Pfad folgen.

Wieder und fordernd tönte der Ruf der Waldeule. Taherehs Schritt stockte erneut. Die Hecken streckten ihre dornigen Finger aus und stachen heftig auf ihre blutenden Füße ein. Der Angriff entlockte ihr ein müdes Lächeln. Es erstarb, als ihr Blick die Eule streifte. Mit großen Augen schaute das Tier aus den Ästen eines Baumes zu ihr herunter. Beim Anblick dieser Augen stieg so jäh der Zorn in Tahereh hoch, dass ihr Haar zu wehen begann. Die Augen der Eule sahen zu viel!

Tahereh reckte die Faust gegen den Kauz. »Wen willst du herlocken? Sei still, hab ich gesagt! Meine Entscheidung steht fest. Niemand wird mich aufhalten.«

Die Eule flatterte auf und ließ sich weiter vorne auf einem anderen Baum nieder. »Ku-Witt. Ku-Witt. Komm mit. Komm mit!«

Wütend starrte Tahereh dorthin. Was fiel dieser Kreatur ein? Gab sie diesem Wesen nicht Zuflucht, eine Heimat? Sie sorgte für dieses Tier wie für jeden, der zu ihr kam. Zum Dank wollte es ihren Plan vereiteln. Oh ja, diese Waldeule sehnte sich von hier weg, wie alle. Ein jeder in ihrem Reich wollte zurück zu den Farben des Lichts. Wenn sie sich lange genug bei ihr ausgeruht hatten, lagen sie ihr damit in den Ohren. Jammerten. Bettelten. Keiner wollte bleiben. Das tat weh. Aber wenn das Licht ihrer Schwester erlosch, war alles vorbei und es würde erlöschen. Taherehs Gesichtszüge verzerrten sich voller Hass. Ihr Haar wehte so heftig wie im Sturm. Diese Eule würde ihr Vorhaben nicht verhindern! Die Schleppe von Taherehs Kleid peitschte bedrohlich durch die Luft und hüllte den Wald in tiefe Finsternis. Die Königin streckte den Arm aus. Ein feuriger Ball zischte aus der Spitze ihres Zeigefingers und schoss auf den Waldkauz zu.

Tahereh schrie. »Stirb!« Ihr Fluch durchbohrte den Körper des Vogels und prallte auf den Baum dahinter. Funken sprühten. Die Eule schüttelte sich und flog davon. Tahereh sah ihr nach. Der Zorn in ihrem Blick erlosch. Ihr Haar und die Schleppe ihres Kleides beruhigten sich und im Wald wurde es heller. Taherehs Lippen fingen an zu zittern. »Ich vergaß! Du bist ja tot. Tot, wie alles hier. Verblassende Erinnerung, selbst deine Farben.« Sie sank vornüber und flüsterte. »Nie sah ich die Farben so leuchtend, wie meine Schwester sie sah. Sie trägt das Licht. Ich muss Schatten tragen.« Tränen quollen aus Taherehs Augen. Sie rannen an ihren Wangen herab und fielen als schimmernde Perlen zu Boden. Tahereh schluchzte auf, so sehr, dass ihr ganzer Körper bebte. Plötzlich wurde sie still. Ihre Hand streifte über den Boden und hob ein paar Perlen auf. Vermischt mit Erde lagen sie in ihrer Hand. »Ja, meine Tränenperlen wollt ihr haben«, flüsterte sie. »Aber von dem Leid und der Einsamkeit, die mich weinen machen, wollt ihr nichts wissen.« Sie straffte die Schultern. »Bald ist es vorbei! Endgültig!« Sie ging weiter. Ihre Schritte wurden schneller. Ihr Blick fiel auf die goldene Scheibe, die am Horizont aufstieg und zwischen den Bäumen ein mattes Licht verbreitete. Tahereh presste die Lippen zusammen. Ihr Haar geriet wieder in Aufruhr und die Schleppe wogte herausfordernd durch die Luft. »Ja, wehre dich! Es hilft dir nichts.«

Nach einer Weile tauchten die Umrisse eines Tores vor ihr auf. Ein großer, massiger Dämon schob davor Wache. Er saß auf einem Felsblock. Sein Gesicht glich einer Warzenmelone, die Haare hingen ihm zottelig über die Augen. Tahereh atmete tief durch. Wenigstens auf die Dämonen konnte sie sich verlassen. Sie schätzten die Schatten und fürchteten ihren Zorn. Dienten ihr als Krieger und Wächter.

Als der Dämon seine Königin kommen sah, stand er auf und verbeugte sich. Tahereh ging jetzt gemessenen Schrittes, würdevoll. Ihr schwarzes Haar beruhigte sich. Anmutig fiel es über ihre Schultern. Die Schleppe ihres Kleides schaukelte elegant hinter ihr her.

»Hast du meinen Auftrag erfüllt?«, fragte sie.

Der Wächter des Tores verbeugte sich tief. »Ja, meine Königin.« Dann sah er Tahereh an. »Man wird deine Schwester Alyssa suchen!«

»Aber nicht finden.«

Er nickte. In seinem hässlichen Gesicht zeigte sich die Andeutung von Angst. »Es geht das Gerücht, dass ein Fata geboren wurde.«

Tahereh lächelte. »Mein Drache Numir hat sich längst um ihn gekümmert. Er ist keine Gefahr mehr.«

Der Dämon nickte wieder. »Die Feen lieben die Welt der Menschen. Sie gehen dorthin und lassen sich mit ihnen ein. Du musst verhindern, dass wieder ein Fata geboren wird.«

»Du machst dir Sorgen um mich?« Tahereh strich über seine hubbelige Wange. »Die Weltentore sind bereits geschlossen. Kein Wesen aus Antiquerra kann zu den Menschen gelangen und diejenigen, die dort sind, können nicht mehr zurück. In der Welt der Menschen kann selbst ein Fata nichts gegen mich ausrichten. Es spielt also keine Rolle.« Ihr Blick wurde streng. »Öffne jetzt das Tor!«

Der Wächter streckte seine Hand aus. »Mein Wegzoll! Auch die Königin muss ihn bezahlen. So verlangt es das Gesetz deiner Schattenwelt.« Tahereh streifte einen großen Ring aus Lapislazuli von ihrem Finger und ließ ihn in seine Hand fallen. Der Wächter verneigte sich und deutete auf das Tor. »Bitte, Schattenkönigin. Der Weg ist frei.«

Während sich das Tor unter lautem Ächzen öffnete, blieb der Wächter in demütig gebückter Haltung stehen. Tahereh schritt durch das Tor und befand sich gleich darauf in einer Lichtung. Alles hier hüllte sich in diffuses, dämmriges Licht.

Nebel stiegen vom Boden auf. Verlorene Seelen griffen nach ihr. Tahereh stieß die Geister von sich weg. Als in der Luft ein Heulen und Jammern anhob, hielt sie sich die Ohren zu und rannte zur Mauer am anderen Ende der Lichtung. Auch dort gab es ein Tor. Die Eule saß darauf. Sie lockte nicht mehr, sondern beobachtete nur. Als hinter dem Tor leise Musik erklang, flog das Tier davon.

Die Schattenkönigin blieb vor dem hölzernen Portal stehen. Sie lauschte der zärtlichen Musik und nickte grimmig. Ja, Mortadam, das klingende Gefängnis der Schattenwelt, war eine gute Idee gewesen. Mortadam, der am besten bewachte Ort in ihrem Reich. Geheimnis in einem Geheimnis. Wer sollte ihn je finden? Wer sollte je dort herauskommen? Ihr Blick ruhte auf dem eisernen Riegel, der die beiden Torhälften verschloss. Er wurde gehalten von zwei großen Figuren mit weiblichem Oberkörper, die ab der Taille in einen Schlangenkörper wechselten. Taherehs Hand hob sich und strich über eine der Figuren.

»Schlangenprinzessin, Hüterin des Lebens«, flüsterte sie und lachte bitter auf. »Ein zweischneidiges Schwert ist das Leben. Auf einer Seite Licht und auf anderer Seite Dunkelheit. Ist das gerecht? Freude, Leid. Licht, Schatten. Das passt niemals zusammen.« Als sie die Hand von der Figur wegnahm, hob sich der Riegel lautlos an. Die Flügeltüren öffneten sich und Tahereh ging hindurch, hinein nach Mortadam, hinein in ihr gehütetes Geheimnis. Über Tahereh wölbte sich nun ein rosafarbener Himmel. Die Kieselsteine des Wegs schimmerten in seinem Schein.

Zielstrebig wanderte Tahereh die Pfade entlang, vorbei an kraftvollen Ebenholzbäumen. Ihr Blick streifte über die Baumkronen. In den Ästen klemmten Sprossenleitern, die als Liegeflächen dienten. Festlich gekleidete Wesen ruhten darauf, vollkommen reglos. Ein zarter, blumiger Duft ging von ihnen aus und erfüllte die Luft. Die Königin verzog angewidert das Gesicht. »Nicht mehr lange, Lichtkrieger. Eure Kraft glüht aus mit ihr, und ihr könnt meiner Schwester nicht helfen.« Als Tahereh an der nächsten Abzweigung nach links bog, gelangte sie auf einen runden Platz, in dessen Mitte ein steinernes Postament stand. Darauf lag eine Frau. Ihr Gesicht glich dem von Tahereh. Ihr Haar jedoch war nicht schwarz, sondern blond. Tahereh beugte sich vor und betrachtete ihre Schwester Alyssa von Kopf bis Fuß. Die Strahlenkönigin trug ein goldenes Gewand und einen Blumenkranz im Haar. Ihre Lider waren geschlossen. Sanftes Licht wogte um ihren Körper herum, schien Tahereh streicheln zu wollen. Automatisch zuckte Tahereh zurück, obwohl eine grobe Kette aus Eisen ihre Schwester in völliger Unbeweglichkeit fesselte. Sie atmete nicht einmal mehr, schien wie tot. Tahereh überwand sich und streckte die Hand aus. Sie berührte den reglosen, lichtumfluteten Körper. Ja, bald! Zehn Jahre noch. Zwanzig vielleicht. Was bedeutete das schon im Antlitz der Ewigkeit. Ein Wimpernschlag, nicht mehr. In Taherehs Augen glomm ein böses Funkeln auf. »Wie schwach du bist, meine Schwester! Verstehst du es jetzt, Alyssa? Bald brennt dein Licht aus. Du kannst nichts dagegen tun. Meine Dunkelheit wird zunehmen, dich besiegen. Du wirst dein Leben in meiner Finsternis beschließen, denn ich, Tahereh, dein ungeliebter Zwilling, Schattenkönigin von Anbeginn der Zeit, bestimme unser aller Ende.«

MAGISCHE WORTE

»Kommst du nun mit oder nicht, Lena?« Die Stimme aus dem Telefonhörer klang genervt.

»Vielleicht.« Die Lust mit ins Schwimmbad zu kommen hielt sich bei Lena in Grenzen. Sie traute der Clique nicht. Mit dem Telefon am Ohr wanderte sie den Flur entlang und blieb vor dem Spiegel stehen. Ein ätherisch anmutendes, blasses Gesicht leuchtete ihr daraus entgegen, eingerahmt von flachsblonden Locken. »Vampirgesichtiger Rauschgoldengel« wurde sie in der Schule genannt. Hauptsächlich von den Jungs. Es ärgerte Lena so sehr, dass sie sich seit einiger Zeit von allen Aktivitäten zurückzog, um sich Begegnungen mit den Klassenkameraden zu ersparen.

»Hast wohl Angst vor der Sonne.«

Lena rollte die Augen. Emily kapierte es auch nicht. Lenas Haut wurde nicht braun, egal wie lange sie in der Hitze schmorte. Sie sah Sommers wie Winters gleich aus.

»Lieber blass, als mit ausgetrocknetem Hirn herumlaufen.« Die Worte sprudelten heftiger aus ihrem Mund als beabsichtigt.

»Dann eben nicht!«, tönte es kühl aus dem Hörer zurück. Lena hörte ein leises Knacken. Emily hatte aufgelegt.

Wieso hatte Emily überhaupt angerufen? Suchte sie wieder jemandem, den sie bloßstellen konnte? So etwas schien ihr Spaß zu machen. Das Mädchen ging mit Lena in die gleiche Klasse am Gymnasium. Aber sie waren keine Freundinnen. Auch Nina, Benno, Max oder Torben zählten nicht zu Lenas Freunden. Mit denen hockte Emily nicht nur in der Schule, sondern auch in der Freizeit zusammen. Sie spotteten über Lena, über ihre helle Haut, ihre Art sich zu kleiden und überhaupt. Sie fanden immer etwas. Genau genommen hatte Lena überhaupt keine Freunde. Nicht so, wie sie es sich gewünscht hätte.

Sie seufzte auf und strich automatisch ihr Kleid glatt. Lena hatte es letzte Woche von ihrem Vater zum sechzehnten Geburtstag bekommen. Heute Morgen hatten die Jungs darüber gelästert und gefragt, aus welcher Speichertruhe sie das ausgegraben hätte. Lena schüttelte verständnislos den Kopf. Die hatten doch keine Ahnung von schöner Kleidung. Jeans und fantasielose T-Shirts konnte jeder tragen. Aber ein Seidenkleid wie dieses? Es schien wie für sie gemacht, betonte ihre schmale Taille und der weite Tellerrock tanzte bei jedem Schritt um ihre Waden. Die dunkelrote Farbe gab ihrem Gesicht einen geheimnisvollen Schimmer.

Nein, echte Freunde hatte Lena nicht. Aber das machte ihr nicht soviel aus wie der Verlust ihrer Mutter, die vor drei Jahren bei einem Unfall gestorben war. Der Gedanke an sie tat noch immer weh. Unwillkürlich kullerte eine Träne aus ihrem Auge. Lena wischte sie weg und sah wieder in den Spiegel. Der kleine silberne Schlüssel, der an einer Kette um ihren Hals hing, glänzte. Sie griff danach. Ihre Mutter hatte ihn ihr geschenkt. Das war lange her. Ein echter Schlüssel mit einer schön verzierten Reide. Lena trug ihn als Schmuck. Nie nahm sie ihn ab, weder beim Schlafen, noch beim Duschen.

Lena sah ihrem Spiegelbild in die Augen. »Nein, ich gehe nicht mit ins Schwimmbad!«

Sie wollte allein sein, nachdenken. Der Stadtpark und die Eiche fielen ihr ein. Dort war sie lange nicht mehr gewesen.

Die alte Eiche erhob sich mit ihrer weit ausladenden Krone auf einer Wiese im Park, nahe eines Sees. Drei Männer hätte es gebraucht, um den Stamm zu umfassen. Im Sonnenlicht leuchteten die Blätter in einem satten Grün. Auf den unteren Ästen wuchs Moos. Lena legte ihre Hand auf die raue Rinde des Stammes, so wie früher. Es tat gut. Sie konnte die Kraft des Baumes spüren. Fast zärtlich tastete Lena über die rissige, graubraune Borke bis hinunter zu den dicken Wurzeln. Wie tief reichten sie wohl in die Erde hinab, dass diese Eiche seit mehr als fünfhundert Jahren so standfest blieb?

Nach einer Weile setzte Lena sich auf den Boden und lehnte ihren Rücken an den Stamm. Sie sah bis zum See hinüber. Zwei Schwäne zogen majestätisch ihre Runden zwischen den Seerosen. Ein paar Enten dösten am Ufer. Lena schloss die Augen. Hinter sich hörte sie von der nahen Hauptstraße das Geräusch der fahrenden Autos. In den Ästen über ihr stritten die Spatzen. Eine Fliege setzte sich immer wieder auf ihre Arme. Es kitzelte. Lena scheuchte sie weg, ohne die Augen zu öffnen. Der Geruch der aufgeheizten Erde vermischte sich mit dem holzigen Duft der Eiche und stieg ihr angenehm in die Nase. Sie driftete weg in die Zeit, als ihre Mutter noch lebte. Sie hatte diesen Baum »das Tor« genannt und Lenas Kinderhand auf den Stamm gelegt. *Du musst die Worte flüstern ...*

Lena öffnete die Augen. Was war das? Sie hatte die Stimme ihrer Mutter gehört, ihre Hand gefühlt. Das konnte nicht sein, aber es war so real. Um sie herum hatte sich nichts verändert. Nur die Sonne stand ein klein wenig tiefer. Vermutlich war Lena eingeschlafen und hatte geträumt.

Sie stand auf und schüttelte die Beine. Dann drehte sie sich um und legte ihre Hand auf die Baumrinde der Eiche. Welche Worte, dachte sie. Es fiel ihr nicht ein.

Lena setzte sich wieder hin, schloss noch einmal die Augen und versuchte, sich zu erinnern. Fata! Als sie klein war, nannte ihre Mutter sie manchmal »Fata«. Es hatte stolz geklungen — und ängstlich. Nie fand Lena heraus, was eine Fata war. Wenn sie fragte, nahm die Mutter nur ihr Gesicht in die Hände und bedeckte es mit Küssen. *Du bist etwas Besonderes, Lena. Das bedeutet es ...*

Als Lena älter wurde, hatte die Mutter sie nie mehr so genannt. Sie waren auch seltener hierher gekommen. Der Baum machte die Mutter plötzlich traurig. Sie legte ihre Hand auf den Stamm und manchmal weinte sie. Wenn Lena sie fragte, warum, so wusste sie es nicht. Sie schüttelte nur den Kopf.

Lena verscheuchte den Gedanken. Sie klammerte sich an die Erinnerung ihrer Mutter, wie sie tanzte und lachte. Auch um diesen Baum war sie herumgetanzt, zusammen mit ihr. Lena war damals vielleicht drei oder vier Jahre alt gewesen. Beide hatten Blumen im Haar gehabt. *Wenigstens einmal im Jahr musst du es versuchen. Versprich es mir ...*

Plötzlich fiel es Lena ein. Sie riss die Augen auf und sprang auf. Sie legte ihre Hand auf den Baumstamm – und nahm sie wieder weg. Kinderglaube, das konnte nichts anderes als ein Märchen sein. Ihre Mutter hatte viel Fantasie gehabt, Geschichten erzählt von einer alten Erde, fern von hier, die man nur durch ein magisches Tor betreten konnte. Man musste die Worte wissen, die das Tor öffneten. Lena erinnerte sich, wie sie damals im Beisein der Mutter ihre Hand auf den Stamm der Eiche gelegt hatte und die Worte sprach. Aber das Tor hatte sich nicht geöffnet. *Wenn du älter bist ...*

»Hast du wirklich daran geglaubt?« Lena flüsterte.

Sie erinnerte sich, dass sie ihrer Mutter versprochen hatte, es immer wieder zu versuchen. Geschworen hatte sie es. Da war sie noch klein. Die Mutter hatte zufrieden gelächelt und Lena über das Haar gestrichen. Später kam nie mehr die Rede darauf. Vielleicht hatte die Mutter es vergessen. Vielleicht war alles nur ein Spiel gewesen.

Lena ging ein paar Schritte von der Eiche weg und sah sich um. Niemand war hier. Sollte sie es ausprobieren? Sie ging zurück und starrte den Stamm an. Ihre Hand zuckte. Doch sie scheute sich, den Baum zu berühren. Noch einmal sah sie sich um. Dann fasste sie sich ein Herz. Es sah keiner zu. Niemand konnte sie verspotten, wenn sie etwas tat, das sie als kleines Mädchen versprochen hatte. Lena streckte den Arm aus und legte ihre Hand auf die Rinde der Eiche. Sie schloss die Augen. Ein Gefühl, als ob der Baum atmete. Die Geräusche ringsum klangen nur noch wie durch Watte zu ihr. Lenas Herz klopfte schneller. Sie zögerte noch einen winzigen Moment. Dann sprach sie es aus: »Terra Antiquerra!«

ALRAUNEN

Zwei, drei Sekunden lang geschah nichts. Lena wollte schon ihre Hand zurückziehen. Doch plötzlich kam Wind auf. Er fühlte sich auf ihrer Haut zuerst warm und sanft an, steigerte sich aber schnell zu einem heftigen Sturm. Ein Licht brach aus dem Baum hervor und hüllte Lena ein. Die Erde vor ihren Augen drehte sich, löste sich auf, und sie wurde in einem rasanten Wirbel hochgerissen. Lena schrie. Dunkelheit umfing sie. Kurz darauf spürte sie wieder Boden unter ihren Füßen. Vor sich sah sie ihren ausgestreckten Arm. Ihre Hand lag nicht mehr auf der Eiche, sondern auf einem Felsen.

»Beruhige dich, das ist ein Traum!«, sagte sie zu sich selbst.

Aber es war kein Traum.

Ein donnerndes Geräusch dröhnte ringsum. Wassertropfen spritzten auf ihre Hand. Lena sah am Felsen entlang nach oben und ließ von da den Blick nach links schweifen. Ein Wasserfall rauschte seitlich in die Tiefe und speiste ein Becken, das in einen fröhlich dahinplätschernden Bach mündete. Etwas kitzelte ihre Wade. Sie sah an sich herunter. Eine Margerite reckte ihren Blütenkopf seitlich neben ihrem linken Fuß in die Höhe. Rechts von ihr, direkt am Fels wuchsen Unmengen einer wilden Spinatart, die Lena unter dem Namen »Guter Heinrich« kannte.

Sie löste ihre Hand vom Stein und drehte sich um. Eine sommerbunte Wiese, wie sie es noch nie gesehen hatte, lag vor ihr. Lena schnupperte. Ein würziger Duft von Wildkräutern lag in der Luft. Die bescheidenen Blüten dieser Pflanzen mischten sich mit den leuchtenden Farben der Feldblumen, die das hohe Gras mit roten, blauen, gelben und weißen Farbtupfen auflockerten.

Lena wandte sich wieder um und ging ein paar Schritte nach links. An der Böschung vor dem Wasserfall wuchsen dicht beisammen drei Birken. Sie hielt sich an einer fest und streckte die Hand an dem Felsmassiv vorbei unter den Wasserstrahl. Gierig trank sie das kühle Nass aus der hohlen Hand. Es schmeckte herrlich erfrischend.

Als Lena ihren Durst gestillt hatte, blickte sie sich um. Die Wiese stieg leicht bergan. Sie erstreckte sich über Hunderte von Schritten, und danach kam eine freie Fläche mit Baumstümpfen und kleineren Büschen. Hier schien Wald gerodet worden zu sein. Dahinter lag eine Ebene. Auf der rechten Seite stand dort ein Turmgebäude, das von hohen Tannen umgeben war. Hinter der Lichtung, bergan steigend, schloss sich noch ein Birkenwäldchen an. Vom Felsen aus, vor dem sie stand, zog sich links am Rand der Wiese ein Gebirge hoch, während es auf der rechten Seite hinunter in ein Tal ging, in das Dörfer mit hübschen weißen Häusern eingebettet waren.

Der Weg zur nächstliegenden Häuseransammlung in diesem Tal schien für einen kurzen Ausflug zu weit. Lena wollte bald zurück. Außerdem war der Himmel hinter den Dörfern verdunkelt, als wenn ein Gewitter aufziehen würde. Der Turm vor dem Birkenwäldchen lag näher. Vielleicht fand sie dort einen Hinweis darauf, wo sie sich befand.

Zielstrebig ging Lena die Wiese hinauf. Sie brauchte länger als erwartet, bis sie die gerodete Fläche erreichte. Kahl und karg sah es hier aus. Zwischen wenigen jungen Sträuchern und kleineren Felsbrocken verteilten sich die Baumstümpfe. Ihre Wurzeln hingen über der Erde. Die Stammreste wurden von Efeu, Moosen und Pilzen überwuchert. Nicht üppig. Aber immerhin. Wenigstens konnten die Aushöhlungen des Erdreiches unter diesen Wurzeln den Waldtieren eine geschützte Behausung bieten. Sofern diese nicht abgewandert waren. Lena sah nur wenige Tiere. Ein paar Käfer. Eine junge Maus, die unter einen Blätterhaufen huschte. Dann stutzte Lena plötzlich. Bei einigen Steinbrocken fand sie künstlerische Ornamente eingemeißelt. Unter den Baumwurzeln, die wie ein kleines Dach mehr als einen Meter über dem Boden ragten, führten Treppen ins Innere der Erde.

Vor lauter Schauen wäre Lena beinahe über einen Zweig gestürzt. Sie ruderte um ihr Gleichgewicht. Ihr linker Fuß sackte ab und trat auf etwas Weiches. Es verhinderte, dass sie weiter abrutschte.

»Au, kannst du nicht aufpassen«, schrie eine zornige Stimme. »Ruinierst mir mein Hausdach und zerquetschst mit deinem Trampelfuß meine arme Nase.«

Lena erschrak. Fast wäre sie doch noch gestürzt, als sie hastig ein Stück beiseite trat. Unter der Baumwurzel stand ein Wesen, dessen Gesicht einer zerfurchten Rübe glich. Der Kleine hielt sich mit einer Hand die knollige Nase. Sein Bart zitterte vor Empörung.

»Entschuldige bitte.« Lena hockte sich vor der Behausung des seltsamen Wesens nieder. »Es tut mir sehr leid. Da war plötzlich ein Zweig und hat mich aus dem Gleichgewicht gebracht.«

»Ausrede!« Das Rübengesicht versteckte schnell den Ast hinter seinem Rücken, den es in der Hand hielt.

Lena sah es. »Du! Du hast mir ein Bein gestellt!«

»Na und? Das ist meine Natur. Kein Grund mir die Nase platt zu treten.« Das kleine Wesen warf den Ast beiseite und trat mit ein paar gelenkigen Bewegungen nach vorne. Es war kaum so groß wie ein vierjähriges Kind. Der Kleine plusterte sich vor Lena auf und stemmte die Ärmchen in die Seite. Die knollenartige Nase leuchtete rot in seinem blassgelben, von braunen Furchen durchzogenen Gesicht. Er betrachtete Lena missmutig von Kopf bis Fuß. »Ich kenne dich nicht!«

»Nein. Du bist ein Alraun, nicht wahr?«

»Wie scharfsinnig sie ist«, spottete das Wesen. »Was soll ich denn sonst sein, hä? Eine Ameise vielleicht?«

»Bitte entschuldige, aber ich habe jemanden wie dich noch nie gesehen. Ich kenne Wesen wie dich nur aus den Erzählungen meiner Mutter.«

»Entschuldige, entschuldige ... hat jemand wie mich noch nie gesehen ... kannst du auch noch was anderes? Was willst du überhaupt hier?«

Lena deutete auf das Birkenwäldchen. »Ich will zum Turm.«

»Warum?«

»Na ja, ich hoffte ... aber sicher kannst du mir auch sagen, wo ich hier bin.« Lena sah den Alraun an und erschrak über den finsteren Ausdruck in seinem Gesicht.

»Will zum Turm, hä? Und weiß nicht, wo sie ist, hä? Erzähle das, wem du willst! Geh und sag deiner machtgierigen Herrin, dass Meister Kieran niemals aufgeben wird und wenn sie ganz Antiquerra in Dunkelheit hüllt.«

Der Alraun stieß Lena heftig von sich weg. Aus den umliegenden Baumstümpfen krochen weitere Wesen seiner Art und bewegten sich drohend auf Lena zu. Sie sah Steinschleudern in ihren Händen. Die Alraunen zielten auf sie. Erschrocken stolperte Lena rückwärts von ihnen weg, drehte sich um und rannte zurück in die Wiese. Sie schluchzte auf. Warum waren die Alraunen so garstig zu ihr? Sie hatte ihnen doch nichts getan, wollte nur wissen wie dieses magische Land hier hieß, das noch immer im Sonnenlicht seinen Zauber verströmte.

Lena rannte so schnell sie konnte über die Wiese und schaute dabei immer wieder über ihre Schulter zurück. Die

Alraunen blieben am Rand der Rodung stehen und beobachteten sie. Einer von ihnen stieg zur Lichtung hinauf. Er nahm den Weg zum Turm. Was wollte der Alraun dort? Die Bewohner gegen sie aufhetzen? Das kleine Wesen kam schneller vorwärts als sie selbst. Lena kämpfte ihre Angst nieder und konzentrierte sich auf das Rauschen des Wasserfalls, das immer lauter wurde. Ihre Füße flogen nur so über den Boden. Gleich hatte sie es geschafft und dann konnte sie von hier weg.

Lenas Atem ging keuchend und sie bekam so heftiges Seitenstechen, dass sie es nicht mehr aushielt. Vornüber gebeugt blieb sie einen Augenblick stehen und rieb sich die Taille. Wenigstens machte keiner der Alraunen Anstalten ihr zu folgen. Sie standen noch oben bei ihren Behausungen. Nur noch etwa fünfhundert Meter, dann hatte sie das Felsmassiv erreicht. Während Lena versuchte, den Schmerz zu beruhigen und zu Atem zu kommen, wanderte ihr Blick über das Tal. Sie erschrak. Der dunkle Streifen am fernen Himmel, den sie bei ihrer Ankunft hier wahrgenommen hatte, wuchs bedrohlich. Hier ging bald etwas Schlimmeres als ein Gewitter nieder. Noch schien die Abendsonne, doch es konnte nicht mehr lange dauern, bis sie von der wütenden Wolkenformation verschluckt wurde. Lena zwang sich weiterzugehen und hielt nicht inne, bis sie den Fels erreicht hatte.

Sie legte ihre Hand auf den Stein. »Terra Antiquerra!«

Nichts geschah.

»Terra Antiquerra!«, rief sie noch einmal.

Es rührte sich nichts. Immer wieder sprach sie die Worte, doch es öffnete sich kein Tor.

Die Dunkelheit lag bereits wie eine schwere Decke über dem Tal mit den weißen Häusern. Die dunkelgrauen Wolken kamen rasch näher und verschluckten das Sonnenlicht fast vollständig. Es machte Lena solche Angst, dass ihr Herz rasend schnell klopfte. Verzweifelt hämmerte sie auf den Felsen, sprach die Worte, beschwor den Stein sie von hier wegzubringen, zurück in ihre Welt, zurück zu ihrem Vater. Ohne Erfolg. Kein Wind trug sie fort. Lena saß hier fest. Mutlos sank sie auf dem Boden nieder.

Wäre sie doch nur nicht in den Stadtpark gegangen. Hätte sie sich nur nicht an die Worte erinnert. Jetzt war Lena in einer fremden Welt gefangen, in der man sie nicht dulden wollte. Noch einmal raffte sie sich auf und berührte den Felsen an allen möglichen Stellen. Sie sprach die Worte, flehte, bettelte, forderte. Das Tor öffnete sich nicht.

Die Nacht brach noch schneller herein, als Lena es erwartete. Sie legte sich tief über das Land. Doch wenigstens der Gewittersturm blieb aus und die Alraunen schienen sich zurückgezogen zu haben. Sie hoffte, dass deren Augen zumindest auch nicht weiter in die Dunkelheit blicken konnten als ihre eigenen.

Ein leise nagendes Empfinden in ihrem Magen erinnerte Lena daran, dass sie schon lange nichts mehr gegessen hatte. Ihr Hunger verstärkte das Gefühl der Einsamkeit. Sie war allein, ohne Freunde, auch hier. Lenas Augen brannten, als sie daran dachte, und ihr Mund wurde trocken. Sie ging so nahe sie es wagen konnte an den Wasserfall heran, beugte sich vorsichtig über den Abgrund und trank. Dann suchte sie sich einen geschützten Platz zwischen den Büschen am Felsmassiv, wo sie die Nacht verbringen konnte. Schlafen! Vielleicht war der Albtraum dann morgen vorbei.

Als der Morgen dämmerte, erwachte Lena. Ihre Glieder taten weh. Sie rieb sich über Arme und Beine, um die spitzen

Steinchen loszuwerden, die sich in ihre Haut gedrückt hatten. Wieso lag sie hier zwischen Felsen und Sträuchern? Nur allzu schnell fiel ihr alles wieder ein. Ein Druck, schwer wie Blei, legte sich über ihre Brust. Sie versuchte, ihre Kraft zu sammeln. Vielleicht hatte sie gestern in ihrer Aufregung etwas verkehrt gemacht. Sie musste gleich noch einmal zu der Stelle am Fels gehen und die Worte sagen, die sie nach Hause brachten.

Lena wollte sich gerade vom Boden erheben, da hörte sie plötzlich in der Nähe flüsternde Stimmen. Erschrocken duckte sie sich unter die Büsche. Eine der Stimmen schien ihr bekannt. Sie klang seltsam knirschend, als wenn Sand zwischen den Zähnen wäre. Der Alraun, der sie gestern verjagt hatte! Lena wurde es ganz heiß. Er durfte sie nicht entdecken. Vorsichtig tastete Lena über den Boden und griff mit klopfendem Herzen nach einer Handvoll Schotter. Die Stimmen kamen näher. Schritte raschelten im Gras. Der schwankende Lichtschein einer Laterne huschte über Lenas Gesicht. Gleich darauf beugte sich ein weißbärtiger Mann zu ihr herunter. Die Kapuze seines knöchellangen Umhangs verhüllte seinen Kopf. Außer dem Bart sah sie kaum etwas von seinem Gesicht.

Er schwenkte die Lampe. »Hier ist sie!«

Lena hob einen Arm, um sich vor dem blendenden Licht der Lampe zu schützen und duckte sich noch mehr ins Gebüsch. Ihre Faust, auf der sie sich abstützte, umklammerte die Steinchen. »Lasst mich in Ruhe, ich habe euch nichts getan!«

»Steh auf!«

Lena zuckte zusammen. Die Worte des jungen Mannes neben dem Bärtigen zischten auf sie nieder wie ein Peitschenhieb. Sie konnte seine Gestalt im Licht der Laterne gut erkennen. Auch er war in einen Umhang gekleidet. Darunter blitzten ein helles Hemd und seine Kniehose hervor. Vermutlich war er nicht einmal viel älter als Lena. Sein Gesicht erschien ihr kantig. Aus blauen Augen schaute er finster auf sie herunter. Lenas Lippen begannen zu zittern.

»Verschwindet und lasst mich in Ruhe«, schrie sie so wild heraus, dass sie selbst erschrak. Der junge Mann machte einen Schritt auf sie zu, aber Lena streckte ihm abwehrend einen Arm entgegen. »Ich kann alleine aufstehen.«

»Ruhig Blut!« Der Mann mit der Laterne hielt den Jüngeren zurück.

Lena rappelte sich vom Boden auf. Den Schotter behielt sie in der Faust, verborgen hinter ihrem Rücken. Sie heftete den Blick fest auf die beiden Männer. Keiner durfte sehen, dass sie vor Angst fast umkam.

»Wie heißt du?«, fragte der Ältere.

»Achtung, die versteckt was hinter ihrem Rücken«, knirschte die Stimme des Alraun. Lena sah voll Abscheu zu ihm hinunter.

»Sag uns deinen Namen«, wiederholte der Bärtige noch einmal seine Frage. Den Alraun schien er im Augenblick gar nicht zu beachten.

»Lena Siever«, gab sie widerwillig Auskunft. Lena sah sein Gesicht jetzt besser. Der Ausdruck darin wirkte interessiert, aber nicht bedrohlich. Trotzdem blieb sie vorsichtig, zumal der Junge neben ihm nicht gerade milde schien. Er beobachtete Lena genau.

»Sie scheint zu den Korria zu gehören«, sagte er zu seinen Begleitern und wandte sich dann wieder heftig an Lena. »Wie kannst du es fertig bringen und dich Tahereh anschließen. Hat Alyssa nicht gerade euch Feen immer in ihrem Licht erstrahlen lassen?«

»Ich weiß gar nicht, wovon du sprichst«, erwiderte Lena genauso heftig und registrierte erst dann, dass er sie eine Fee genannt hatte.

Es verwirrte sie. War das als Spott gemeint, wie bei den Jungs aus ihrer Schule, die sie einen vampirgesichtigen Rauschgoldengel genannt hatten? Es klang so, als ob er annahm, dass Lena tatsächlich eine Fee sei. Eine, die sich etwas hatte zuschulden kommen lassen.

Es machte sie wütend. »Ich bin keine Fee, wie auch immer du das meinst, und was auch immer ihr mir unterstellen wollt, es ist nicht wahr! Also lasst mich in Ruhe, damit ich nach Hause kann. Wenn ich hier weg bin, werde ich garantiert keinen Fuß mehr hierher setzen. Ich will zur Eiche zurück und dann werde ich die Worte vergessen.«

»Eiche?« Der Ältere hob überrascht die Augenbrauen.

»Eiche, ha!«, sagte der Jüngere. »Die sind in den Nebeln verschwunden.«

Lena antwortete nicht. Sie war zu aufgewühlt, und weil sie immer noch nichts gegessen hatte, knickten ihr jetzt in einem Schwächeanfall die Beine weg. Der Schotter rieselte aus ihrer einen Hand, und als sie sich mit der anderen an den Büschen festhalten wollte, griff sie ins Leere. Lena bekam mit, wie der Junge sie auffing und das passte ihr gar nicht. Der Alraun mischte sich auch noch ein.

»Sie hatte Steine«, knarrte er triumphierend.

»Wir gehen mit ihr zum Turm.« Der ältere Mann sagte das in einem Ton, der keinen Widerspruch duldete. »Wir essen gemeinsam und dann reden wir in Ruhe.« Er wandte sich an Lena, die noch kraftlos in den Armen des jungen Mannes hing. »Ich bin übrigens Meister Kieran, der Junge da ist Finley und unser aufmerksamer Alraun hier heißt Gustav.«

»Die wollte uns erschlagen.«

»Gustav, mach deine Augen auf«, rügte Meister Kieran.

Lena mühte sich, ihre Schwäche zu überwinden und die Stütze des jungen Mannes loszuwerden. Er war ihr durch seine Hilfe nicht sympathischer geworden.

»Lass mich los«, sagte sie mit seltsam leerer Stimme.

Finley legte Zeige- und Mittelfinger auf Lenas Nasenwurzel und sie spürte einen Energiestrom durch ihren Körper fließen. Es stärkte sie, aber es machte sie auch erst recht misstrauisch. Dann ließ Finley sie so plötzlich los, dass sie fast wieder gestrauchelt wäre.

»Bitte«, sagte er.

Meister Kieran wandte sich ab, um anzudeuten, dass sie aufbrechen sollten.

Lena trat einen Schritt zurück. »Ich gehe nicht mit!«

»Wir tun dir nichts. Wir sind friedliche Leute«, sagte Kieran, »und du brauchst etwas zu essen.«

»Ich will nach Hause!«

»Hä, und wo ist dein Zuhause?«, schnarrte Gustav. Meister Kieran warf ihm einen warnenden Blick zu.

»Nicht hier.«

Finley sah Lena mit zusammengekniffenen Augen an. »Wo dann?«

Lena schüttelte den Kopf. »Ihr glaubt mir ja doch nicht.«

»Versuchs!«

Lena stieß einen Seufzer aus. Sie deutete mit dem Daumen auf den Fels und hoffte, dass ihre Stimme überzeugend klang. »Hier ist das Tor in meine Welt. Es wird sich öffnen, wenn ich die Worte sage.«

Finley lachte kalt. »Eine bessere Ausrede ist dir nicht eingefallen? Das Tor im Berg hat sich seit vielen Jahren nicht mehr geöffnet. Niemand kann hinein und niemand heraus. Sag lieber die Wahrheit.«

»Ich sage die Wahrheit. Ach, lass mich doch in Ruhe, ich geh jetzt nach Hause!« Lena stieß ihn weg und ging zu dem Felsen.

Finley lief ihr hinterher. »Das Tor öffnet sich nicht und wenn du tausendmal die Worte sagst. Glaubst du, wir würden nicht gerne in die Welt der Menschen gehen? Ich hab sie noch nie gesehen ... und wenn ich und wir alle hier nicht durch das Tor kommen, dann kannst du es auch nicht. Keiner kann es, verdammt noch mal.«

Seiner Stimme war anzuhören, dass er wütend war. Nicht nur auf Lena, sondern auch darauf, dass ihm der Weg zur Welt der Menschen versperrt war.

»*Ich bin* durch das Tor gekommen. Ich habe die Worte gesagt, die es geöffnet haben.« Lena legte ihre Hand auf den Fels, genauso wie gestern und betete, dass es diesmal klappen möge. Die anderen beobachteten sie. »Terra Antiquerra!« Es passierte nichts. Kein Wind wehte, kein Licht strahlte auf. In Lenas Hals bildete sich ein Kloß. »Terra Antiquerra! ... Terra Antiquerra!« Sie schrie die Worte fast.

Finley schüttelte den Kopf. »So wird das erst recht nix. Du bist ja schon hier. Wenn schon, dann ...«

»Finley!« Die Stimme von Meister Kieran klang scharf. »Denk nach! Sie ist durch das Tor gekommen.«

Finleys Augen wurden auf einmal groß und rund. »Du meinst, sie ist ...«

Kieran nickte. »Wer von uns würde sich vor den Berg stellen und diese Worte sagen?« Seine Stimme war plötzlich nur noch ein Flüstern.

Gustav, der Alraun, hob langsam beide Hände vor den Mund. Er stammelte. »Eine Fata, sie ist eine Fata!«

Lena starrte ihn an. Eine Schockwelle lief durch ihren Körper. Woher wussten die, wie ihre Mutter sie genannt hatte?

Kieran trat unvermittelt hinter sie, umfasste ihre Schultern und zog sie vom Felsen weg.

»Komm Lena, wir gehen zum Turm. Dort können wir reden.«

»Nein! Ich will nach Hause.«

»Lena, wir glauben dir!« Kieran drehte Lena um, sodass er ihr in die Augen sehen konnte. »Du hast das Tor geöffnet. Aber du kannst nicht zurück. Tahereh würde es merken.«

Lena riss sich mit einer heftigen Drehung ihres Körpers los. »Niemals bleibe ich bei euch!«

»Die Worte, die du sagst, werden das Tor nicht öffnen. Also sei vernünftig und komm mit uns.«

Kieran griff ihre Hand, doch Lena stemmte die Füße in den Boden und streckte sich nach dem Felsen aus, um ihn zu berühren. »Terra Antiquerra! ... Terra Antiquerra! ... Hilfe!«

Lena wand sich in seinem Arm, wehrte sich mit aller Kraft. Er ließ sie los, doch Finley stand schon an seiner Stelle bereit. Er packte Lena, zerrte sie vom Felsen weg und schob sie die Wiese hinauf.

DER TURM

Lena sah nicht, wie die Sonne am Horizont aufstieg und die Landschaft wie durch einen Schleier hindurch zum Leuchten brachte.

Sie heftete ihren Blick nur auf den Felsen. Sie wollte in ihre Welt zurückkehren. Aber diese Leute ließen es nicht zu. Hass wallte in ihr auf. Auf diesen Meister Kieran, der sie dort weggezogen hatte und erst recht auf diesen aufbrausenden Finley und den boshaften Alraun Gustav, die sie nun gemeinschaftlich die Wiese hinaufbugsierten in Richtung Turm. Lena versuchte, immer wieder auszubrechen und zum Felsen zurückzukommen.

»Sei vernünftig. Meister Kieran hat doch gesagt …« Finley jappte schwer. Seine Worte klangen abgehackt.

Lena stemmte sich gegen ihn, schnaufte und tobte. »Lass mich los, du Grobian!« Ihre Stimme überschlug sich fast. »Lass mich los, sag ich! Ich will nicht bei euch bleiben und ich werde nicht bei euch bleiben … verdammt, lass mich jetzt los!«

»Sei doch leiser! Die Dunkle darf nicht wissen, dass du … GUSTAV, lauf mir doch nicht auch noch um die Füße!«

Aus den Augenwinkeln sah Lena, wie Kieran die Hände hob. Ein magischer Lichtstrahl brach daraus hervor. Augenblicklich sanken sie alle drei zu Boden.

Finleys Stimme klang plötzlich eigenartig schwer. »Kieran, du hast mich auch getroffen.«

»Mich … so müde«, stöhnte Gustav und rollte sich auf dem Boden zusammen.

Kieran trat zu ihnen und schnalzte mit den Fingern über den Köpfen der beiden. Sie schüttelten sich wie nasse Hunde und standen auf.

»Trag sie, Finley!« Der Meister stieg ungerührt weiter die Wiese hinauf. Lena beachtete er nicht.

»Auch das noch!«

Lena hört Finleys maulende Stimme wie durch Watte. Sie fühlte sich so unsagbar müde. Er packte sie und lud sie wie einen Sack Mehl über seine Schulter. Lena wollte sich wehren, aber sie hatte keine Kraft mehr. Die Augen fielen ihr zu.

Als Lena wieder zu sich kam, stapfte Finley mit ihr über eine Lichtung. Rechts vorne sah sie, eingerahmt von dunkelgrünen Tannenbäumen, einen hohen, gemauerten Turm. Hinter sich hörte sie die flüsternden Stimmen einer Gruppe Alraunen. Sie zogen sich in den gerodeten Wald zurück, den Finley mit ihr soeben durchquert hatte.

»Lass mich sofort herunter, Grobian!« Lena zappelte und boxte.

Finley schüttelte den Kopf. »Damit du wieder abhaust und ich dir nachrennen kann?«

Gustav trabte an seiner Seite und sah zu ihr hoch. »Bitte, du musst bei uns bleiben, wir brauchen dich.«

»Damit du mir Fallen stellen kannst und deine Kumpane auf mich hetzt?«

Der Alraun schlug die Augen nieder und brummte etwas Unverständliches vor sich hin.

Finley schleppte Lena bis zum Turm. Aus der offenen Tür duftete es verführerisch nach süßer Beerengrütze und Getreidebrei. Der roh gezimmerte Tisch neben dem Eingang war bereits gedeckt. Ein rothaariges Mädchen stand mit in den Seiten gestützten Armen daneben.

Aus graugrünen Augen funkelte sie Finley an. »Sie soll sich da hinsetzen.« Sie wies auf einen Stuhl. Dann drehte sie sich von ihm weg, sodass ihr langes Haar wie eine bewegte Meereswelle herumflog, und verschwand wieder im Turm. Finley seufzte und ließ Lena von seiner Schulter gleiten.

»Du hast Cara gehört. Also setz dich hin.«

Meister Kieran kam aus dem Turm, nahm Lena an der Hand und führte sie an den Platz. Sie setzte sich nur widerstrebend. Die Rothaarige trat wieder heraus und trug zwei dampfende Schüsseln.

»Cara!« Finley wollte nach dem Arm des Mädchens greifen, aber sie wich ihm aus. Sie stellte die Schüsseln hart auf den Tisch, dass die rote Beerensoße aufspritzte, und ging wieder zurück in den Turm, ohne ihn zu beachten.

Gustav, der bereits erwartungsvoll an der Schmalseite des Tisches saß, kniend, weil er sonst nicht an seinen Teller herangereicht hätte, grinste. Finley warf ihm einen erbosten Blick zu. Aber er sagte nichts, sondern setzte sich nur mit zusammengekniffenen Lippen gegenüber von Lena an den Tisch.

Kieran ließ das alles unberührt. Er nahm neben Lena Platz. Als Cara zwei weitere Schüsseln mit Getreidebrei und Beerensoße auf den Tisch geknallt hatte und wieder verschwand, schob Kieran eine der Schüsseln so, dass sie direkt vor Lena stand. Göttlicher Duft stieg in ihre Nase.

»Bitte«, sagte er eindringlich. »Iss mit uns und lass mich erklären.«

Lena hatte schrecklichen Hunger. Sie starrte auf die Schüsseln und sank langsam in ihrem Stuhl zusammen. In ihren Augen sammelte sich das Wasser. Ihre Lippen zitterten und sie musste sich sehr beherrschen, dass sie nicht losheulte. Sie würde nie mehr nach Hause kommen, nie mehr ihren Vater wiedersehen und alles nur, weil sie dem Essen nicht widerstehen konnte. Sie hätte wegrennen sollen, aber ihr Blick klebte an den Schüsseln fest. Cara, die mit einer großen Kanne an den Tisch trat, sah in Lenas Gesicht und griff sich dann ihr Glas.

»Das weckt die Lebensgeister.« Sie reichte Lena den frisch nach Pfefferminze duftenden Trank. Finley beachtete sie immer noch nicht.

Meister Kieran nahm Lenas Teller und häufte von dem heiß dampfenden Getreidebrei darauf. Dann hielt er ihr die Schüssel mit der Beerensoße hin. »Die schmeckt köstlich.« Als Lena zögernd zugriff, lächelte er sie aufmunternd an. »Nur nicht so sparsam, es ist genug da.«

Lena hielt sich nun nicht mehr zurück. Sie fing an, ihren Brei zu löffeln. Gustav sah von seinem Teller immer wieder zu den Schüsseln und zog eine enttäuschte Schnute. Als Cara mit einem kleinen Krug an den Tisch trat, den sie mit ausgestrecktem Arm und abgewendetem Gesicht vor sich hertrug, hellte sich seine Mine auf. Er strahlte so sehr, dass sich sein Gesicht wie eine Ziehharmonika faltete. Lena, die gerade den Löffel erneut zum Mund führen wollte, hielt auf halbem Weg inne und schnupperte. Wieso stank es plötzlich nach Jauche? Als Cara die Karaffe neben Gustav abstellte, der über Eck neben ihr saß, wurde der Geruch stärker.

Finley rümpfte die Nase und rückte von Gustav ab. »Wie kannst du dieses stinkende Höllenzeug nur essen, ohne dass es dir den Magen verätzt?«

Gustav nahm ungerührt den Krug und schüttete den ekligen, grün-bräunlichen Inhalt großzügig über seinen Brei. Dann hielt er Finley die Karaffe unter die Nase. »Probier doch erst mal. Es gibt nichts Besseres zum Getreidebrei als Brennesseljauchensoße.« Der Alraun schnalzte genießerisch mit der Zunge.

Finley unterdrückte seinen Würgereiz nur mit Mühe und schob Gustavs Hand mit dem stinkenden Krug so weit wie möglich von sich weg. »Verdirb mir mit deinem Dünger bloß nicht meinen Appetit.« Hektisch wedelte er sich den Dampf aus einer Beerenschüssel unter die Nase.

Cara hatte sich derweil auf den Platz neben ihm gesetzt und begann auch zu essen. Er legte sachte eine Hand auf die ihre, doch sie entzog sie ihm abrupt, und sah Lena an.

»Ich habe gehört, du bist aus dem Weltentor am Fels gekommen.« Bei Caras Worten fiel Finley fast der Löffel aus der Hand. Gleich darauf boxte sie ihm heftig in die Rippen. »Finley, warum trittst du mir auf den Fuß? Das tut weh! Wollt ihr etwa totschweigen, dass sie als Einzige das Tor öffnen kann?«

Finley verzog das Gesicht zu einer Grimasse. Cara redete endlich mit ihm. Aber ihre Worte passten ihm offensichtlich nicht.

»Es stimmt doch, Lena … so heißt du doch?«

»Ja, Cara«, sagte Lena knapp.

»Dann kommst du also aus der Welt der Menschen«, nahm Meister Kieran den Gesprächsfaden auf.

»Ja, und da geh ich auch wieder hin!«

Finley schlug die Schöpfkelle hart in den Getreidebrei und klatschte den Inhalt missmutig auf seinen Teller.

Gustav schüttelte den Kopf. »Du kannst da nicht wieder hin.«

Lena sah den Alraun böse an. »Mein Vater sucht nach mir.«

Kieran legte beschwichtigend die Hand auf ihren Arm. »Ich weiß, wir hatten kein glückliches erstes Zusammentreffen. Aber es ist kein Zufall, dass du in unsere Welt gelangen konntest. Niemand sonst vermag das. Du hast hier eine Aufgabe.«

Finley räusperte sich. »Ja, eine Aufgabe.« Er sah Lena an und räusperte sich noch einmal. »Tut mir leid, wenn ich …

wenn ich etwas heftig war. Aber ich dachte, dass die Schattenkönigin Tahereh dich geschickt hat, um uns zu schaden. Es gibt Gerüchte, dass ihre Grungalp im Dorf unten waren, um euch ... äh ... die Korria ... zu unterwerfen. Du siehst aus wie eine Korria, trägst aber nicht ihre Farben und hast dich auch sonst seltsam verhalten.«

Lena presste die Lippen zusammen. Finley entschuldigte sich zwar, aber er war nicht von ihrer Unschuld überzeugt. Dieser junge Mann beurteilte sie genauso nach ihrem Aussehen, wie ihre Klassenkameraden daheim. Es machte sie zornig. »Ich kenne keine Korria, weiß nicht mal, wer die sein sollen.«

»Feen, wie ich. Ich stamme aus dem Geschlecht der Sidda«, sagte Cara stolz.

Gustav sah beschämt auf seinen Teller. »Ich dachte auch, dass du eine Korria bist. Deine Haare und das schmale, helle Gesicht. Ist nicht schlimm, wenn man mir die Nase platt tritt, das bin ich gewohnt. Aber die Korria haben immer gleich eine Portion Heilenergie gegeben, um es wieder gut zu machen und du hast das nicht getan. Deshalb war ich wütend, weil du doch aussiehst wie ... und ich dachte ... dann wolltest du auch noch zum Turm und hast nicht gewusst wo du bist. Da war ich vollends überzeugt, dass Tahereh dich umgedreht hat. Aber heute hast du die Worte gesagt. Du bist durch das Tor gekommen, da bin ich jetzt sicher. Dabei könnte nicht mal Tahereh selbst den Fluch aufheben und hindurchgehen.« Gustav sah von seinem Teller hoch, direkt zu Lena hin. Auf seinem runzligen Gesicht erschien ein hoffnungsvolles Leuchten. »Das kann nur bedeuten, dass du ...«

»... eine Fata bist«, ergänzte Kieran.

Lena begriff allmählich, dass die Leute hier ein Problem mit irgendjemandem namens Tahereh hatten. Sie war das Opfer von Missverständnissen geworden. Jetzt schien es wieder Komplikationen zu geben. Kierans Ton versetzte sie in höchste Alarmbereitschaft.

Sie wiegelte schnell ab. »Ihr täuscht euch. Ich bin ein Mensch, nichts weiter.«

Kieran lächelte. »Wie konntest du dann das Tor in unsere Welt öffnen? Wenn wir es nicht öffnen können, dann können es die Menschen erst recht nicht.«

»Die Eiche, sie steht in unserem Stadtpark und ist sehr alt. Als ich noch klein war, hat meine Mutter mir erzählt, dass sie ein Tor ist. Von ihr weiß ich auch die Worte.«

»Sie ist zweifelsfrei eine Fee.«

Lena lachte belustigt auf. »Nein Cara, meine Mutter war bestimmt keine Fee.«

Meister Kieran widersprach. »Deine Mutter hat ihre Herkunft vergessen. Sie verlor allmählich ihre Erinnerung, nachdem sich das Tor geschlossen hatte.« Er wandte sich an die anderen. »Allen Feen, die in der Menschenwelt leben, erging es so. Deshalb haben wir keine Nachricht mehr von ihnen bekommen.« Dann richtete er sein Wort wieder an Lena. »Wie alt bist du?«

»Sechzehn Jahre.«

»Also geboren, nachdem das Weltentor bereits geschlossen war.«

Cara grinste Lena an. »So alt wie ich. Finley ist 17 Jahre.«

»Eiche … Eiche … ich bin nur einmal in meinem Leben bei einer Eiche in der Menschenwelt gelandet. War sonst immer ein Fels oder eine Quelle. Eine Fee aus dem Korria-Dorf war bei mir. Sie blieb dann dort.« Gustav schlug sich seinen Löffel auf die Stirn, als ob er den Takt schlagen wollte. Dann hellte sich sein Gesicht plötzlich auf. Er zappelte auf seinem Stuhl herum und sein Löffel flog in hohem Bogen aus seiner Hand.

»Helena, deine Mutter muss Helena sein. Locken wie du, Augen wie du, und bestimmt ist er dein Vater, wie hieß der doch gleich ... Arthur ... ich hab's, er hieß Arthur. Sie hatte sich heftig in den Menschen verliebt, das weiß ich noch, und dann hat sich das Tor geschlossen. Hab nichts mehr von ihnen gehört.« Der Alraun packte Lenas Arm und schüttelte ihn. Vor Aufregung löste sich eine Luftblase in seinem Hals und in einem lauten Rülpser verbreitete er den Gestank seiner vorhin verspeisten Brennnesseljauchensoße. Er hielt sich die Hand vor den Mund und kicherte, dass sein struppiger Bart zitterte. »Entschuldigung!«

Lena sah an Gustav vorbei in die Ferne. Als sie klein war, hatte ihre Mutter sie Fata genannt. Doch irgendwann erinnerte sie sich nicht mehr an dieses Wort. Die Mutter erinnerte sich auch nicht mehr an das Tor in der Eiche. Sie ging seltener hin und stand nur traurig davor. Sollte es wahr sein, was die hier sagten?

»Meine Mutter lebt nicht mehr. Aber sie hieß tatsächlich Helena und der Name meines Vaters ist Arthur. Ich will zu ihm, nach Hause, ihn fragen.«

Kieran drückte ihre Hand. »Deine Mutter ist tot?«

»Ein Unfall, vor drei Jahren. Die Umstände konnten nie geklärt werden.«

»Taherehs Arm reicht weit.« Kieran seufzte.

Finley, der die ganze Zeit nur zugehört hatte, schob seinen Teller zurück und betrachtete Lena mit unergründlichem Blick.

»Deinen Kummer verstehe ich, aber als Fata hast du hier eine Aufgabe zu erfüllen.«

In Lenas Ohren klang seine Stimme wieder einmal zu hart.

»Halt«, sagte Kieran resolut. »Erst muss sie wissen, worum es geht. Lena, schau nach oben zum Himmel. Was siehst du?«

Lena schniefte hinter vorgehaltener Hand und schaute dann nach oben.

»Die Sonne?«

»Hm, und was sagt dir diese Sonne?«

Sie schaute noch einmal und wurde stutzig. »Oh, sie steht hoch, es müsste schon Mittag sein. Doch hier liegt über allem ein Dunstschleier, als wenn es erst früh am Morgen wäre.«

Kieran nickte zufrieden. »Gut beobachtet. Wir haben schon Mittag fast vorbei und doch sieht unsere Welt aus, als ob sie gerade erst erwachen würde – oder schlafen ginge. Der Schleier, wie du es nennst, verschwindet in etwa drei Stunden, dann haben wir ungefähr zwei Stunden Tag und danach kommt auf einen Schlag die Nacht. Gestern Abend ist dir das doch sicher aufgefallen.« Lena nickte und er sprach weiter. »Das Gleichgewicht ist gestört. Es hat vor über 17 Jahren angefangen. Damals verschwand unsere Strahlenkönigin Alyssa. Wir wissen mittlerweile, dass sie in der Gewalt ihrer Zwillingsschwester ist, der Schattenkönigin Tahereh. Alyssas lichte Kräfte brennen aus, wir spüren das alle. Die Nacht verschlingt immer mehr vom Tag, ihr Licht wird in der Dunkelheit bald verlöschen. Dann gibt es nur noch Tod und selbst der wird danach nicht mehr sein. Wir werden im Nichts versinken, wenn du uns nicht hilfst. Lena, deine Mutter war eine Fee und dein Vater ist Mensch. Du gehörst zu beiden Welten, deshalb bist du eine Fata. Nur eine Fata kann uns vor dem Untergang retten, so steht es geschrieben.«

»Eine Halbfee, wie du es bist, nennen wir Fata. Du bist etwas Besonderes, weil in dir die Magie unserer Welt ist, als auch die Kraft der Menschenwelt«, ergänzte Cara.

Kieran schaute Lena eindringlich an. »Finley und ich, wir sind Lichtmagier. Wir können dir helfen, doch ohne dich sind wir zu schwach.«

Lena schüttelte den Kopf. »Ehrlich, ihr täuscht euch. In mir ist keine Magie.« In aufwallendem Zorn schlug sie mit der Hand auf den Tisch. »Sonst hättet ihr mich auf der Wiese kaum außer Gefecht setzen können!«

»Uns hat Kieran mit seinem Schlafzauber auch getroffen, wenn dich das tröstet, und wir beherrschen unsere Magie ganz gut.« Finley grinste und wies auf Gustav, der heftig nickte. »Das will also nichts heißen. Wenn du nur ein Mensch wärst, dann hättest du nie und nimmer das Weltentor öffnen können und du sagst doch, dass du das getan hast.«

»Ja, aber warum funktioniert es von dieser Seite aus nicht? Ich habe die Worte gesagt und meine Hand auf den Fels gelegt.«

Finley grinste noch breiter. »Ich erkläre es dir, wenn du Alyssa befreit und deine Aufgabe als Fata erfüllt hast.«

»Fata ... Aufgabe.« Lena brauste auf. »Ihr erwartet zu viel von mir. Es muss jemand anderen geben, jemand der besser geeignet ist als ich. Selbst wenn ich glauben würde, was ihr von mir behauptet, ich kann nicht die Einzige sein.«

Meister Kieran streichelte besänftigend ihren Arm. »Halbfeen sind selten. Aber es stimmt. Es gab noch jemanden wie dich. Ein Junge. Er wurde geboren, kurz bevor Alyssa verschwand. Ein paar Wochen nach seiner Geburt fanden wir seine Mutter. Ihre Gestalt war zu Holzkohle verbrannt. So etwas vermag nur der Atem von Taherehs Drachen Numir zu vollbringen. Die blutigen Tücher, in die ihr Sohn eingewickelt war, hielt sie noch in der Hand, aber sie waren leer. Der Drache hat ihr Kind gefressen. Wir fanden nur noch sein Kettchen mit dem Zeichen seiner mütterlichen Herkunft, die silberne Distel der Sidda. Als sich danach die Tore zwischen den Welten verschlossen, hatten wir kaum noch Hoffnung. Doch heute bist du zu uns gekommen.«

Kieran warf Lena einen Blick zu, der voller Wärme war. Sie begriff, dass er tatsächlich daran glaubte, in ihr diejenige zu erkennen, welche er ersehnte. Aber wenn Kieran es nicht vermochte — wie sollte es dann ihr gelingen, diese Alyssa zu befreien?

Sie schüttelte den Kopf. »Eine Königin, die über jeden den Todesfluch spricht und ein bösartiger Drache, der kleine Kinder verspeist. Das ist eine großartige Motivation.«

»Wir alle helfen dir.« Finley beugte sich vor. Dann stutzte er. »Woher weißt du von dem Todesfluch?«

»Äh, das war nur so dahin gesagt. Du willst doch nicht etwa behaupten ... auch das noch!« Lena wich seinem Blick aus und schaute auf ihren Teller. Ein Traum stieg in ihrer Erinnerung auf. In diesem Traum hatte sie den Ruf einer Eule vernommen und eine Frau gesehen, in einem Kleid mit endloser Schleppe. Sie strich sich fröstelnd über die Arme.

»Komm, ich will dir etwas zeigen.« Meister Kieran stand auf und reichte Lena die Hand. Er führte sie hinter den Turm auf einen großen, freien Platz. Von da aus konnte man über das ganze Tal schauen. »Hier an dieser Stelle stand die Burg der Strahlenkönigin Alyssa, verbunden mit unserem Turm. In ihrem Inneren verbarg sich das kostbarste Kleinod aller Welten, der flammende Lichtkristall. Alles Lebendige nährt sich vom Feuer in diesen Kristall. Er verschwand mit Alyssa, genauso wie die Burg. Das Feuer des Kristalls ist am Erlöschen wie sie. Die Zeichen sind eindeutig, und dann gibt es kein Leben mehr. Weder hier noch sonst irgendwo!« Kieran schwieg. Dann wies er hinunter ins Tal. »Das Dorf der Korria. Deine Mutter Helena wuchs dort auf. Ein Stück weiter dahinter siehst du die Stadt Sonnenstein. Dort gibt es eine großartige Einkaufsmeile, die Goldglanzstraße. Die Sandsteine der Geschäftshäuser leuchten in der Sonne wie pures Gold.

Ein herrlicher Anblick, der die Seele weitet. Das alles wird es bald nicht mehr geben, wenn du uns nicht hilfst. Lena, du bist in unserer magischen Welt genauso verwurzelt, wie in der Menschenwelt. Ohne dich sind wir machtlos. Wir brauchen deine Hilfe! Wirst du sie uns geben?«

Kieran sah Lena bei den letzten Worten ernst an. Sein Blick aus blauen Augen schien tief in ihre Seele zu tauchen. Lena schaute von ihm weg, hinunter in das Dorf und hinüber zur Stadt. Sie ließ den Blick weiter zu den majestätischen Bergen in der Ferne schweifen, vor denen ein breiter, fast schwarzer Wolkenstreifen hertrieb. Lena dachte an ihre Mutter, an den Stolz, der aus ihr gesprochen hatte, wenn sie ihre Tochter eine Fata nannte.

Sie seufzte. »Ich will es versuchen.«

Gustav, Finley und Cara waren den beiden gefolgt und hatten Lenas Antwort gehört. Der Alraun stürmte auf sie zu und umklammerte ihre Beine.

»Sie hat ja gesagt, ja, ja, ja. Jetzt gibt es endlich wieder Hoffnung. Muss gleich zu den anderen, die frohe Botschaft verkünden.« Gustav sauste davon.

Finley sagte nichts. Er betrachtete Lena nachdenklich und fast ein wenig neugierig.

Cara, die an seiner Seite stand, boxte ihn in die Rippen. »Untersteh dich!«

Kieran legte Lena die Hand auf die Schulter und atmete erst einmal tief auf. »Du bekommst jede Unterstützung, die du brauchst. Cara, bitte zeige Lena ihr Zimmer. Das Beste, das wir haben.«

Lena biss sich auf die Lippen. »Mein Vater wird sich Sorgen machen.«

»Die Zeit läuft hier anders. Er wird nicht einmal merken, dass du weg bist.« Kieran nickte ihr beruhigend zu.

Lena entschloss sich fürs Erste, ihm Glauben zu schenken. Sie ging mit Cara in den Turm und über eine Wendeltreppe bis in den zweiten Stock hoch. Das Zimmer, das Cara ihr zuwies, war klein, aber sauber und hell. Es enthielt ein breites Bett, dessen schmucklose, weiße Bettgarnitur sich hoch aufbauschte, sowie einen Kleiderschrank in den sie nichts hinein tun konnte, weil sie nichts hatte. Dann gab es noch einen silberumrandeten Wandspiegel, der Lenas Gesicht seltsam fremd wiedergab; einen kleinen Waschtisch mit einer Schüssel und einer Karaffe Wasser darauf, sowie einen Stuhl.

»Komm runter in die Küche, wenn du ein wenig ausgeruht hast.« Cara machte Anstalten, wieder zu gehen. Im Türrahmen drehte sie sich noch einmal um. »Ich will dir helfen wo ich kann. Ich mag dich. Trotzdem warne ich dich. Auch wenn du eine Fata bist, lass besser die Finger von meinem Finley.«

Bei den letzten Worten veränderte sich Caras sanftes Gesicht dramatisch. Die graugrünen Augen wurden gelb. In ihren Wangen und der Stirn arbeitete es und plötzlich hatte sich ihr Kopf in den einer Wildkatze verwandelt. Sie fauchte Lena furchterregend an.

Lena ließ sich davon nicht beeindrucken. »Keine Sorge, den will ich nicht einmal geschenkt.«

Ungerührt zog sie ihre Schuhe aus, warf sich auf das Bett und schloss die Augen.

BLUTSBANDE

Am späten Nachmittag erschien Gustav noch einmal zusammen mit einer Abordnung reisefertiger Alraunen. Die kleinen Wesen machten ein betretenes Gesicht. Mit ihren knirschenden Stimmen stammelten sie eine Entschuldigung für ihr gestriges Verhalten. Sie boten an, zusammen mit Lena der Schattenkönigin gegenüberzutreten und wenn, wie Gustav es ausdrückte, sie alle dabei drauf gehen sollten. Kieran lächelte die kleinen Wesen an und lobte ihren Mut. Aber er mahnte sie auch zur Geduld. Erst brauchten sie einen Plan und dann würde er auf sie zurückkommen.

Abends hatte Lena Gelegenheit, ihre Gastgeber etwas besser kennenzulernen. Sie saßen zum Abendbrot an dem großen Tisch in der Mitte der Küche. Die Möbel ringsum ließen das Rund des Turmes erahnen. Alles war einfach und für Lenas Begriffe altmodisch eingerichtet. Vor dem einzigen kleinen Fenster dominierte ein riesiger Spülstein. Daneben an der Wand befand sich ein alter Küchenschrank und gegenüber stand eine große Anrichte im Anschluss an eine Zimmertür. Die Küchentür, wie auch die vorgelagerte Eingangstür blieb stets offen, zumindest, solange es draußen warm war.

Lena kam zu dem Schluss, dass Meister Kieran ein kluger, besonnener Mann sein musste. Er nannte auch die unangenehmen Dinge beim Namen. Trotzdem verbreitete er Zuversicht. Sie sah ihm in die Augen und wusste instinktiv, dass sie ihm vertrauen konnte.

Finleys Muskelkraft hatte Lena schon am Morgen zu fühlen bekommen, als sie mit ihm auf der Wiese rangelte. Sie hielt ihn immer noch für grob, hart und voreilig, wenn nicht gar arrogant, obwohl er sich im Beisein von Cara ganz zivilisiert benahm. Auf seine Magie schien er sehr stolz zu sein. Lena konnte sich des Eindrucks nicht erwehren, dass er damit vor ihr angeben wollte. Als sie Cara half, den Tisch abzuräumen und das Geschirr zum Spülstein trug, schnipste er mit den Fingern. Die Gläser rutschten daraufhin aus ihren Händen und flogen selbstständig zum Spülstein. Dort setzten sie hart auf, ruckelten noch ein bisschen und wenn Finley mit seiner Hand nicht eine haltende Bewegung gemacht hätte, wären sie wohl in Scherben zerbrochen. Auch als Cara ihn bat, draußen Wasser zu holen, bewegte er sich nicht vom Fleck, sondern gab nur Zeichen. Das Fenster sprang auf und ein Schwall Wasser ergoss sich aus einem Eimer spritzend in die Spüle. Cara schimpfte mit ihm, weil sie ganz nass wurde. Aber Finley grinste nur und blies die Backen auf, um sie mit einem warmen Wind zu trocknen.

Meister Kieran schüttelte den Kopf. Er trug dem jungen Mann auf, den Boden zu säubern und stand auf. Mahnend hob er den Finger vor Finleys Nase. »Aber anständig!« Dann ging Meister Kieran in sein Zimmer, um sich schlafen zu legen. Lena nickte er freundlich zu. »Gute Nacht.«

Als Meister Kieran gegangen war, schnippte Finley wieder in die Luft. Eine Schranktüre öffnete sich und ein Besen rauschte heran. Selbstständig fegte er sich durch den Raum, besonders um Lenas Füße herum.

Sie fauchte ihn an. »Sonst geht's dir gut?«

»Kindskopf!« Cara lachte. »Mach dir nichts daraus, Lena. Wenn es darauf ankommt, ist er zu gebrauchen.«

Obwohl Lena wusste, dass Cara sich in eine gefährliche Raubkatze verwandeln konnte, hatte sie zu ihr doch mehr Zutrauen. Die Fee schien offen und ehrlich, doch bei Finley blickte sie nicht so recht durch. Als sie dann zu dritt noch beisammen saßen, um ein wenig mehr übereinander zu erfahren, kam ihr allerdings der Verdacht, dass Finley sie hatte testen wollen. Cara behauptete nämlich steif und fest, dass Lena magische Fähigkeiten habe. Es konnte ihrer Meinung nach gar nicht anders sein, auch wenn Lena noch so sehr beteuerte, dass dem nicht so sei.

»Du weißt nur noch nichts davon«, behauptete sie.

Finley sagte dazu nichts, aber Lena hatte das Gefühl, dass er sie in der nächsten Zeit noch gewaltig herausfordern würde.

Nach zwei Tagen hatte Lena sich bereits eingelebt, und am Morgen des dritten Tages holte Kieran einen Beutel hervor und gab ihn Finley. »Du gehst heute mit Lena und Cara nach Sonnenstein. Lena braucht anständige Kleidung, so wie sie hier üblich ist. Auf dem Rückweg geht ihr ins Dorf der Korria zu Dorith, damit Lena ihre Großmutter kennenlernen kann. Aber bitteschön diskret. Noch darf nicht jeder von ihr wissen. Wir wollen ja nichts riskieren. Ich selbst gehe für ein paar Tage weg, um Erkundigungen einzuholen. Wenn ich wiederkomme, will ich, dass alles hier in Ordnung ist.«

Lena sah Meister Kieran zweifelnd an. »Großmutter? Meine Mutter hatte keine Verwandte.«

»Nicht in der Welt der Menschen.«

Finley stöhnte, als er das Wort »Einkaufen« hörte. »Muss das sein. Die Flecken in ihrem Kleid bekomme ich mit einem Fingerschnipsen raus und dann sieht es auch nicht viel anders aus als die Kleider von Cara. Ist nur ein bisschen kürzer.«

»Dann schnips sie raus und macht euch auf den Weg.« Meister Kieran nahm seinen Reisestab und ging zur Tür hinaus.

Finley sah von dem Beutel in seiner Hand missmutig zu Lena. Ihr Kleid war wirklich sehr fleckig von dem Gras der

Wiese und der unfreiwilligen Übernachtung zwischen den Büschen bei dem Felsen. Er ging zu ihr, schnipste mit den Fingern an ihrem Bauch und noch bevor Lena entrüstet »Au« rufen konnte, war sie in einen Wirbel aus glitzerndem Staub gehüllt. Sie bekam einen Hustenanfall. Kurz danach war ihr Kleid blütenrein.

»Oh!« Das war alles, was Lena zwischen einem neuerlichen Anfall von Reizhusten hervorbrachte.

Cara bog sich vor Lachen. »Du solltest seine Magie wirken lassen, nicht einatmen«, sagte sie und ging zu Finley, um ihm den Beutel wegzuschnappen. Er ließ es nicht zu. »Dann guck wenigstens nach, wie viel drinnen ist.«

Finley tat es. »Dürften so um die zweihundert Feeny sein«, schätzte er. »Wagt es bloß nicht, ganz Sonnenstein aufzukaufen. Ich erwarte, dass es schnell geht.«

»Da kannst du lange warten«, spottete Cara und hakte Lena unter. »Los, heute wird ein lustiger Tag.«

Sie gingen zum Turm hinaus und rechts in den Waldweg hinein.

Über den Bäumen lagen graue Schatten. Sie dämpften das zwischen dem Blätterdach durchscheinende Sonnenlicht. Es erzeugte eine verwunschene Stimmung. Aber weder Cara noch Finley schienen beunruhigt und so entspannte Lena sich auch. Sie hörte das Rascheln von Haselmäusen im Unterholz, sah einzelne Eichhörnchen die Bäume hinaufhuschen und freute sich an dem Gezwitscher der Vögel.

Plötzlich blieb sie jedoch wie angewurzelt stehen. Ein Kauz schrie, durchdringend, lockend.

»Was ist?«, fragte Cara. »Ach, die Waldeule … die kommen halt auch ganz durcheinander, weil es immer aussieht, als ob es schon Abend wäre. He, das ist doch wirklich kein Grund so große, runde, erschreckte Augen zu machen wie die.«

»Nein, wohl nicht.« Lena lächelte etwas schief, »Hab nur … ach, ist nicht so wichtig.«

»Spuck's aus!« Finley hielt Lena am Arm fest und hinderte sie am weitergehen.

»Sei doch nicht schon wieder so grob!« Lena riss sich von ihm los. »Ist wirklich nicht wichtig, nur ein Traum, den ich ein paar Mal träumte.«

Aber es war nicht nur ein Traum. Es war ein Albtraum. Vor etwa drei Wochen hatte Lena ihn mehrmals hintereinander geträumt. Erst ab ihrem Geburtstag hatte es aufgehört. Sie lief weiter, damit ihre Begleiter nicht merkten, dass der Ruf der Eule sie tatsächlich geschockt hatte. Aber Finley und Cara gaben keine Ruhe. Für Cara waren Träume wichtige Zeichen und Finley dachte entweder ähnlich, oder er wollte Lena einfach nur triezen. So kam sie nicht darum herum, alles aus ihrem Traum zu erzählen: Von dem Ruf einer Eule, die sie in einen gespenstischen Wald lockte; von der geheimnisvollen Frau, die dort ging; von dem Schock, als die Frau sich umwandte und sie anblickte; und nicht zuletzt von dem Tor, durch dessen Ritzen sie im Traum ein seltsames, rosa Licht leuchten sah. Cara wurde bei der Schilderung immer stiller, während Finley klare Fragen stellte. Lena musste zugeben, dass seine Fragen gar nicht so ungeschickt waren.

»Wenn Meister Kieran wieder da ist, musst du ihm deinen Traum erzählen, jede Einzelheit daraus. Er hat etwas mit Alyssa und Tahereh zu tun, soviel steht fest«, sagte er. »So, und jetzt denken wir nicht mehr daran. Gleich könnt ihr euch austoben und ich hoffe, ihr vergesst dabei nicht, dass MIR das Einkaufen keinen Spaß macht. Also bemüht euch wenigstens ein bisschen, die Qual für mich abzukürzen.«

Sie gelangten nun auf eine kleine Lichtung. Rechts fiel der Wald zum Tal hin ab. Ein Weg führte bis ins Dorf der Korria.

Finley und Cara führten Lena jedoch zielstrebig zu einem großen, hölzernen Tor, das mitten auf dem Wiesengrund in einem Steinbogen befestigt war. Der riesige Kopf eines schwarzen Panthers diente als Türklopfer. Finley ließ den Ring in seinem Maul dreimal gegen das Holz pochen. Cara, die bei der Schilderung des Traums ungewohnt bedrückt gewirkt hatte, wurde wieder lebhafter.

Sie warf Finley eine Kusshand zu und hakte sich an Lenas Arm ein. »Gleich sind wir da.«

Das Tor öffnete sich unter heftigem Quietschen. Die waldige Umgebung verschwamm. Die Stille der Natur wandelte sich in das lebhafte Treiben einer städtischen Einkaufsstraße, die sich schier endlos bis zum Horizont zu erstrecken schien. Lena schaute und staunte. Die Häuser zu beiden Seiten waren aus kleinen, rot-orangefarbenen Sandsteinen gebaut. Manche hatten seitlich über den Geschäften Vorbauten in Form eines Zwiebelturms. Giebel und Fenster der Häuser waren mit bunten Ornamenten verziert und an vielen Hauswänden ragten Figuren heraus. Lena sah Köpfe von Einhörnern, die mit sanften Augen auf die Passanten blickten; Seeschlangen, die sich um Geschäftseingänge wanden; geflügelte Pferde, die sich scheinbar in die Lüfte erhoben. Sie wusste kaum, wo sie zuerst hinschauen sollte. Es roch plötzlich stark nach Thymian, Salbei und Verbenen, die auf der linken Seite in Körben vor dem Eingang von »Ana's Kräuterstube« feilgeboten wurden. Lena wäre gerne stehengeblieben. Die magischen Verwendungshinweise, die über vielen Körben zu lesen waren, machten sie neugierig und bestätigten auch, was Finley und Cara ihr gestern erklärt hatten: In Antiquerra konnte jeder jeden in seiner eigenen Sprache hören und verstehen, obwohl es tatsächlich genauso viele Sprachen gab, wie in der Menschenwelt. Du bist in der

Welt der Tausend Zungen, die zu einer werden, hatte Cara gesagt. Lena fand es jetzt faszinierend, dass sie die Buchstaben auf den Zetteln über den Körben tatsächlich in ihrer Sprache erkannte. Sie entzifferte interessiert die erste Zeile der Gebrauchsliste über dem Korb mit Enzianwurzeln.

»Mit Liebeszaubern kannst du dich später beschäftigen.« Cara zog Lena mit Finleys Unterstützung raschen Schrittes weiter.

Lena begriff auch, warum die beiden auf schnellstem Weg die »Feenausstattung Berthe« ansteuerten, wo sie Lena einkleiden wollten. Sie erregten Aufmerksamkeit. Wo die drei auch an Feen, Magiern und Grüppchen von Alraunen vorbeikamen, wurde plötzlich getuschelt. Manche Leute betrachteten die hübsche rothaarige Fee und den stattlichen jungen Mann unverhohlen mitleidig und rümpften die Nase über das blonde, heruntergekommene Ding, das sie in ihrer Mitte führten.

»Als ob Kleider etwas über den Charakter aussagen würden.« Finley schimpfte vor sich hin und blaffte dann die nächsten naserümpfenden Feen an. »Ist eingelaufen, na und?«

»Fehlgeschlagener Reinigungszauber, kann jedem passieren«, ergänzte Cara.

Lena atmete auf, als sie endlich bei »Berthe's« die Ladentür hinter sich geschlossen hatten. Finley ließ sich gleich links auf den Stuhl bei dem kleinen Tischchen fallen, und machte dann zu Cara eine Handbewegung, die etwa soviel sagen sollte wie: Jetzt macht was ihr wollt.

Die Besitzerin des Ladens, Madame Berthe, kam aus einem kleinen Raum in der hinteren Ecke. Sie bewegte sich sehr geschmeidig und in ihrer dunkelgrünen Robe sah sie sehr elegant aus. Ein auffälliger goldener Gürtel, dessen vordere Schließe aussah wie eine Schlange, die sich selbst in den

Schwanz beißt, zierte ihre Taille. Der Gürtel war weitaus auffälliger als das schmale Goldband, das Cara um die Taille trug und das lediglich mit einem kleinen, offenen Auge in einem Strahlenkranz verziert war. Berthe gehörte augenscheinlich zu den Sidda Feen, die fast alle kräftiges, rotes, braunes oder schwarzes Haar hatten. Sie grüßte Cara, indem sie zwei Finger an die Stirn legte, und schaute Lena dann von Kopf bis Fuß an.

»Oh ja« sagte sie, »das ist dringend.«

Sie ging zu einem der Kleiderständer, wühlte ein bisschen und zog dann ein türkisfarbenes Kleid mit durchsichtigen langen Ärmeln heraus. Es war am Halsausschnitt und an den Säumen mit schmalen, silber- und goldfarbenen Schnüren eingefasst.

»Hier, probiere das an«, sagte sie zu Lena.

Lena verschwand hinter einem Vorhang, und als sie wieder hervorkam, verschlug es Berthe und Cara erst einmal die Sprache. Lena betrachtete sich ungläubig im Spiegel. Die Farbe des Kleides brachte ihr Gesicht zum Leuchten. Der Stoff umschmeichelte ihren Körper und wogte bei jedem Schritt wie Wellen um die Fesseln. Es sah aus, als ob sie schwebte.

»Du siehst umwerfend aus!« Cara drehte Lena zu Finley hin, der in den Artikel einer Zeitschrift für männliche Magier vertieft war. »Fin, guck mal!«

Als Finley aufsah, öffnete sich sein Mund in bewunderndem Staunen. Für einen kurzen Moment blieb ihm sogar der Atem weg. Caras Augen wurden daraufhin für einen noch kürzeren Augenblick gelb und verzogen sich zu kleinen Schlitzen. Doch dann drehte sie sich ruhig zu Madame Berthe um.

»Das nehmen wir.«

»Es gibt noch einen passenden Umhang dazu, sehr leicht und doch warm an kühlen Tagen«, lockte Berthe, die den

Kapuzenumhang bereits in der Hand hatte und ihn nun über Lenas Schultern legte.

»Gut«, sagte Cara. »Aber sie braucht auch noch ein zweites Kleid.«

Madame Berthe ging eilfertig zum nächsten Kleiderständer.

Lena nutzte die Gelegenheit und zog Cara beiseite. »Das kostet doch bestimmt alles viel Geld. Lass es gut sein, ein Kleid genügt mir. Meister Kieran …«

»Sein Geld wird ausgegeben. Er will es so, basta! Also zier dich nicht«, wisperte Cara zurück.

»So, da habe ich noch eines in eurer Lieblingsfarbe weiß. Es ist in Türkis und Gold eingefasst, passt auch zum Umhang.«

Lena schaute auf das Kleid in Madame Berthe's Hand und schielte dann zu einem anderen Kleiderständer, wo sie ein dunkelrotes Kleid entdeckt hatte, das ihr schon die ganze Zeit in die Augen stach. Wenn sie schon ein zweites Kleid bekommen sollte, warum dann nicht dieses? Es war zumindest auch nicht so empfindlich wie das weiße Kleid und dunkelrot war nun einmal ihre erklärte Lieblingsfarbe.

»Was ist mit dem Roten dort drüben?«

»Du magst unsere Farben also tatsächlich?«, fragte Berthe überrascht und schien ein wenig geschmeichelt.

»Sie hat eine Weile mit mir unter den Sidda gelebt«, sagte Cara schnell, um keine weiteren Fragen aufkommen zu lassen. Berthe nickte.

»Ah!« Sie lächelte Lena an. »Es würde dir bestimmt gut stehen, Liebes. Aber heutzutage ist es besser, wenn du nicht so auffällst. Die Leute sind so schnell misstrauisch. Die Schattenkönigin, wenn du verstehst, was ich meine.«

Lena nickte und nahm von ihr das weiße Kleid entgegen. Es zählte zumindest jetzt noch ganz und gar nicht zur Lieblingsfarbe ihrer mütterlicherseits vererbten Feen-Natur. Doch als sie es angezogen hatte und sich betrachtete, söhnte sie sich zumindest teilweise damit aus, dass sie das begehrte Rote nicht haben konnte.

»Jetzt brauchen wir noch einen Feengürtel«, sagte Cara.

»Oh, da bin ich gespannt! Ein Gürtel, der dein wahres Wesen stärkt. Mal sehen … was schlummert wohl in dir?« Berthe taxierte Lena erneut von Kopf bis Fuß. »Vielleicht eine wilde Katze? Nun, lassen wir uns überraschen.«

Madame Berthe reichte Lena einen goldenen Gürtel, der vorne an der Schließe zu einem Luchs geformt war. Als sie ihn um die Taille band, ertönte ein so lautes Fauchen, dass Finley vor Schreck ein Teil seiner Zeitung zu Boden fiel.

»Das war wohl nichts«, meinte Madame Berthe enttäuscht und nahm Lena den Gürtel wieder ab. Sie reichte ihr jetzt einen, der vorne mit einem stilisierten Blumenstrauß schloss. Als Lena ihn umband, ließen alle Blüten die Köpfe hängen, als ob sie verwelkten.

»Hm, in die Richtung geht's auch nicht. Alle Sorten verwelkt.« Berthe ging nachdenklich am Gürtelregal entlang. Dann kam sie mit einem neuen Gürtel zurück.

»Der hier … bisher gab es niemanden, der ihn tragen konnte. Zu schwer, aber probier ihn.« Berthe hielt Lena den breiten Gürtel entgegen. »Die Prinzessin der Schlangen, Hüterin des Lebens. Verbindung zwischen den Welten.«

Die Schließe des Gürtels zeigte eine Gestalt mit einem weiblichen Oberkörper, der ab der Taille in einen Schlangenkörper auslief. Lena wunderte sich, wie leicht sich der Gürtel um ihre Taille schmiegte. Ihr Rückgrat richtete sich auf. Ihre ganze Haltung straffte sich. Lena streichelte über die Schließe und tastete jedes Detail der machtvollen Figur. Ihr war es zumute, als ob sie plötzlich schwebte. Worte drängten aus ihrem Mund.

»Das Obere und das Untere sind zwei Seiten desselben.« Lenas Stimme klang fremd.

Als Cara sie am Arm fasste, kam es ihr vor, als erwache sie aus einer Trance. Sie schaute verwirrt in die Gesichter von Berthe, Cara und Finley, der nun ebenfalls neugierig herangetreten war.

»Wie heißt du, Liebes?«, fragte Berthe leise.

»Lena.«

»Ich glaube, den Namen werden wir uns merken müssen.«

Sie kauften bei Berthe noch ein paar der hier üblichen Sandalen, die wie bei den alten Römern über den Fußfesseln gebunden wurden. Lena behielt das weiße Kleid mit dem Gürtel gleich an, wehrte sich aber vehement dagegen, als Berthe ihr altes rotes Kleid wegwerfen wollte. Es war ihr Geburtstagsgeschenk und ihr Vater hatte ihr damit einen heißen Wunsch erfüllt. Doch das durfte sie nicht sagen.

»Erinnerungen an meine Zeit bei den Sidda« log sie schnell und so packte Madame Berthe das alte Kleid mit ein.

Nachdem Finley den Einkauf bezahlt hatte, schleifte Cara sie noch in einen Wäscheladen, wo sie dann nicht nur für Lena ein paar Höschen erstand, sondern auch für sich selbst eines. Es war ein Rotes, dem sie nicht widerstehen konnte. Finley rollte nur mit den Augen.

»Wie wäre es, wenn du selbst einen Laden aufmachst. Genug davon wirst du wohl haben«, brummte er.

Auf dem Rückweg schaute keiner mehr schief. Eher erntete Finley neidische Blicke, weil er gleich mit zwei schönen Mädels im Arm umherspazierte. Das entschädigte ihn zumindest ein wenig dafür, dass er so lange bei Madame Berthe hatte warten müssen.

Lena nahm sich jetzt ein wenig Zeit, die Häuser zu bewundern. Zwar schien die Sonne noch immer wie durch einen

Schleier, aber die Steine der gemauerten Fassaden leuchteten trotzdem wie pure Goldbarren. Den Gürtel um ihre Taille vergaß sie über diesem Anblick. Lena spürte ihn kaum.

Für einen Bummel durch weitere Geschäfte ließ Finley den beiden keine Zeit mehr. Sie wollten ja noch ins Dorf der Korria. Bei einem Laden, über dessen Eingang eine Muschel auf- und zu klappte, blieb er jedoch unerwartet selbst stehen. Neben den Stufen, die zur Eingangstür führten, stand ein Regal mit mehreren Kistchen, welche mit Seetang ausgepolstert und mit Waren bis obenhin gefüllt waren. Kleine bunte Beutel hingen an der Seite. Finley suchte einen aus und füllte ihn wortlos mit den Dingen aus den Kistchen. Er nahm eine Handvoll schimmernder Perlen, eine Handvoll Seidenraupenkokons, ein paar Silberringe und bunte, geflochtene Schnüre. Als er im Laden bezahlt hatte, hielt er Lena den Beutel hin.

»Hier, für dich«, sagte er.

»Was ist das?«

»Das musst du selbst herausfinden.« Als Cara erklären wollte, zischte er sie an. »Untersteh dich!«

Lena betrachtete die Sachen, die er ihr geschenkt hatte und eine Erinnerung stieg in ihr auf. »Ich glaube, meine Mutter hatte auch so etwas …«

»Na dann umso mehr Spaß beim Grübeln.« Finley griff sich an den Bauch, in dem es gewaltig rumpelte. »Es ist schon fast Mittag. Auf zu Dorith. Ich sterbe vor Hunger.«

Lena sah die Straße entlang und wunderte sich. Nur ein kleines Stück voraus waren sie aus dem Tor getreten. Doch jetzt war es verschwunden. Die Einkaufmeile setzte sich endlos fort.

Finley wies auf die Kreuzung zu einer Seitenstraße. »Zum Transporttor geht es dort lang. Die magischen Tore stehen immer an bestimmten Stellen, damit jeder sie finden kann. Sobald man am Zielort heraustritt, ist es wieder am Ursprungsort.« Sie gingen weiter, doch plötzlich blieb er wie angewurzelt stehen. »Halt!« Er zog Lena und Cara zu sich heran. Sein Blick heftete sich an einen fernen Punkt in der Einkaufsstraße. Eine Nebelwolke bildete sich dort. Finley zögerte keinen Augenblick. Er drehte beide hastig in die andere Richtung, griff nach ihren Händen und zog sie mit sich. »Los, schnell, zurück in den Laden.«

Lenas Herzschlag beschleunigte sich. Was war hier plötzlich los? Neben ihr schrien zwei Feen gellend auf und rannten voller Panik davon. Die anderen Passanten gerieten gleich darauf genauso in Aufregung. Alle schrien und gestikulierten. Chaos brach aus. Feenmütter riefen verzweifelt nach ihren Kindern. Alraunen sprangen in die mit Waren gefüllten Körbe, die vor den Geschäften standen.

Finley nahm mit einem Schritt die drei Stufen hoch zum Ladeneingang und hämmerte gegen die Tür, die der Händler gerade abschloss. Der Mann warf einen erschreckten Blick durch die Glasscheibe und zuckte zurück. Dann erkannte er seinen Kunden und ließ sie alle drei herein.

»Schnell, dort runter, in den Keller.« Der Händler wies mit zitternden Händen in die linke Ecke seines Ladens. Als er die Tür voller Angst wieder versperrte, klapperte sogar sein Schlüssel aufgeregt im Schloss. Der Mann rüttelte noch einmal am Griff. Dann eilte er zur Treppe, zwängte sich auf den Stufen zum Keller an ihnen vorbei und ging voraus. Er atmete keuchend. »Die kommen diesen Monat schon das dritte Mal. Beeilt euch!«

Sie rannten dem Ladenbesitzer hinterher. Er verriegelte die Kellertür und schob zusätzlich Kisten davor. Lena sah es und in ihrem Hals bildete sich ein Kloß. Sie schlang die Arme um ihren Körper, krallte die Finger fest in ihr eigenes Fleisch. Das passierte nicht wirklich! Ihr Blick fiel auf Finley.

Er presste die Lippen zusammen. Seine Hände ballten sich zu Fäusten. »Nie mehr gehe ich ohne mein Schwert aus dem Turm!«

Lena zuckte bei seinen Worten zusammen. Sie klangen so wütend. Sie schaute von ihm weg zu dem kleinen, vergitterten Kellerfenster. Draußen brach die Hölle los. Zitternd holte sie Luft.

Finley sah auf und streckte die Hand aus. »Komm her, Lena.« Er zog sie zu sich. »Wird schon gut gehen. Wir haben noch unsere Magie und hier sind wir einigermaßen sicher.«

Cara nickte. Ihr Gesicht nahm die Form eines Katzengesichts an. Sie fauchte leise. Gleich darauf glättete es sich wieder und sie lehnte den Kopf an Finleys Schulter. Er hauchte einen Kuss in ihr Haar.

Dann wandte er sich leise an Lena. »Das da draußen sind Taherehs Anhänger, die Grungalp. Eigentlich müssten diese Schattenfeen den Tag über schlafen, zu Stein erstarrt. Aber das tun sie nicht mehr. Das fehlende Licht. Sie werden immer aggressiver.«

»Pst!« mahnte der Händler. »Sonst werden sie noch auf uns aufmerksam.« Er ließ sich schwer atmend auf eine Kiste fallen und hielt sich die Ohren zu.

Der Lärm von der Straße drang dumpf zu ihnen herein. Es zischte wie bei einem Feuerwerk und dazwischen klangen fürchterliche Schreie. Lena stand neben dem Händler und klammerte sich an Finley und Cara. Wie gebannt sah sie zum Kellerfenster hoch, das fast ebenerdig zur Straße lag. Nur spärlich drang von dort Tageslicht herein. Das Geschehen da draußen erschien wie ein Spuk. Wesen in erdfarbenen Umhängen stoben umher. Ihre Füße berührten kaum den Boden.

Kapuzen verhüllten ihre Köpfe. Aus ihren Händen schossen farbige Blitze. Passanten fielen getroffen zu Boden. Eine Fee hielt sich schreiend das Gesicht. Dicke Pusteln bildeten sich darauf, genauso wie an ihren Armen. Ein glühendes Geschoss prallte auf den Fensterrahmen des Kellers. Lena zuckte zurück und schlug die Hand vor den Mund. Funken sprühten. Über ihnen klirrte plötzlich Glas. Es polterte. Der Ladenbesitzer stöhnte.

Wenig später war der Angriff vorüber. Die Grungalp verschwanden so schnell, wie sie gekommen waren. Es wurde still. Nur das Wimmern der verletzten Feen und Alraunen hörte nicht auf.

Finley seufzte. »Es ist vorbei.« Er reichte dem Händler die Hand und half ihm auf. »Danke, dass Sie uns Unterschlupf gewährt haben!«

Schweigend gingen sie nach oben. Als sie den Laden betraten, bot sich ihnen ein Bild der Zerstörung. Der Besitzer jammerte und rang die Hände. Regale lagen umgekippt am Boden. Dazwischen Glasscherben und zerstreute Waren. Das Schaufenster hatte keine Scheibe mehr. Draußen auf der Straße kullerten Warenkörbe herum. Kräuter und magische Gegenstände verteilten sich überall. Abgeplatzte Steine von den Hauswänden lagen auf der Erde, zerborstene Glasscheiben und dazwischen stöhnten die Verletzten.

Lena schlug entsetzt die Hände vor das Gesicht. »Warum tun die so was?«

»Um die Hoffnung zu zerstören. Um Taherehs Macht zu demonstrieren.« Cara seufzte.

Finley schnipste bereits eifrig mit den Fingern und half dem Händler seinen Laden in Ordnung zu bringen. Cara tat es ihm nach und bedeutete Lena, so zu tun als ob. Also schnippte auch sie mit den Fingern. Doch zu ihrem Bedauern flog kein

Teil an seinen Platz zurück. Der Händler bemerkte es nicht. Er war froh über die Hilfe und erleichtert, mit dem Leben davongekommen zu sein.

Immer wieder schaute Lena nach draußen auf die Straße. Tote wurden weggetragen. Ein paar Korria-Feen kümmerten sich um die Verletzten. Sie hüllten sie in Heilungsstrahlen, die ihre Schmerzen linderten. Als Lena fragte, ob sie nicht auch helfen könnten, schüttelte Finley den Kopf. Nur die Korria-Feen hatten Heilenergien. Den Schaden, den die Grungalp angerichtet hatten, konnten jedoch auch sie nur lindern.

Als der Laden wieder einigermaßen in Ordnung gebracht war, machten sie sich auf den Weg. Schweigend bogen sie in die Seitenstraße, die zum Transporttor führte. Überall sahen sie noch Spuren des Überfalls.

Etwa eine halbe Stunde später standen sie vor dem weißen Häuschen von Dorith. Sie hatten Schleichwege benutzt, um möglichst niemandem aus dem Dorf zu begegnen. Finley drückte seine Nase an die Fensterscheibe.

»Dorith kocht. Hoffentlich so viel, dass wir mitessen können. Mann, hab ich einen Hunger!«

Der Überfall der Grungalp steckte Lena noch sehr in den Knochen und sie verstand nicht, wieso Finley und Cara das so locker wegsteckten.

Cara zuckte mit den Schultern. »Wir können das Geschehene nicht ändern. Es wird aufhören, wenn die Strahlenkönigin frei ist.« Sie grinste. »Stichwort für deinen Part.«

»So ist es. Also lass dich nicht lähmen. Du brauchst deine Energie. Hm, wie das von da drinnen duftet!« Finley nahm Lenas Hand und zog sie zur Eingangstür. »Na los, verbieg deine Mundwinkel zu einem Lächeln! Deine Großmutter wartet.«

Finley öffnete die Tür und sie traten ein. Dorith stand am Herd und rührte eifrig in einem Topf. Ohne ihre Arbeit zu unterbrechen, wandte sie den Kopf nach ihnen um.

»Finley, Cara, das ist aber eine Freude!« Dorith nickte den beiden zu. Dann flog ihr Blick zu Lena. Sie ließ den Kochlöffel los, der nun allein weiterrührte, und griff sich an die Brust. Ihre Augen strahlten auf, aber nur kurz. Dorith drehte sich schnell um. Mit einer Handbewegung trieb sie den Kochlöffel an, der nun heftig die Suppe umrührte. »Bitte verzeih, dass ich dich so angestarrt habe. Deine Augen, im ersten Moment dachte ich …«

Finley trat zu ihr und umfasste ihre Schultern. »Dorith, wir haben eine Überraschung für dich.«

»Habt ihr Nachrichten von Helena?«, fragte sie hoffnungsvoll.

Finley schüttelte den Kopf. »Helena kommt nicht wieder. Es tut mir leid. Sie ist tot.« Er streichelte über Doriths Arme und lächelte. »Aber sie hat dir ihre Tochter geschickt. Dorith, du hast eine Enkelin und du hast sie eben an ihren Augen erkannt. Sie heißt Lena.«

Finley schob Lena zu ihr hin. Wie ein sanfter Hauch legten sich Doriths Finger um ihr Gesicht, streichelten es, griffen dann in Lenas Haar, liebkosten ihre Hände. Tränen rannen über das Gesicht der Fee. Dann fiel ihr Blick auf Lenas Halskette mit dem kleinen silbernen Schlüssel, der am Griffstück mit winzigen Kristallen verziert war.

»Ja, du hast Helenas Augen und auch ihr Haar … und bei der Strahlenkönigin, ich erkenne den silbernen Schlüssel meiner Tochter um deinen Hals. Er passt zu keinem Schloss und doch wollte sie sich nie trennen. Es ist so, wie Finley sagt, du bist ihr Kind, es kann nicht anders sein. Oh Lena, bitte erzähl mir alles! Von Helena, von dir …«

Dorith zog Lena zum Tisch, den Cara in der Zwischenzeit gedeckt hatte. Während sie aßen, betrachtete Lena die Gestalt ihrer Großmutter. Die sanften Hände von Dorith und die Grübchen um ihren Mund erinnerten sie an die Mutter. Sonst fand sie in ihrem Äußeren keine Ähnlichkeiten. Doriths langes Haar war zwar so hellblond wie ihr eigenes, jedoch nicht lockig, sondern fast glatt. Sie trug es zu einem langen Zopf gebunden. Innerlich fühlte sich Lena sehr zu ihr hingezogen, und allmählich reifte ihre Überzeugung, dass ihr Blut sie tatsächlich mit dieser magischen Welt hier verband.

Cara lachte plötzlich. »Ihr habt die gleiche Art, den kleinen Finger zu heben, wenn ihr aus dem Glas trinkt.«

Lena erzählte von ihrem Zuhause. Dorith hörte zu und stellte Fragen. Die Großmutter riss es hin und her zwischen ihrer Trauer um die Tochter und der Freude über die Enkeltochter.

Doch mit einem Male weiteten sich ihre Augen und sie legte erschrocken die Hände vor den Mund. »Dein Vater, er ist ein Mensch, nicht wahr? Bei der Strahlenkönigin, oh Himmel! Lena, du bist eine Fata, so ist es doch? Wie sonst hättest du den Weg zu uns finden können?« Sie wurde mit jedem Wort aufgeregter.

»Dorith, nicht so laut«, mahnte Finley. Er stand auf und lief zum Fenster, weil er vermeint hatte, dort den Schatten einer Person zu sehen. Aber wie er hinausschaute, entdeckte er nichts. Trotzdem blieb er vorsichtig. »Meister Kieran hat gesagt, dass wir aus Sicherheitsgründen noch nichts verlauten lassen dürfen. Sag also bitte auch im Dorf niemandem etwas. Vorhin, in Sonnenstein wurden wir Zeuge eines Überfalls der Grungalp ... ganz ruhig, uns ist nichts passiert ... aber wir hörten das Gerücht, dass sie auch bei euch waren. Falls die womöglich ...«

Die Großmutter schlug entsetzt die Hände zusammen. »Euch geht es wirklich gut? Keine Übelkeit? Fieber? Ausschlag? Oder irgendeine Schwäche?« Alle drei schüttelten den Kopf. Dorith atmete auf. »Ja, die Schattenfeen waren hier auch. Sieh dir unsere Gärten an und du weißt wie sie gewütet haben. Aber keiner von uns würde sich mit Taherehs Anhängern einlassen. Keiner! Auch wenn sie noch so sehr versuchen uns klein zu kriegen. Aber ich verstehe euch natürlich und ich werde schweigen. Ach, Lena, Kind, ich wünschte, ich könnte dir diese schwere Bürde abnehmen.«

Lena umarmte die Großmutter schweigend. Was hätte sie auch sagen sollen? Sie wusste jetzt, dass es keinen anderen Weg für sie gab, als sich ihrer Aufgabe zu stellen.

MAGISCHE TURBULENZEN

Lena und ihre Begleiter benutzten die gleichen Schleichwege, auf denen sie gekommen waren, auch für den Heimweg. Niemand aus dem Dorf sah sie, der hätte Fragen stellen können. Finley schien trotzdem unruhig. Er trieb Lena und Cara zur Eile an. War er doch nicht so gelassen, wie er nach dem Überfall tat? Die Grungalp wagten sich nach Doriths Aussagen weit vor. Ihr Wüten war auch hier im Korria-Dorf nicht zu übersehen. Ringsum zog sich ihre Spur von Krankheit, Tod und Verwüstung. Die duftenden Gärten in den Hängen lagen danieder und anstelle von fröhlichem Lachen hing über der ganzen Siedlung ein Hauch von Schwermut. Finley wollte so schnell wie möglich zurück zum Turm. Befürchtete er einen neuen Angriff? Als sie die Lichtung mit dem magischen Tor erreichten, von wo aus der Weg durch das kleine Wäldchen nach Hause führte, wurde er ruhiger. Lena atmete auf.

Ihre Erinnerung an die Schattenfeen trat ein wenig in den Hintergrund. Sie dachte an ihre Begegnung mit Dorith. Eine Welle warmer Zuneigung überflutete ihr Herz. Sie hatte hier eine Großmutter und ihre Mutter war eine Fee gewesen. Lena wurde dadurch zur Fata. Jetzt konnte sie es akzeptieren. Es fühlte sich richtig an. So vieles ging ihr durch den Kopf, während sie still neben Finley und Cara weiterging. Sie verglich sich mit der Eiche zuhause, deren Wurzeln in der magischen Welt verankert waren und die ihre Äste und Blätter zum Himmel der Menschenwelt emporhob. Lena hätte sich eigentlich gespalten fühlen müssen, aber das war nicht der Fall. Ihr war es eher, als ob sie einen lange vermissten Teil von sich entdeckt hätte, und sie fühlte eine Ruhe in sich, wie sie es bisher niemals erlebt hatte. Sie seufzte auf. Wenn da nur nicht die Schattenkönigin wäre. Tahereh ... So langsam bekam sie eine Ahnung davon, wie weit deren Macht reichte. Die Grungalp gehörten zu ihrem Gefolge. Jederzeit und überall konnten sie auftauchen. Die Gefahren waren wohl größer, als sie gedacht hatte. Ob sie die Prüfung bestehen konnte? So viele Leben hingen davon ab.

Der Waldweg machte nun eine Biegung. Bald würden sie an der Stelle sein, wo Lena am Vormittag den Ruf der Eule gehört hatte. Sie wollte an ihren Traum genauso wenig erinnert werden wie an die Grungalp und war froh, dass ihre Begleiter die Schilderung von heute Morgen vergessen zu haben schienen. Die beiden alberten übermütig miteinander herum. Finley wurde, seit sie die Lichtung passiert hatten, zusehends entspannter, und Cara tat alles, um ihn von möglichen Problemen abzulenken. Allmählich fiel dem Paar jedoch auf, dass Lena stumm neben ihnen her lief.

»Du bist so still. Du denkst doch nicht etwa wieder ...«, sagte Cara und das glückliche Leuchten in ihren Augen wich einem Ausdruck von Besorgnis.

Noch bevor Lena eine Antwort geben konnte, blieb Finley so abrupt stehen, dass die bunte Tasche mit den Einkäufen, welche er an den langen Riemen quer über der Schulter trug, ihm heftig an die Hüften schlug. Mit ausgebreiteten Armen hinderte er die jungen Frauen am Weitergehen. Irgendwo da vorne ging etwas Ungewöhnliches vor sich. Es erklang leise Musik. Es waren jedoch keine fröhliche Klänge, wie man sie hier kannte. Im Gegenteil. Nie hatte diese Gegend solche Töne hervorgebracht, voll von bittersüßer Tragik und unerfüllter Sehnsucht. Es waren traurige Töne, magisch berührend in den tiefsten Tiefen des Seins, dass selbst der Wald seufzte. Lena lauschte und glaubte, es müsse ihr jeden Moment das

Herz zerreißen. Vorsichtig ging sie mit Cara und Finley weiter. Nach wenigen Metern entdeckte Lena rechts vorne auf einem kleinen Felsen den Urheber dieser Musik. Es war ein junger Mann, der ganz in Schwarz gekleidet war und dessen dunkel umrahmte Augen in starkem Kontrast zu seiner hellen Haut standen. Auf der Stirn trug er seltsame Zeichen. Er konnte kaum älter als Finley sein. Als sie näher traten, ließ der junge Mann seine Mundharmonika langsam sinken. Er entbot den Feengruß, indem er zwei Finger an seine Stirn legte und den Kopf neigte.

Finley stand wieder die Anspannung ins Gesicht geschrieben. »Wer bist du?«

»Ein Wanderer in einem sterbenden Land«, erwiderte der Fremde mit einem Lächeln.

Das war nun sicher nicht die Antwort, die Finley befriedigen konnte. Lena befürchtete, dass er vielleicht so ungehalten reagieren würde wie vor drei Tagen, als er sie an dem Felsen gefunden hatte. »Wie auch immer du heißt, du spielt herzbewegend«, sagte sie deshalb schnell und berührte Finleys Hand, um ihn zu besänftigen.

Aber Finley blieb erstaunlich ruhig. Allerdings zeigten seine Augen eine wache Aufmerksamkeit, die auch dem Fremden nicht entgehen konnte. Er musterte ihn, als ob er sich jedes Detail einprägen wollte. Dann wagte er einen neuen Vorstoß.

»Ich habe dich hier noch nie gesehen. Wo kommst du her?«

Der junge Mann in dem schwarzen Umhang antwortete ihm nicht gleich. Er verneigte sich vor Lena und umfasste ihre Gestalt mit einem Blick aus seinen dunklen Augen, dass ihr ganz komisch wurde.

»Du Stimme, die meine Seele rührt wie der sanfte Klang einer Harfe, und du Anblick, der mein Herz lichter macht wie das Leuchten des Abendsterns. Ich danke dir für dein freundliches Urteil zu meiner Musik«, sagte er. Dann wandte er sich an Finley. Seine Hand hob sich in einer vagen Bewegung zum Wald hinter ihm. »Von dort komme ich.« Der junge Mann erhob sich aus seiner hockenden Stellung. Er blickte kurz nach oben zum Himmel, der allmählich seinen dämpfenden Schleier verlor und klar wurde. Mit einer lässigen Handbewegung steckte er seine Mundharmonika in die Tasche seines Umhangs. »Ich würde gerne mit euch plaudern, doch ich muss leider gehen. Aber wir sehen uns wieder, vielleicht schon bald.«

Er lächelte Lena noch einmal zu, grüßte und löste sich dann unerwartet in einer glitzernden Staubwolke auf.

Finley war sprachlos. Aber nicht lange, dann zeigte sich in seinem Gesicht unverhohlene Wut. Lena bekam sie ab.

»Wenn wir das nächste Mal einem Fremden begegnen, dann hältst du deinen Mund, verstanden!«

»Fin, reg dich ab. Du bist doch nur sauer, weil der die Teleportation beherrscht und du nicht«, versuchte Cara abzuwiegeln. Es gelang ihr nicht.

Finley tobte. »Der hat weder seinen Namen gesagt, noch wo er herkommt. Ist doch eindeutig, dass der was zu verbergen hat. Versteckt sich in seinem schwarzen Umhang und hinter Worten, die ALLES bedeuten können. Spielt Lieder, die so herzzerreißend sind, dass sie womöglich TÖTEN könnten. Was, wenn der zu Tahereh gehört?« Finleys Stimme überschlug sich fast. »Und ausgerechnet jetzt ist Kieran nicht da ... Lena ... LENAAA ... BLEIB ... STEHEN!"

Lena war bei Finleys Ausbruch einfach davongelaufen. Sie war nicht nur wütend auf ihn, sondern so total aufgebracht, dass sie ihm am liebsten das Gesicht zerkratzt hätte.

Finley rannte ihr nach und hielt sie am Arm fest. »Lena!«

»Fass mich nicht an«, schrie sie. »Was bildest du dir eigentlich ein? Behandelst mich wie ein kleines Kind und bist selbst kaum älter als ich. DU hast mir nicht vorzuschreiben, was ich zu tun und zu lassen habe, merk dir das!«

»Lena, ich will dich doch nur beschützen.«

»Indem du mir den Mund verbietest? Mich behandelst, als sei ich eine dumme Gans?«

»So war das nicht gemeint, bitte.«

»Lena, Finley ist dein Freund«, sagte Cara sanft, »nicht dein Feind, dein Freund. Die Feinde sind da draußen. Sie tarnen sich oft nur allzu gut, du kannst es nicht wissen.«

Caras warme Stimme und die Art wie sie Finley und Lena berührte, bewirkte, dass beide wieder ruhiger wurden.

Lena atmete tief durch. »Gut. Finley, ich will glauben, dass du mich nur beschützen willst, ihr beide, und Meister Kieran. Aber ganz ehrlich Fin, du machst es mir nicht gerade leicht. Und glaubt ihr nicht auch, dass euer Misstrauen jedem Fremden gegenüber vielleicht manchmal zu heftig ist?«

»Einmal zu viel Misstrauen ist besser als einmal zu wenig«, erwiderte Finley. »Hast du den Überfall in Sonnenstein schon vergessen? Mir wäre es auch lieber, die Zeiten wären anders.«

»Jetzt gebt euch schon die Hand und hört auf zu diskutieren. Vielleicht ist der Mann in dem schwarzen Umhang ja tatsächlich ganz passabel. Er war von dir entzückt, Lena. Das zumindest kann ich hundertprozentig behaupten«, grinste Cara.

Finley streckte Lena die Hand hin und sie ergriff diese. Mit einem Ruck zog er sie zu sich heran. Dann schnappte er nach Cara, um sie ebenfalls in seine Arme zu schließen.

»Was soll ich nur tun? Eine von euch zwei Wildkatzen wird mich wohl immer wegen irgendetwas anfauchen. Ach, ich armer Mann.« Finley zog ein so theatralisches Gesicht, dass Cara hell auflachte und auch Lena nicht anders konnte, als mitzulachen.

In gewisser Weise hatte der Streit zwischen Lena und Finley dafür gesorgt, dass sich alle drei einander näher fühlten als vorher. Es war, als ob eine letzte trennende Barriere zwischen ihnen gefallen war. Einträchtig liefen sie nun weiter den Waldweg entlang. Kurz darauf erreichten sie Kierans Turm.

Eine Woche später kam Meister Kieran von seinen Reisen zurück. Sein Gesicht wirkte verschlossen. Lena trug ihr neues türkisfarbenes Kleid, und wenn Kieran ihr verändertes Aussehen bemerkte, so ließ er zumindest nichts davon erkennen. Auf Finleys drängende Fragen hin sagte er nur ein Wort: Mortadam. Dann verzog sich der Meister in sein Studierzimmer neben der Küche, wo er nicht mehr gestört werden wollte. Finley und Cara sahen sich erschrocken an.

»Was meint er damit?«, fragte Lena.

»Du hast den Ort in deinem Traum gesehen. Der rosarote Himmel«, sagte Cara tonlos, »so wird Mortadam in den Büchern beschrieben.«

Finley presste voller Verzweiflung die Hände an den Kopf. »Die Strahlenkönigin Alyssa ist in Mortadam. Deshalb war unsere Suche nach ihr all die Jahre ergebnislos. Wir hatten es befürchtet und jetzt ist es wohl sicher. Sie liegt dort in einem todesähnlichen Schlaf.«

»Aber dann wissen wir doch zumindest, wo wir sie finden können. Das ist immerhin der erste Schritt zu ihrer Befreiung.« Lena verstand nicht, warum die zwei auf einmal so mutlos erschienen.

»Kein Lebender hat je einen Fuß dorthin setzen, geschweige denn von dort wieder zurückfinden können, und das wäre notwendig, um …« Finley ging mit einem Gesicht, das wie versteinert wirkte, ins Freie hinaus.

Kurze Zeit später hörte Lena ihn draußen wie rasend Holz hacken. Cara und Lena sprachen eine Weile nichts. Dann begann Lena, den Tisch abzuräumen. »Komm Cara, vielleicht ist die Lösung näher, als wir glauben.«

Die gedrückte Stimmung besserte sich zunächst nicht. Meister Kieran ließ sich in den nächsten Tagen kaum blicken. Was er in seinem Studierzimmer tat, das vollgestopft war mit alten Büchern und magiewissenschaftlichen Abhandlungen, konnte Lena nur ahnen. Wenn sie ihm zu den Mahlzeiten etwas zu essen brachte, dann fand sich kaum Platz, um den Teller irgendwo abzustellen. Überall auf Tisch und Boden lagen offene Schriften herum.

Eine Woche später ließ Kieran überraschend die Alraunen rufen. Die kleinen Wesen gingen mit neugierigen Gesichtern zu ihm in das Zimmer und kamen erst Stunden danach mit ausdrucksloser Mine wieder. Finley brachte kein Wort aus ihnen heraus, wie er es auch anstellte. Sie warfen Lena einen mitleidigen Blick zu und verschwanden. Es wäre wohl noch einige Zeit so weiter gegangen, wenn mit ihr nicht am gleichen Tag diese seltsame Veränderung passiert wäre.

Cara ging am Nachmittag ins Dorf der Korria, um Dorith zu besuchen und sie über das Wenige, das sie wusste, zu informieren. Lena hatte mitgehen wollen, aber Kieran verbot es. »Nein! Jetzt ist der falsche Zeitpunkt. Dorith wird es verstehen, und Cara kann deine Grüße ausrichten«, sagte er, jedoch ohne näher zu erläutern, wann er den richtigen Zeitpunkt für einen erneuten Besuch bei ihrer Großmutter für gekommen hielt.

So saß Lena nach dem Mittagessen alleine am Küchentisch und betrachtete den Inhalt des Beutels, den Finley ihr geschenkt hatte. Er selbst hielt sich draußen auf – Finley hackte wieder einmal wie ein Besessener Holz. Allein von dem Geräusch des in rascher Folge auf die Baumscheiben niedersausenden Beils wurde ihr ganz schwindlig.

Meister Kieran kam bereits zum zweiten Mal aus seinem Studierzimmer. Er schleppte, wie nun fast täglich, einen Stapel Bücher in die Küche, weil er in seinem Zimmer nicht mehr genug Bewegungsraum hatte. Lena beobachtete ihn, als er die Werke sorgsam auf der langen Anrichte aufstapelte. Die Bücher waren bestimmt interessant, vielleicht konnte sie daraus etwas lernen. Doch sie traute sich nicht zu fragen, ob sie darin lesen dürfe und so wandte sie sich wieder dem Inhalt ihres Beutels zu. Sie probierte einen der silbernen Ringe, betrachtete die glänzenden Perlen, hielt die Kokons ins Licht und zupfte an den bunten, geflochtenen Schnüren. Wie in den letzten Tagen fragte sie sich auch jetzt wieder, was diese Gegenstände wohl konnten. Fin hatte ihr keinen Hinweis gegeben, so sehr sie auch gebettelt hatte, und Cara presste auch den Mund zusammen, damit ihr nichts herausrutschte. Beide empfahlen ihr nur, sich damit zu beschäftigen. Dann würde man weiter sehen. Für Lena stand lediglich fest, dass es magische Utensilien sein mussten. Jetzt war sie wieder frustriert, weil sie so gar keine Eingebung im Hinblick auf den Zweck derselben empfing. Sie packte die Sachen in den Beutel zurück und schielte zu den Büchern. Sie verrenkte sich fast den Hals, um zumindest die Titel zu entziffern. Doch diese schienen lediglich aus magischen Zeichen zu bestehen. Fast hatte sie jetzt den Eindruck, als ob die Bücher lebendig würden und ihre Buchdeckel aufklappen wollten. Lena blinzelte und wischte sich die Augen. Vielleicht war es gar nicht so gut, wenn sie sich ständig mit der Frage beschäftigte, ob sie selbst doch magische Fähigkeiten hatte, wie Cara behauptete. Lenas Gehirn schien mit einem Male so ausgetrocknet wie ihr Mund. Besser, sie holte sich gleich ein Glas kalten Pfefferminztee, um wieder frischer zu werden. Die Karaffe stand am unteren Ende des Tisches. Finley hatte sie vor dem Hinausgehen dort abgestellt. Die Gläser standen auf dem Regal seitlich des Spülsteins. Lena beneidete Finley jetzt, der mit einem Fingerschnipsen alles, was er wollte, zu sich herholen konnte. Sie war heute so müde, dass es sie schon Anstrengung kosten würde, aufzustehen und sich dort drüben ein Glas zu holen.

»Wie machst du das nur?«, fragte sie sich und schnipste mit den Fingern in der Luft. »Wenn ich das mache, passiert gar nichts!« Lena schob die Unterlippe vor und dann, plötzlich, riss sie die Augen auf und schrie wie am Spieß. »Fin ... Finley! ... Finley! Hör sofort auf!«

Meister Kieran stürzte aus seinem Zimmer und Finley raste Sekunden später von draußen in die Küche. Sprachlos schauten sie auf das Tohuwabohu, das um Lena herum im Gange war. Die Gläser sprangen der Reihe nach aus dem Regal, manche schafften es bis zum Tisch, manche zerbarsten vorher am Boden in tausend Scherben. Die Karaffe auf dem Tisch rutschte und ruckelte von einem Ende zum anderen, versuchte in die umherschwirrenden Gläser einzuschenken und traf die meiste Zeit daneben. Alles war nass, auf dem Tisch wie auf dem Boden. Doch damit nicht genug. Die Bücher von Meister Kieran hatten sich ebenfalls von der Ablage erhoben, flatterten und schwirrten um Lena herum. Sie schrie, hielt sich die Hände über den Kopf und versuchte, der Verfolgung durch die Bücher zu entkommen, indem sie unter den Tisch kroch.

Kieran fasste sich als Erster. Mit ein paar Handbewegungen schickte er die Bücher an ihren Platz zurück, beruhigte die tobende Karaffe und rettete die restlichen Gläser vor dem Bruch.

Finley eilte zu Lena. Vorsichtig zog er sie unter dem Tisch hervor. Tränen liefen ihr an den Wangen herunter. Er nahm sie in den Arm.

Kieran sah die beiden ohne offensichtliche Gemütsregung an.

»Unterrichte sie, Finley!« Meister Kieran machte auf dem Absatz kehrt und ging wieder in sein Studierzimmer zurück.

»Ich schwöre dir, ich war es nicht«, sagte Finley und drückte Lena an sich. Dann fing er unvermittelt an, zu lachen. »Deine Magie kann so gering nicht sein, wenn du ein solches Chaos hier anzurichten vermagst.«

»Was?«

»Ist ein gutes Verteidigungsmittel gegen Feinde. Die werden die Beine in die Hand nehmen, wenn du Bücherstapel, Gläser und Kannen auf sie hetzt.«

»Was?« fragte Lena noch einmal, weil sie überhaupt nichts verstand.

»Kapierst du es noch nicht? Lena, du selbst hast die Sachen hier tanzen lassen. In dir steckt eine Riesenportion Magie. Ich wusste es, Kieran wusste es und Cara auch. Du brauchst bloß noch ... na ja, sagen wir mal ... einen Feinschliff.«

»Aber ich hab doch ... oh!«

Endlich verstand Lena. Sie hatte Finleys Fingerschnipsen nachgemacht und sich gewünscht, dass ein Glas zu ihr kommen möge und dass die Karaffe ihr von dem Pfefferminztee einschenkt. Lena wollte unbedingt einen Blick in Kierans Bücher werfen, sie in der Hand halten und darin lesen.

»Ich werde nie mehr mit den Fingern schnipsen und mir was wünschen«, sagte sie und wischte sich die restlichen Tränen aus dem Gesicht.

»Oh doch, Lena, das wirst du, dafür sorge ich schon.« Finley grinste und drehte sie um in Blickrichtung Besenkammer. »Die erste Lektion nennt sich ›aufräumen‹.

Bis zum Abend hatte Lena begriffen, dass das alles nur passiert war, weil sie alle möglichen Wünsche gleichzeitig im Kopf hatte. Sie musste lernen, sich immer nur auf eine Sache zu konzentrieren und alle anderen Gedanken auszuschalten. Ganz leicht fand sie das nicht, aber sie musste zugeben, dass Finley ein guter Lehrer war.

Als Cara dann zum Abendessen nach Hause kam, erzählte ihr Finley natürlich sofort, dass bei Lena die Magie ausgebrochen war. Es gab viel Gelächter, weil sie Cara immer wieder alles haarklein erzählen mussten, und so traten die Probleme um die Befreiung der Strahlenkönigin wenigstens für diesen einen Abend in den Hintergrund.

In den folgenden zwei Wochen machte Lena große Fortschritte in der Anwendung ihrer magischen Fähigkeiten. Finley als auch Cara trainierten jeden Tag mit ihr. Sie gaben jetzt auch das Geheimnis der Gegenstände aus dem Beutel preis, den sie von Finley bekommen hatte. Die Perlen, genannt »Die Tränen Taherehs« vervielfachten alles, das mit ihnen in Berührung kam. Man konnte sie in die Erde der Getreide- und Gemüsefelder pflanzen, in einen Topf mit Mehl geben, zu einer Münze in den Geldbeutel legen, kurz überall dahin, wo Vermehrung erwünscht war.

»Ist das einzig Gute, das von ihr kommt«, sagte Cara.

Die Ringe konnten Wünsche erfüllen, wenn auch nicht die eigenen. Man gab sie im Namen der Strahlenkönigin Alyssa als Geschenk weiter.

Die bunten Zöpfchen mit den eingefügten Knoten brauchte man zur Verstärkung verschiedener Zauber.

»Das lernst du noch, ist jetzt nicht wichtig«, meinte Cara.

Das Geheimnis um die Kokons wollten die beiden allerdings erst dann lüften, wenn Lena alles, was sie jetzt mit ihr übten, sicher beherrsche.

»Nur nicht so voreilig. Du musst lernen, geduldiger zu werden«, sagte Finley und verstand gar nicht, warum er mit diesen Worten bei Lena und Cara einen Lachanfall erzeugte.

Dann, auf den Tag genau vier Wochen, nachdem Lena hierher gekommen war, setzte sich Meister Kieran zum ersten Mal wieder zu ihnen an den Mittagstisch. Um seine Augen herum lagen tiefe, graue Schatten, doch er hielt sich aufrecht wie immer. Wenn er sich Sorgen machte, so ließ er sich davon nichts anmerken. Seine Hände blieben vollkommen ruhig und sein Gesicht wirkte entschlossen. Eine Weile aßen sie schweigend, dann richtete Kieran das Wort an Lena.

»Wie geht es mit der Magie voran?«

Finley kam ihr mit der Antwort zuvor. »Die Hausfrauenmagie beherrscht sie bereits. Gläser herbei zaubern, Besen tanzen lassen, Kochlöffel antreiben, funktioniert schon ganz gut.«

»Dann übt ihr ab heute die wesentlichen Dinge«, erwiderte Kieran in einem Ton, der sie aufhorchen ließ.

»Es ist also soweit.« Lenas Herz zog sich in einem Anfall von Beklemmung zusammen.

»Wie ist der Plan?«, fragte Finley nüchtern.

Meister Kieran schaute alle der Reihe nach an. Dann schüttelte er fast unmerklich den Kopf. »Plan? Es gibt keinen. Wir können nur aufbrechen, uns dem Schicksal überlassen und darauf vertrauen, dass es uns weise führt.« Er lächelte ein wenig, als er ihre Enttäuschung bemerkte. »Nur Mut, es ist nicht hoffnungslos.« Dann wurde sein Gesichtsausdruck unvermittelt sehr ernst. »Wir können nicht länger warten. Es hängt mit dem Zeitpunkt zusammen, an dem du, Lena, zu uns gekommen bist. Das war während des zunehmenden Halbmonds im letzten Monat. Vom darauf folgenden Vollmond an bleibt die Energie des von dir geöffneten Weltentores nur für drei weitere volle Monde aktiv. Wenn die Strahlenkönigin Alyssa also nicht bis zum letzten der drei vollen Monde befreit ist, versinken unsere Feen, die in der Menschenwelt leben, endgültig im Vergessen. Sie können dann nie mehr zu uns zurückkehren. Deshalb bleibt uns keine Wahl.«

»Wann brechen wir auf?«, fragte Finley.

»In den nächsten Tagen.«

»Sollen wir Gustav Bescheid geben?«, fragte Cara.

»Nachher gehe ich selbst zu den Alraunen. Die frische Luft wird mir gut tun und meinen Geist vom Staub des Studierzimmers reinigen.«

»Und was sollen wir tun?«

»Du, Lena, trainierst mit Finley und Cara weiter deine magischen Fähigkeiten. Sie wachsen schnell, seit du hier bist. Doch es gibt noch viele schwierige Techniken, die du lernen solltest. Finley, denk vor allem an den Papilio-Wurfzauber. Lena muss gerüstet sein, falls wir zu irgendeinem Zeitpunkt getrennt werden.«

Lena fiel fast das Herz in die Kniekehlen, als sie den letzten Satz hörte. Aber es blieb ihr nicht genug Zeit, um in Panik zu geraten. Meister Kieran sprach gleich weiter.

»Cara, Liebes. Ich möchte, dass du in dein Dorf gehst, wenn wir aufbrechen. Bei den Sidda bist du sicher.«

Cara brauste auf. »Das kommt nicht infrage. Ich gehe mit euch. Ich lasse weder Finley, noch Lena im Stich und dich auch nicht.« Ihr sanftes Gesicht verwandelte sich im Nu in die Andeutung einer fauchenden Raubkatze. Kieran lächelte, blieb aber fest.

»Ich schätze dich sehr, Cara und ich weiß deinen Mut zu würdigen. Aber es bleibt dabei.«

Finley zog Cara in seinen Arm. »Ich werde dich sehr vermissen, aber es ist sicher besser so. Wenn ich dich in Sicherheit weiß, gehe auch ich meinen Weg leichter.«

Die Fee schmollte, vor allem, weil Finley ihr Begehren nicht unterstützte. Cara sprach kein Wort mehr, auch nicht, als Meister Kieran beschrieb, wie er Mortadam zu finden hoffte.

Kieran blieb sehr sachlich und er verschwieg nicht, dass es eine Schwierigkeit gab. Eine große Schwierigkeit. Erst mussten sie das Tor finden, hinter dem sich die gesamte Schattenwelt verbarg. Er hatte darüber nur wenig stichhaltige Informationen gefunden. Ihre Reise würde sie also wohl kaum auf direktem Weg ans Ziel bringen. Taherchs Reich der Schatten konnte überall sein. Mortadam lag leider mitten darinnen. Das Tor zu finden war also der schwierigste Teil und auch der Punkt, der im Hinblick auf die zur Verfügung stehende Zeit am meisten zu schaffen machte.

Während sie noch sprachen, verdunkelte sich plötzlich der Eingang zum Turm, der auch heute wie immer offen stand. Ein wehender, schwarzer Umhang wurde sichtbar und eine Hand, die einen silbrig glänzenden Gegenstand in die Tasche steckte, welche in den weiten Falten des Umhangs verborgen war. Finley sprang auf, als er den jungen Mann erkannte, der nun zu ihnen in die Küche trat.

Der Fremde verbeugte sich. »Verzeiht, dass ich so einfach hier hereinplatze. Ich würde es nicht wagen, wenn es nicht wichtig wäre.« Er entbot den Feengruß. Vor Lena verneigte er sich noch einmal extra, die Hand auf dem Herzen liegend und mit einem Blick, dass ihr ganz schwindlig wurde. Dann wandte er sich schnell an Meister Kieran, der sich von seinem Platz erhoben hatte, um den Gruß zu erwidern.

»Meister Kieran, nehme ich an.« Als dieser nickte, sprach er gleich weiter. »Ich will keine Umschweife machen, meine Zeit ist kurz bemessen. Mein Name ist Niven. Ich bin gekommen, weil ich mich entschlossen habe, euch zu helfen, die Strahlenkönigin Alyssa zu befreien. Sie liegt gefesselt in Mortadam und ihre Kräfte sind bereits am Erlöschen. Es bleibt deshalb nicht mehr viel Zeit. Im Gegensatz zu euch ist mir der Weg dorthin vertraut und ich kann euch führen. Doch es liegt an euch, ob ihr meine Hilfe annehmen wollt. Vielleicht wird es euch nicht ganz leicht fallen. Vielleicht sagt ihr, dass einer, der im unterirdischen Schloss der Tahereh lebt, mit ihr, der Dunklen, nicht vertrauenswürdig ist. Doch das wäre, mit Verlaub, ungeschickt von euch und vermutlich sogar für alle tödlich. – Halt, nicht doch!« Niven machte eine stoppende Bewegung in Finleys Richtung, der bei seinen letzten Worten die Hände zu Fäusten ballte. Ein intensives Licht bildete sich darin, das wie dünne Schwertspitzen zwischen seinen Fingern durchschien. »Es wäre zu schade, wenn du mich voreilig angreifen würdest. Ich komme nicht in Feindschaft.«

»Wieso willst du uns helfen?«, fragte Kieran und gab Finley ein Zeichen, sich zu entspannen.

Niven bewegte seine Hand in Lenas Richtung. »Die Fata hat ohne mich keine Chance. Außerdem versinken alle Dinge im Chaos des Nichts, selbst die Schatten, wenn Alyssa nicht wieder freikommt.«

»Woher weißt du, wer ich bin?«, fragte Lena.

»Ich höre viel. Ich sehe viel, und dein Glanz berührt selbst das Dunkel der hoffnungslosesten Seelen«, erwiderte Niven mit einer galanten Verbeugung. Dann wandte er sich wieder an Kieran. »Besprecht euch, doch bedenkt dabei eines. Ich mache dieses Angebot kein zweites Mal. Morgen um dieselbe Zeit hole ich mir die Antwort.»

Niven grüßte und verschwand unvermittelt in einer glitzernden Wolke. Zurück blieben winzige, funkelnde Sterne, die langsam zu Boden sanken und sich auflösten. Kieran beobachtete es, ging dann wortlos zum Küchenschrank und griff zur Überraschung aller nach einer Flasche Kräuterbiest, einem zwar alkoholfreien, aber trotzdem höllischem Gebräu, das wie der Schnaps der Menschen im Hals brannte. Gleich ein doppeltes Glas von dem bitter-scharfen Zeug kippte er in seinen Hals.

Der Meister war ohne Zweifel geschockt. Nur vierundzwanzig Stunden Zeit, um eine Entscheidung zu treffen, die Leben oder Tod bedeuten konnte. Er stellte die Flasche mit dem falschen Schnaps zurück, verschloss den Küchenschrank und sah die anderen an.

WICHTIGE ENTSCHEIDUNGEN

»Was soll ich von diesem Angebot halten?«, fragte Kieran. Das Gesicht des Meisters drückte Ratlosigkeit und Sorge aus.

Lenas Blick flog zu Finley. Der Ausdruck seines Gesichts zeigte deutlich, dass er diesem Mundharmonikaspieler misstraute, wie er noch nie jemandem misstraut hatte. Er empörte sich und konnte absolut nicht verstehen, wieso Kieran überhaupt in Erwägung zog, Nivens Angebot anzunehmen.

Finleys Faust krachte auf den Tisch. »Das kann doch nur eine Falle sein.«

»Ich weiß es nicht«, erwiderte Kieran. Unruhig zupfte er an seinem Bart. »Wenn er uns wirklich helfen will, ist er ein Geschenk des Himmels. Wenn nicht, wäre es eine Katastrophe.« Er schaute Lena an. »Als Fata hast du ganz sicher besondere Fähigkeiten, aber du musst sie erst noch entdecken und die Zeit, um Erfahrungen zu sammeln, fehlt. Was könntest du diesem Niven entgegen setzen? Er ist kein unbeschriebenes Blatt. Dieser Mann scheint gewaltige magische Fähigkeiten zu haben. Ein Dunkelmagier, im schlimmsten Fall. Wenn er ein Feind ist, dann ist er wirklich gefährlich.«

Finley nickte. Seine Augen funkelten wütend. »Sag ich doch. Wir dürfen ihn auf keinen Fall an uns heranlassen.«

Lena schaute von einem zum anderen. Sie begriff nicht ganz, warum Finley als auch der sonst so besonnene Kieran so negativ eingestellt waren. Auf Lena hatte Niven einen tiefen Eindruck gemacht. Einen positiven Eindruck. Das war schon so beim ersten Mal, als sie ihm im Wald begegnet war. Natürlich ging es nicht darum, ob er ihr gefiel oder nicht. Er hatte seine Hilfe angeboten. Er überließ Kieran die Entscheidung und drängte sich nicht auf. Es konnte einfach nicht sein, dass er ein Feind war, der ihr schaden wollte. Sonst hätte er sich doch bestimmt anders verhalten.

»Ich glaube, dass er es ehrlich meint«, warf sie ein.

»Worte können so süß sein wie Honig und doch nur dazu dienen, die Augen zu verkleben«, warnte Cara leise.

Lena verschränkte die Arme. »Das weiß ich auch. Aber bis jetzt habe ich noch kein Argument gehört, das den Verdacht erhärtet, dass er uns schaden will. Ich sehe in seinem Angebot nur die Chance, dass wir ohne Umwege dahin kommen, wo wir hin müssen.«

Finley schnaubte. »Er lebt mit Tahereh, ist das nicht Argument genug.«

»Nein, er hat es doch offen gesagt.«

»Weil wir das sowieso herausgefunden hätten.«

»Selbst wenn … er kennt den Weg und wir nicht. Ihr wisst alle, dass wir nicht viel Zeit haben. Sollen wir die etwa mit Suchen vergeuden?«

»Lieber nach ein paar Umwegen ankommen, statt auf direktem Weg in den Untergang.«

»Du hast Vorurteile, Finley.«

»Nein, du bist blind, Lena.«

Kieran hob die Hände. »Ruhig, ihr zwei. Das bringt uns nicht weiter. Lena – Tatsache ist, dass wir diesen Niven nicht einschätzen können, und das macht die Entscheidung so schwer. Er hält sein Herz verschlossen, sodass niemand hineinblicken kann.«

»Das tue ich auch manchmal.«

»Na gut, versuchen wir es anders herum. Was macht dich so sicher, dass Niven sein Angebot ehrlich meint«, fragte Kieran ernst.

Lena überlegte. Sie konnte nicht sicher sein, dass er es ehrlich meinte. Genauso wenig wie die anderen sicher sein konnten, dass er sie in eine Falle locken wollte. Alle Argumente, ob für oder gegen Niven, spiegelten lediglich persönliche Meinungen. Die hatten keine Beweiskraft. Doch persönliche Meinung hin oder her – ihr Verstand riet dazu, Nivens Angebot anzunehmen. Er kannte sich da aus, wo sie hin wollten. Es war so, wie er sagte. Ohne ihn hatten sie keine Chance, die Strahlenkönigin zu befreien. Lena straffte die Schultern und sah Kieran ruhig an. »Keiner von uns kann sich seiner Einschätzung sicher sein. Aber trotzdem bleibt uns nichts anderes übrig, als seine Hilfe anzunehmen. Ohne ihn werden wir den Eingang zu Taherehs Reich nicht finden. Ich jedenfalls werde mit ihm gehen, notfalls allein.«

»Bist du verrückt«, jappte Finley.

Lena schüttelte den Kopf. Sie meinte es ernst. Meister Kieran schaute sie überrascht an.

»Du lässt uns also keine Wahl?«, fragte er leise.

»Doch«, erwiderte Lena schnell. »Jeder hat eine Wahl. Vergesst nicht, dass ich hätte nein sagen können, als ihr mich gefragt habt. Aber ich habe mich entschieden, die Aufgabe, die mir zugefallen ist, zu erfüllen. Jedoch muss ich dabei den Weg gehen, der mir richtig erscheint. Ich hoffe, ihr versteht das. Jetzt ist es eure Wahl, mit mir zu gehen oder hier zu bleiben.«

»Du glaubst doch nicht, dass wir dich mit diesem Süßholzraspler allein lassen«, brummte Finley.

»Du könntest sterben«, gab Lena zu bedenken.

»Wenn du mit deinem überdimensionierten Vertrauen in eine Falle tappst, sterben wir alle. Da hab ich doch lieber ein Auge auf dich und diesen … Niven.«

»Ich gehe auch mit«, sagte Cara.

»Du gehst in dein Dorf, wie wir es besprochen haben.« Kierans Stimme klang resolut. »Wir können nicht auch noch auf dich aufpassen.«

Cara stampfte wütend mit dem Fuß auf und verschwand irgendwo in den oberen Stockwerken. Meister Kieran schnaufte hörbar aus. Doch nicht wegen Cara. Die Fee schien seine kleinste Sorge zu sein. Die Würfel waren gefallen. Ob Lena richtig entschieden hatte, musste sich erst noch herausstellen.

»Fin, hol mir bitte meinen Stab. Ich gehe jetzt zu den Alraunen, damit sie sich vorbereiten und eine Nachricht zu Alrik und Mihai schicken. Die beiden werden uns begleiten.«

Finley blickte auf diese Nachricht hin ein wenig zuversichtlicher und beeilte sich, dem Wunsch seines Meisters zu entsprechen.

»Wer sind Alrik und Mihai?«, fragte Lena, nachdem Kieran gegangen war.

»Die zwei besten Kämpfer im Land. Alrik gehört zum Stamm der Korria und Mihai zu den Sidda. Ich bin froh, dass sie uns begleiten.« Wegen Niven sagte Finley nichts mehr. Es hätte ja auch nichts geändert. »Komm, wir müssen die Zeit nutzen und deine Zauber üben«, sagte er ruhig.

»Ja, aber ich will erst nach Cara sehen.«

»Lass sie. Sie ist wütend und in dem Zustand unberechenbar.«

»Vielleicht nicht ganz zu Unrecht.« Lena stieg die Treppen hinauf zu den oberen Stockwerken des Turms.

Sie fand Cara ganz oben auf dem Speicher unter dem kleinen Dachfenster. Als sie eintrat, wendete die Fee kurz den Kopf zu ihr und Lena sah glitzernde Tränenspuren auf ihren Wangen. Sie setzte sich still neben sie und beobachtete durch das Fenster die Wolken am Himmel.

Nach einer Weile sprach Lena die Fee an. »Sie wollen nur, dass du in Sicherheit bist.«

»Sicherheit.« Das Wort klang bitter aus Caras Mund. »Morgen schon kann ich von einem Ast erschlagen werden, ganz ohne Zutun von Tahereh. Wenigstens Finley hätte mich unterstützen müssen. Aber der ist wohl auch froh, wenn er mich los ist.« Tränen kullerten aus Caras Augen. Sie wischte sie zornig weg.

»Du weißt, dass das nicht wahr ist. Finley ist in dich verliebt, das sieht doch ein Blinder. Stell dir einmal vor, wie es ihm gehen würde, wenn dir etwas passiert. Deshalb will er nicht, dass du dich in Gefahr begibst.«

Cara schluchzte. »Und ich? Was glaubst du wohl, wie es mir geht, wenn ihm etwas passiert? Wenn er nicht zurückkommt. Ich würde es nicht ertragen. Ich will bei ihm sein in dieser Gefahr. Ich muss ihm helfen und dir. Keiner von euch kann sich verwandeln so wie ich. Meine Fähigkeit ist selten und ihr werdet sie brauchen, das weiß ich. Es ist mir egal, was Kieran sagt ...« Cara hörte abrupt auf zu reden. Ihr Gesicht nahm einen verschlossenen Ausdruck an und die Tränen versiegten.

»Cara, um Himmels willen, tue nichts Unüberlegtes.«

Die Fee stand auf und wischte sich resolut die restlichen Tränen aus dem Gesicht. »Nein, bestimmt nicht.« Sie zog Lena mit sich. »Du musst noch üben. Deine Magie.«

Für Cara schien das Thema erledigt. Sie wollte nichts mehr davon hören. Sie ging mit Lena die vielen Stufen hinunter und auf den freien Platz vor dem Turm, wo Finley bereits wartete. Lena übte mit den beiden dort bis zum Abend den Papilio-Wurfzauber. Allerdings klappte er nicht besonders gut. Sie war unkonzentriert. Ihre Gedanken wanderten zu oft voraus, beschäftigten sich statt mit dem Zauber mit der bevorstehenden Reise und mit Taherehs unterirdischem Schloss, in dem Niven lebte. Der große, mit Kokons gefüllte Sack, den Kieran vor ein paar Tagen in weiser Voraussicht besorgt hatte, war nur noch halb voll. Ein ganzer Haufen der weißen Hülsen lag bereits verkohlt am Boden. Zu jeder anderen Zeit hätte

Finley deswegen geschimpft. Doch heute übte er Nachsicht. Vielleicht lag es an Cara.

Die Fee signalisierte ihm, dass sie sich damit abfand, hier zu bleiben. »Wir sollten die letzten Tage, die wir zusammen sind, noch genießen.«

Finley nahm sie in die Arme und drückte sie fest an sich. »Oh Cara. Ich bin so froh, dass du es einsiehst.«

Wie üblich brach auch an diesem Tag die Nacht auf einen Schlag herein. Lena ging früh zu Bett. Aber sie konnte nur schwer einschlafen. Sie wälzte sich in den Kissen hin und her. Lena dachte an ihren Vater. Er war so traurig seit Mutters Tod. Ängste krochen in ihr hoch. Vielleicht verlor er seine Tochter jetzt auch noch.

Am nächsten Tag, nach einem ziemlich schweigsamen Mittagessen, blieben alle vier in der Küche sitzen und warteten ungeduldig auf das Erscheinen von Niven. Finley trommelte immer wieder mit den Fingern auf dem Tisch, trotz Kierans Ermahnungen, und machte die Wartenden damit noch nervöser. Die Zeit verging wie im Schneckentempo. Sie befürchteten schon, Niven würde nicht kommen. Doch da tauchte er endlich mit seinem wehenden, schwarzen Umhang unter der Küchentür auf. Kieran erhob sich, legte zwei Finger an die Stirn und neigte grüßend den Kopf.

»Wie habt ihr entschieden?«, fragte Niven, nachdem er den Gruß erwidert hatte.

»Wir nehmen dein Angebot an. Die Fata will es so.« Kieran deutete auf Lena, »Aber ich verschweige nicht, dass in unseren Herzen ein leiser Zweifel ist.«

»Wenn ihr keine Zweifel hättet, wärt ihr nicht diejenigen, für die ich euch halte. Wir werden miteinander auskommen müssen, denn zu meinem Bedauern haben wir keine Zeit mehr für ein zwangloses Kennenlernen.«

»Nein, wohl nicht.« Kieran bedeutete Niven, sich an den Tisch zu setzen. »Wir müssen die Einzelheiten besprechen.«

Niven zögerte, doch dann setzte er sich. In seiner Haltung lag eine eigenartige Angespanntheit. »Ich kann nicht lange bleiben. Ich muss zurück sein, bevor Tahereh aufwacht. Heute nach Einbruch der Dunkelheit komme ich wieder, da habe ich mehr Zeit und wir können alles besprechen. Für jetzt nur soviel: Unsere Gruppe wird klein sein, andernfalls würden wir schnell Taherehs Aufmerksamkeit auf uns ziehen. Ich hoffe, dass ihr die Leute, die uns begleiten werden, gut auswählt.« Er schaute kurz zu Kieran und der nickte. »Ihr braucht Umhänge in einem solchen Grau, das ist wichtig.« Niven zog einen Stofffetzen hervor und schob ihn zu Kieran. »Schafft ihr es, solche Umhänge innerhalb weniger Tage zu besorgen? Wenn nicht, muss ich sie bei uns nähen lassen.«

»Wenn es den Stoff gibt, ist das kein Problem. Aber wieso dieses deprimierende Mausgrau?«

»Weil eure Reise durch die Schattenwelt der Toten führt. Bunte Kleidung ist dort nicht üblich.«

»Wie meinst du das?« Caras Augen wurden gelb und verengten sich zu Schlitzen.

»Keine Sorge, ich habe nicht vor, euch hinterrücks zu meucheln. Ihr geht als Lebende dort hinein.« Niven lächelte und legte seine Finger auf ihre Hand. »Siehst du, meine Hand ist warm. Ich bin nicht tot, obwohl ich dort lebe.«

Sein Blick glitt wie zufällig zum Fenster und dann stand er unvermittelt auf. »Mehr heute Nacht.« Niven verschwand in einem glitzernden Sternenregen.

Draußen zerriss der Wolkenschleier. Die Strahlen der Sonne durchfluteten hell das Zimmer. Finley verzog missmutig das

Gesicht und trommelte bald wieder mit den Fingern auf den Tisch. Plötzlich hörte er auf.

»Mir gefällt nicht, dass der genau dann verschwindet, wenn die Sonne kommt, warme Hand hin oder her.«

Niemand antwortete ihm. Kieran stand auf, steckte den Stofffetzen ein und begab sich nach Sonnenstein, um bei Madame Berthe nachzufragen, ob sie die geforderten »Mausumhänge« nähen könnte. Bis zum Abend wussten sie, dass Berthe es konnte.

Niven kam pünktlich zum Einbruch der Dunkelheit wieder. Es wurde eine lange Nacht, obwohl die Besprechung recht einseitig verlief. Niven erklärte, und die anderen hörten zu. Der junge Mann hatte alles bereits im Detail geplant, zumindest die ersten Wegabschnitte. Sie mussten durch gefährliches Gebiet reisen. Bald wurde klar, dass das Tor zu Taherehs Reich in einer ganz anderen Gegend lag, als Kieran vermutet hatte. Zumindest dann, wenn Niven nicht vorhatte, sie in die Irre zu führen.

Als der junge Mann beiläufig fragte, warum Alrik, Mihai und die drei Alraunen nicht an der Besprechung teilnahmen, fiel Meister Kieran fast aus allen Wolken.

Er sah sein Gegenüber durchdringend an. »Woher weißt du, dass sie mitgehen?«

Niven hielt seinem Blick stand. »Wenn ich mich auf ein so gefährliches Wagnis einlasse und eine ganze Gruppe Lebender dahin führe, wo sie nicht einmal im Traum sein dürften, dann muss ich wissen, mit wem ich es zu tun habe.«

Die Antwort brachte Meister Kieran ins Grübeln, zumal Niven weiterhin nichts über sich preisgab. Er blieb geheimnisvoll und kam nicht aus seiner Deckung heraus. Er tat nichts, aber auch gar nichts, um das Misstrauen der Männer ihm gegenüber zu zerstreuen. Lena hatte fast den Verdacht, dass er Finley und Kieran in gewisser Weise herausfordern wollte. Zu ihr war Niven jedoch äußerst zuvorkommend. Er schien zu spüren, wenn Lena bei seinen Schilderungen über die Gefahren des Wegs heimlich erschrak und fand Worte, die ihr Zuversicht gaben. Als sie sich trennten, war alle Wichtige besprochen. In zwei Tagen wollten sie sich bei Tagesanbruch vor den Toren der Stadt Lacrimoa treffen, am nördlichen Ufer des gleichnamigen Flusses. Dort würden Boote für die weitere Reise bereitstehen.

ES IST SOWEIT

Am nächsten Tag waren alle schon sehr früh auf den Beinen, trotz einer weiteren fast schlaflosen Nacht. Cara backte zehn nahrhafte Getreidefladen, in die sie jeweils an markierter Stelle eine von Taherehs Tränenperlen einfügte. Als die Fladen fertig waren, tat sie diese in kleine Beutel. Sie richtete dazu zehn Wasserflaschen und warf auch hier jeweils eine Perle hinein. Für Essen und Trinken war damit gesorgt, und solange die Perlen darin verblieben, konnte sich der Proviant immer wieder erneuern. Finley beobachtete sie bei ihrer Arbeit und dann fing er an zu zählen.

»Wir sind neun! Cara, wieso richtest du zehn mal Proviant? Du wirst doch nicht …?«

»Reg dich ab. Es wird mir ja wohl noch erlaubt sein, dass ich, solange ihr unterwegs seid, das gleiche esse und trinke wie ihr. Dadurch fühle ich mich euch wenigstens ein bisschen näher«, erwiderte sie.

Finleys Misstrauen schwand nicht ganz. Aber er wollte wohl keine Szene, die den Abschied nur unnötig erschweren würde. Er sagte nichts mehr.

Cara blieb gelassen. Sie machte auch keinen Versuch, Meister Kieran umzustimmen. Sie hätte allerdings auch wenig Gelegenheit gehabt. Kieran schickte gleich nach dem Frühstück mithilfe eines Kokons eine Nachricht zu Alrik und Mihai. Danach ging er persönlich zu Gustav, um die Alraunen über den bevorstehenden Aufbruch zu instruieren. In die Stadt wollte er auch noch, um die Umhänge zu holen und nicht zu vergessen: eine weitere große Tüte voll Kokons. Durch Lenas unkonzentrierte Übungen hatte der Vorrat beängstigend schnell abgenommen.

Bevor er ging, drückte er ihr das Säckchen mit den restlichen Kokons in die Hand. »Weiter üben!«

Lena hatte keine Lust dazu und sie glaubte auch nicht, dass es heute klappen würde. Cara und Finley stapelten die Beutel mit dem Proviant auf dem Küchenbuffet und zogen sie danach einfach mit sich hinaus ins Freie. Finley versuchte, Lena zu motivieren. Er schlug vor, dass sie ihrer Großmutter eine Nachricht schicken sollte, um sich von ihr zu verabschieden.

Lena versuchte, ihn umzustimmen. »Sie möchte bestimmt, dass ich selbst zu ihr komme. Nur eine Nachricht zu schicken ist viel zu unpersönlich.«

»Du weißt, dass wir dafür keine Zeit mehr haben. Und wenigstens diesen Papiliozauber solltest du beherrschen, damit du im Notfall Hilfe rufen kannst. Wir nehmen nämlich kein Geschirr mit, das du um dich werfen könntest.« Finley grinste in Anspielung auf den Tag, da Lena sich ihrer magischen Fähigkeiten bewusst geworden war.

Sie übten, übten, übten. Lena verzweifelte fast. Missmutig betrachtete sie die Spuren verpatzter Zauber, die in Form verkohlter Kokonreste ringsum am Boden sichtbar waren.

»Ich kann das nicht!«

»Doch, du kannst es!«

Finley ließ nicht zu, dass Lena aufgab. Er drückte ihr einfach einen neuen Kokon in die Hand. Lena betrachtete die weiße Hülse, als ob sie ein widerliches, Ekel erregendes Gebilde vor sich hätte. Dann streckte sie seufzend die Hand aus. Erneut konzentrierte sie sich auf ihr Ziel. Der Kokon sauste wie die letzten Male in die Luft und trudelte dort orientierungslos herum.

Finley griff in den Sack, um das nächste Übungsstück herauszuholen. Doch unvermittelt hielt er inne. Cara rempelte ihn an und wies mit strahlenden Augen nach oben. Der Kokon schien mit einem Male in der Luft stillzustehen, als wenn ihn eine unsichtbare Hand halten würde. Er färbte sich langsam goldglühend, platzte mit einem hellen Ton auf und heraus flog ein wunderschöner Schmetterling. Das Tier entfernte sich in Richtung Korria-Dorf. Zu dritt hüpften sie vor Freude auf der Wiese herum. Meister Kieran trat gerade in dem Moment aus dem Wald in die Lichtung. Mit seinem Sack auf dem Rücken sah er aus wie der Nikolaus. Er ging zu ihnen und blieb schmunzelnd stehen.

»Es hat also doch noch geklappt.«

Lena strahlte ihn an. »Ja.«

Finley beugte sich zu ihrem Ohr. Er flüsterte »Du bist gut. Ich habe mehr als zwei Jahre gebraucht, bis ich es konnte.«

Lena sah ihn überrascht an. »Ein Glück, dass du mir das nicht vorher gesagt hast.«

Sie gingen mit Meister Kieran in die Küche des Turms, um die Umhänge zu begutachten. Cara rümpfte die Nase.

»Die sind hässlich. Aber der Strahlenkönigin sei Dank, ich muss so einen ja nicht tragen.«

Meister Kieran sah sie durchdringend an. »Du hast nicht zufällig bei Madame Berthe auch so einen bestellt? Ich meinte, in deren Nähstube einen weiteren Umhang gesehen zu haben.«

»Zufällig nicht!«, erwiderte Cara spitz. Sie drehte sich um und nahm die Teller vom Bord, um den Tisch für das verspätete Mittagessen einzudecken.

Während alle aßen, flatterte ein kleiner Falter lautlos ins Zimmer und setzte sich auf Lenas Hand. Sie war vollkommen überrascht, als sie daraufhin in ihrem Kopf die Stimme von Dorith hörte. Die Großmutter bedachte sie mit Segenswünschen und bat Lena, auf sich aufzupassen. Als der Schmetterling verschwand, lag ein kleiner, goldener Anhänger in ihrer Hand. Er hatte die Form einer Rosenblüte, unter der ein halbes Herz hervor schaute.

»Das Zeichen der Korria. Es bringt Glück«, lächelte Kieran.

Lena streichelte liebevoll über den Anhänger und tat ihn dann zu ihrem Schlüssel an die Kette.

Bald darauf war es Zeit, sich von Cara zu verabschieden. Es fiel Lena sehr schwer. Wenn sie nicht gewusst hätte, wie gefährlich die Reise werden würde, dann hätte sie alles getan, damit Cara sie begleiten konnte. Lena befand sich in einem herzzerreißenden Zwiespalt. Einerseits wollte sie, dass es Cara gut ging, dass zumindest sie in Sicherheit war, und andererseits hätte sie die Fee auch gerne an ihrer Seite gehabt. Cara war ihr zur Freundin geworden.

Cara spürte das. »Sorge dich nicht um mich. Du darfst jetzt nur an dich und deine Aufgabe denken.«

Finley begleitete Cara bis zu ihrem Dorf und kam erst gegen Abend wieder zurück. Auf Kierans fragenden Blick nickte er und setzte sich still an den Küchentisch. Er vergrub das Gesicht in seinen Händen. Doch es blieb ihm keine Zeit, um dem Abschiedsschmerz nachzuhängen. Zwei Männer kamen zur Tür herein, deren Alter Lena schlecht schätzen konnte. Der eine hatte hellblonde, lange Haare, die glatt über die Schultern fielen. Sein Umhang glänzte in einem klaren, hellen Blau. In der Hand hielt er einen Bogen. Der Köcher mit den Pfeilspitzen hing über seiner Schulter. Lena wurde sofort klar, dass das Alrik sein musste. Er hatte genauso helle, feine Haut wie sie selbst. Der zweite Mann gehörte augenscheinlich zu den Sidda Feen. Die Haare von Mihai waren von rotbrauner Farbe. Sie fielen in Wellen über seine Schultern. Seine Statur war stämmiger als die von Alrik und er wirkte auch sonst nicht so ätherisch wie dieser. Mihais Umhang glänzte in der Farbe einer reifen Aubergine. Auch er war mit Pfeil und Bogen bewaffnet. Die beiden Männer grüßten mit dem Feengruß und verneigten sich dann ehrerbietig vor Lena.

»Wir danken dir, Fata Lena, dass du die Strahlenkönigin befreien willst. Was immer in unserer Macht steht, um dir zu helfen, werden wir tun«, sagte Mihai.

Dann setzten sie sich an den Tisch. Kieran zeigte auf einer Karte die Standorte der Tore, die sie durchqueren mussten, um zum Treffpunkt bei Lacrimoa zu gelangen. Es gab jedoch nicht mehr allzu viel zu besprechen. Mihai und Alrik waren bereits im Bilde. Sie wussten, was auf sie zukam.

An diesem letzten Abend vor der Abreise gingen alle früh schlafen. Meister Kieran hatte auch für die beiden Krieger Zimmer im ersten Stock gerichtet. Als Lena im Bett lag, fiel es ihr sehr schwer, abzuschalten. Den Tag über war sie so beschäftigt gewesen, dass sie keine Zeit gehabt hatte, sich um die Zukunft zu sorgen. Doch jetzt, wo sie mit ihren Gedanken allein war, griff mit kalten Fingern die Angst nach ihr. Was, wenn sie der Aufgabe nicht gewachsen war? Was, wenn sie versagte? Lenas magische Fähigkeiten waren noch kaum ausgebildet. Sie kannte ein paar Grundbegriffe, mehr aber nicht. Wie sollte sie da bestehen können, wo alle anderen hier mehr konnten als sie?

Die Nachtruhe ging viel zu schnell vorüber. Lena hatte das Gefühl, eben erst eingeschlafen zu sein, als Finley sie durch kräftiges Klopfen an ihrer Tür aufweckte. Draußen war es noch völlig dunkel.

»Lena, aufstehen, es ist Zeit. Gustav und die zwei anderen Alraunen sind schon da.«

»Ich komme«, rief sie gähnend.

Lena beeilte sich so sehr sie konnte, aber sie brauchte mehr Zeit als erwartet. Zuerst zog sie ihr weißes Kleid verkehrt herum an. Dann fand sie den Kamm nicht, um sich die Haare zu kämmen. Lediglich ihr goldener Gürtel schmiegte sich fast wie von selbst um ihre Taille. Als sie endlich, noch todmüde, unten in der Küche ankam, saßen alle schon am Tisch und aßen ihren nächtlichen Imbiss. Lena setzte sich auf den freien Platz neben Finley.

»Du siehst erbärmlich aus. Ich muss dir wohl schnellstens noch beibringen, wie du deine Energie auffrischen kannst«, raunte er ihr zu.

Gustav, der Alraun, schien kein Problem mit der frühen Stunde zu haben. Er machte derbe Scherze und zeigte Mihai seine Waffe. Gustav brüstete sich damit, dass er jedem, der ihnen bei ihrer Befreiungsaktion in die Quere kommen würde, mit seiner Steinschleuder eines überbraten würde. Sein Nachbar Reik nickte so heftig, dass sein an feines Wurzelwerk erinnerndes Haar nur so um sein runzliges Gesicht flog.

Der Alraun Wighard hob drohend den Finger. »Und wenn dieser Niven ein falsches Spiel mit uns treibt, dann wird er uns Alraunen kennenlernen.«

»Den überlasst mal mir«, sagte Finley düster.

Lena seufzte. »Bitte, er führt uns zur Strahlenkönigin. Also gebt ihm eine Chance. Ihr könnt ihn doch nicht einfach vorweg verurteilen.«

Die Alraunen senkten den Kopf. Vielleicht dachten sie daran, dass sie auch Lena zuerst falsch beurteilt hatten. Finley schaute sie an und hielt es dann ebenfalls für besser, dieses Thema vorerst nicht mehr zu berühren. So aßen nun alle weiter und wählten lieber unverfängliche Themen zur Unterhaltung.

Als alle satt waren, räusperte sich Kieran und erhob sich von seinen Platz. »Freunde, es ist soweit. In wenigen Augenblicken werden wir aufbrechen, und keiner kann sagen, was uns auf dem gefährlichen Weg erwartet, den wir jetzt gehen werden. Doch was auch immer geschehen wird, nie dürfen wir zweifeln, dass die Strahlenkönigin freikommt.« Er sah sich in der Runde um. »Freunde, glaubt fest daran. Der Tag, da der Bann bricht, ist nicht mehr fern.«

Eine Zeit lang blieb es still im Raum. Dann erhob Mihai seine leere Teetasse.

»Mögen die guten Geister mit uns gehen und unsere Taten unterstützen«, rief er und warf die Tasse über seine linke Schulter. Klirrend zerbrach sie hinter ihm an der Wand. Die Anderen folgten seinem Beispiel, auch Lena, obwohl ihr dieses Ritual ein wenig seltsam vorkam.

Finley grinste sie an. »Keine Angst, du brauchst nicht zu fegen. Die Scherben bleiben liegen, bis wir zurück sind. Das bringt Glück. Ein Symbol, dass wir Taherehs Macht brechen.«

Meister Kieran verteilte die grauen Umhänge und den Proviant, den Cara gestern noch gerichtet hatte. »Habt ihr auch Feenys dabei? Niven hat etwas von einem Fährmann gesagt, der uns hilft. Den Mann müssen wir für seine Dienste bezahlen. Kokons und was ihr sonst noch an magischen Gegenständen brauchen könnt?«

Die Männer nickten.

Kieran hielt Lena einen Beutel mit Feenys hin. »Hier, für dich. Leg eine Perle dazu.«

Finley wartete, bis Lena ihren Beutel zusammen mit den anderen Sachen verstaut hatte und zog sie dann mit sich. »Komm, beeil dich.« Als Kieran ihm einen fragenden Blick zuwarf, winkte er ab. »Sie hat nur etwas in ihrem Zimmer vergessen.«

»Was?« Lena wusste nicht, was sie vergessen haben sollte. Doch sie folgte Finley die Treppen hinauf.

Er ging jedoch nur so weit mit ihr, bis sie außer Sichtweite waren. »Du brauchst Energie, du siehst noch immer aus wie eine zerrupfte Schleiereule. – Jetzt stell dich nicht so an ...«, sagte er, weil sie zurückschreckte, als er seine Finger an ihre Stirn legen wollte. »Später machst du es selbst. Immer, wenn du mehr Energie brauchst. Linker Zeigefinger und rechter Mittelfinger über die Nasenwurzel legen. Denk dabei an etwas Schönes, was dir Kraft gibt. Vielleicht an ein Bad in der Sonne, oder an jemanden den du gern hast. Egal, an was du denkst, Hautsache ist, dass es dir guttut. Am besten, du übst das gleich nachher, wenn wir unterwegs sind. Merkst dann ja selbst, wie es funktioniert.«

Lena schloss die Augen, als sie den Energiestrom fühlte, den Finley durch ihren Körper schickte. Es tat so gut und sie fühlte sich gleich viel frischer. »Danke. Im Zweifelsfall hab ich ja dich, wenn ich es nicht hinbekomme. Du machst das wirklich gut.«

Er grinste. »Ich weiß.«

Während sie zu den anderen zurückgingen, wies Lena auf das Schwert, das er sich über den Rücken geschnallt hatte. »Kannst du damit umgehen?«

»Ziemlich gut, nach dem gnädigen Urteil von Meister Kieran. Er hat mich in der Schwertkunst unterrichtet. Kieran hat immer daran geglaubt, dass der heutige Tag kommt.«

Sie sammelten sich auf der Lichtung vor dem Turm. Die Gesichter von Lenas Begleitern wirkten ernst, aber entschlossen. Lenas Herz schlug plötzlich schneller. Mit geschlossenem Mund atmete sie tief durch. Kieran gab Handzeichen, und dann marschierten sie los.

FLUSS DER TRÄNEN

Lena ging mit Finley in der Mitte der Gruppe. Sie wanderten ohne Pause. Nach der Benutzung von drei Transporttoren, vorbei an noch schlafenden Städten und Dörfern und nach einer anstrengenden Kletterei durch steiniges Gebiet, gelangten sie endlich in den Nebelwald vor den Toren der Stadt Lacrimoa. Der Fluss glitzerte dunkel zwischen den Bäumen. Sie stiegen hinunter zum Ufer, um die Stelle zu finden, an der die Boote verankert sein sollten. Die Nähe zu der düsteren Stadt, in der die Schattenfeen lebten, die Grungalp, machte alle nervös. Doch es war nicht nur das. Ein Stück weiter vorne, am gegenüberliegenden Ufer des Flusses, erhoben sich hinter einer hohen Mauer die trutzigen Burgen von Dracopatria. Hier lebten Vampire. Es war lebensgefährlich, in ihr Gebiet einzudringen. Niven hatte vorgestern bei der Besprechung auf diese Tatsache hingewiesen und zur Vorsicht gemahnt. Lena spürte, wie die Anspannung unter den Männern wuchs. Voller Beklemmung dachte sie daran, dass sie nachher mit den Booten genau zwischen diesen beiden unheimlichen Orten hindurch mussten. Kieran, der die Führung übernommen hatte, wies schräg zwischen den Bäumen hindurch zu einer Stelle, wo der Fluss eine Biegung machte und sich mit einem dünnen Seitenarm verzweigte. Wild wucherndes Gestrüpp verdeckte diesen Platz.

»Ich sehe die Boote.« Kieran sprach sehr leise.

Alrik legte den Finger an den Mund und zeigte hoch in die Bäume. In der Dämmerung blinkten dort paarweise leuchtende Punkte in den Zweigen. Die Augen schienen sie zu beobachten. Lena befürchtete, dass die Eulen da oben unruhig wurden und durch ihr Rufen womöglich die dunklen Wesen alarmierten. Die Nachtvögel äugten mit großen, runden Augen herunter. Sie atmete auf, als sie den Liegeplatz der Boote endlich erreichten.

Die Stelle war gut ausgewählt worden. Hier konnten sie sich, verborgen hinter dem dichten Gestrüpp, ein wenig ausruhen, während sie auf Niven warteten. Gustav setzte sich mit den beiden anderen Alraunen so geschickt ins Gebüsch, dass er den Überblick über die Umgebung behalten konnte. Die kleinen Wesen mit ihren strubbeligen Haaren ließen sich fast nicht von den sie umgebenden Sträuchern unterscheiden.

Lena setzte sich neben Finley ins Gras. Sie schaute zum Himmel. Die Sonne stand bereits in halber Mittagshöhe. Ein trüber Schleier verdeckte sie. Obwohl es Sommer war, erzeugte das die Atmosphäre einer winterlichen Morgendämmerung. Lena empfand das spärliche Licht in dieser Gegend so gespenstisch, dass sie fröstelte. Sie war froh, dass sie hier nicht alleine war.

Gustav gab plötzlich ein Zeichen. »Achtung, Vampire.« Er wies auf den Wald am gegenüberliegenden Ufer.

Zwischen den Bäumen sah Lena mehrere unauffällig gekleidete Gestalten. Sie strebten auf die hohen Mauern von Dracopatria zu. Lenas Begleiter reagierten augenblicklich. Sie duckten sich zwischen das Gras. Finley drückte Lenas Kopf zu Boden und bedeutete ihr, sich ja nicht zu regen. Obwohl der breite Fluss zwischen der Gruppe und den Vampiren lag, hielt Lena den Atem an.

Die Blutsauger zogen vorüber, ohne herüberzublicken. Als die Vampire nicht mehr zu sehen waren, standen die Männer erleichtert vom Boden auf und klopften die Erde aus ihrer Kleidung. Mihai zog ein Gesicht, als ob er Zahnschmerzen hätte.

»Hoffentlich kommt dieser Niven bald, damit wir hier wegkommen. Ich mag nicht gern tatenlos warten, bis die Langzähne dort drüben uns womöglich doch noch als saftige Frühstückshappen entdecken.«

»Würde mich ehrlich nicht wundern, wenn sich Niven auch als einer von denen entpuppt«, entgegnete Finley.

Noch ehe Lena den Mund aufmachen konnte, um ihn zurechtzuweisen, ertönte hinter ihr ein leises, belustigtes Lachen. Niven stand unter einem Baum, dessen herunterhängende Zweige ihn halb verbargen. Niemand hatte ihn kommen hören. Lena fragte sich, wie lange er hier wohl schon stand. Niven trat rasch vor und baute sich mit einem Funkeln in den Augen vor Finley auf.

»Ich muss dich enttäuschen. Schau! Keine spitzen, langen Eckzähne«, sagte er leise und bleckte die Zähne.

»Hättest sie vielleicht besser pflegen sollen.« Finley hielt dem spöttischen Blick von Niven stand.

»Bitte, hier ist weder der Ort noch die Zeit für alberne Zwistigkeiten.« Meister Kieran schien genervt. »Niven, ich möchte dir unsere Gefährten vorstellen. Mihai und Alrik ... und das sind Gustav, Reik und Wighard.«

Der junge Mann entbot den Feengruß. »Euer Mut ist weithin bekannt, und ich vertraue darauf, dass wir uns alle auf dieser entscheidenden Reise aufeinander verlassen können.« Nivens Blick streifte Finley. Dann sah er sich suchend um. »Ich sehe Cara nicht.«

»Sie ist in Sicherheit«, sagte Kieran.

»Ah.« Niven ließ nicht erkennen, was er dachte. »Dann sollten wir aufbrechen. Die Vampire haben uns garantiert bemerkt. Gebt euch also keinen Illusionen hin. Sie beobachten uns, und wir können nur hoffen, dass sie zu müde für einen Überfall sind.«

»Sollten wir nicht warten, bis der Wolkenschleier zerreißt und die Sonne ungehindert scheint? Soweit ich weiß, meiden sie das Sonnenlicht. Sie schlafen in der Zeit und die Grungalp auch«, grummelte Reik in seinen Bart.

»Nein, das wäre nicht gut. Die Sonne scheint hier nur noch für sehr kurze Zeit, zu kurz, als dass wir unbehelligt den Fluss passieren könnten. Außerdem sind die Vampire längst nicht mehr so empfindlich. Sie mögen die Sonne zwar nicht, aber die Wenigsten werden von ihr noch verbrannt. Es könnte also sein, dass der ein oder andere gar nicht schläft, zumal ihr Rhythmus extrem gestört ist, seit es kaum noch Tag wird. Wenn die Vampire aus ihrem Schlaf erwachen, sind sie wesentlich gefährlicher als jetzt, wo sie einfach nur müde sind.«

»Woher weißt du das? Soll das heißen, die brauchen die Sonne, um schlafen zu können?«, fragte Gustav ungläubig.

»Ja, einer von denen hat es mir unfreiwillig erzählt.«

»Dann sollten die Vampire vernünftig sein und uns schnellstens passieren lassen«, meinte Alrik.

»Hoffen wir, dass die das auch so sehen.« Niven machte sich an den Booten zu schaffen. »Ich schlage vor, dass ich mit Lena und Finley voraus rudere und ihr euch auf die anderen beiden Boote verteilt. Zwei müssen rudern, was das Zeug hält. Einer im Boot muss die Umgebung im Auge behalten … und immer in der Mitte des Flusses bleiben!«

Niven reichte Lena die Hand, damit sie besser ins Boot steigen konnte. Finley war es wohl zufrieden, dass sie im gleichen Boot saßen. So konnte er Niven im Auge behalten. Er setzte sich hinter Lena und beobachtete, wie Niven den vordersten Platz einnahm.

»Ich hätte nicht gedacht, dass du die bevorzugte Waffe der Feen benutzt. Oder ist dein Bogen nur Attrappe?«

»Lass dich überraschen, wenn wir auf Feinde stoßen«, erwiderte Niven und wies auf das Schwert, das Finley griffbereit neben sich legte. »Auf dem Fluss wird dir dein Schwert nicht helfen. Pass also lieber auf, dass es nicht im Wasser verschwindet. Nicht, dass am Ende Taherehs Tränen wirkungslos werden, weil sie von denen, die du dann um dein Schwert weinst, verunreinigt werden.«

Lena wedelte nervös mit den Armen. »Was habt ihr denn jetzt schon wieder?« Ihr Herz schlug wie wild, seit sie in dieser Nussschale saß und wusste, dass sie nun bald mitten zwischen den beiden beängstigenden Orten rudern würden.

»Nichts«, sagten die beiden Männer wie aus einem Mund.

»Lacrimoa ist der Fluss der Tränen, das meint er«, erklärte Finley dann leise. »Früher kamen hier viele Tränenfischer her. Der Fluss muss randvoll sein von den Perlen Taherehs. Jetzt trauen sie sich nicht mehr, haben Angst, dass die Grungalp sie mit Krankheiten belegen oder dass sie von den Vampiren ausgesaugt werden. Halt nachher ja die Augen offen und sag uns gleich, wenn du wo Bewegung siehst!«

Lena versuchte, die Anspannung, die sie erfasst hatte, zu verbergen. »Ich werde nicht mal mit den Wimpern schlagen.«

»Nur ruhig!« Niven drehte sich zu ihr um und ergriff ihre Hand. »Wir kommen da unbeschadet durch.«

Seine Berührung gab Lena ein Gefühl, als ob ein warmer Strom durch ihre Adern flösse. Sie lächelte ihn an und nickte.

»Weshalb weint Tahereh so viel?«, fragte sie dann leise.

»Sicher nicht, weil sie ihre Schandtaten bereut«, murmelte Finley hinter ihr.

Niven schaute über Lena hinweg zu ihm hin, und in seinem Gesicht lag ein leiser Schmerz.

»Sie hat auch ihre guten Seiten«, erwiderte er. »Tahereh weint, weil ihr Herz einsam ist. Unverstanden. Immer umgeben vom Klagen und Jammern der Toten, deren Königin sie ist. Sie nimmt sie auf, gibt ihnen Heimat, sorgt für sie und doch hängen sie sich nach einiger Zeit an ihr Gewand, weil sie wieder hinaus zu den Lebenden wollen.« Nivens Blick streifte Lena und blieb dann an Finley haften. »Tarehs Tränen versickern im Berg der Wahrheit, der Lapislazuliberg genannt wird, und unter dem ihr Schloss liegt. Dort verlieren sie ihre Bitterkeit, wandeln sich um in kostbare Perlen, die allem, was sie berühren, die Fähigkeit zum Wachstum geben. Dieser Fluss hier, Lacrimoa, der Tränenfluss, stammt direkt aus diesem Berg. Die Perlen, die man hier findet, tragen den Keim des Lebens, der geboren wird aus Tarehs Schmerz. Finley, du hast doch auch welche von ihren Perlen. Es gäbe gar kein Leben ohne sie. Sie ist der Ursprung.«

»Mag sein, aber ohne Alyssas Licht und Wärme kann der Keim nicht gedeihen und es gibt keine Freude mehr.«

»Ja«, sagte Niven leise und gab nach einem Blick zu den anderen zwei Booten das Zeichen zum Aufbruch.

Die Ruder stachen ins Wasser und bald waren sie mitten auf dem Fluss. Niven gab ein hohes Tempo vor. Lena hatte zuerst Angst, dass die Alraunen aufgrund ihrer geringen Größe nur schwer mithalten konnten. Doch die zwei nachfolgenden Boote zogen in gleicher Geschwindigkeit nach. Gustav ruderte in perfektem Takt mit Kieran, während Reik seine Augen überall gleichzeitig zu haben schien. Die Steinschleuder in seinen Händen hielt er abschussbereit. Im dritten Boot stachen Mihai und Wighard die Ruder genauso synchron ins Wasser, während Alrik die Wache übernahm. Außer dem leichten Plätschern der Wellen, wenn die Ruder darin eintauchten, hörte Lena keinen Laut. Sie konzentrierte sich auf die Umgebung. Die massigen Burgen der Stadt Dracopatria auf der rechten Seite ragten düster auf. Sie sahen wehrhaft aus. Die

Fenster der Burgen wirkten wie aufmerksame Augen, die alles im Blick behielten. Die vorderen Gebäude verbanden sich mit der Mauer, die den Fluss abgrenzte, während die anderen sich bergan steigend verteilten. Vereinzelt flackerte Licht in den Fenstern, wie von Kerzen. Aber es bewegte sich nichts dahinter. Lena ließ ihren Blick zu den Burgzinnen schweifen, die zum Teil mit gruseligen Steinfiguren geschmückt waren. Als sie im Zwielicht das große Abbild einer Fledermaus auf einem Turm entdeckte, zuckte sie zurück. Die Nachbildung hatte das Maul weit aufgerissen. Das Gebiss mit den spitzen Zähnen leuchtete gespenstisch auf.

»Was ist?« Niven flüsterte, und Lena staunte wieder einmal, dass er ihren Schreck bemerkte, obwohl er vor ihr saß.

»Nichts, ich mag nur die Figuren auf den Burgzinnen nicht.«

Finley hinter ihr brummte zustimmend.

Niven sagte nichts, aber Lena hatte das Gefühl, als ob er in sich hineingrinste. Vermutlich konnte ihn nichts so leicht erschrecken. Sie wandte ihren Blick nach links, wo die Häuser der Schattenfeen standen. Eigentlich waren es eher Hütten, zum Teil baufällig und windschief. Ein paar Boote lagen vorne am Ufer, die wohl schon lange nicht mehr benutzt worden waren.

Lena kniff die Augen zusammen und starrte dorthin. »Ich sehe zwischen den Hütten der Grungalp seltsam vermummte Figuren. Kaum zu unterscheiden von der Umgebung. Kann es sein …«

»Ja, die Grungalp schlafen jetzt oft im Freien. Lassen sich einfach irgendwohin fallen, aber sie versteinern nicht mehr wie früher. Greifen immer öfter tagsüber an«, wisperte Niven.

Lena erschrak. »Sie bewegen sich!«

Niven warf einen Blick auf die ruhenden Grungalp. »Los, Finley, leg dich in die Riemen!«

Beide stachen die Ruder mit weit ausholenden Bewegungen in den Fluss. Das Boot legte noch mehr an Tempo zu. Lena schaute nach hinten zu den anderen. Sie ruderten ebenfalls, was das Zeug hielt. Aus den Augenwinkeln sah sie, wie sich am Ufer plötzlich eine der Grungalp mit böse funkelnden Augen vom Boden erhob. Sie schwebte fast in der Luft. Stumm streckte das Wesen seinen Arm aus. An der Spitze seines Zeigefingers bildete sich ein rot und grün glühender Ball. Die Kugel schoss geradewegs auf das letzte Boot zu, in dem die beiden Feenkrieger und der Alraun Wighard saßen. Lena drückte ihre Hand auf den Mund, um den Schrei zu unterdrücken. Die Drei duckten sich und der feurige Ball flog knapp über sie hinweg. Mit einem Zischen prallte er an der gegenüberliegenden Mauer von Dracopatria ab. Als die Grungalp erneut angreifen wollte, spannte Alrik in Windeseile seinen Bogen und schoss. Sein Pfeil traf das Wesen mitten ins Herz. Das bösartige Leuchten in den Augen erlosch. Es fiel zu Boden. Dann hörte Lena aus der vorderen Richtung in rascher Folge ein Surren. Ihr Kopf flog herum. Vor Entsetzen krallte sie sich an der Bootswand fest. Eine Gruppe Grungalp erhob sich am Ufer. Niven zog sein Ruder ein und schoss blitzschnell hintereinander seine Pfeile ab. Sie trafen allesamt. Der bösartige Angriff verfehlte sein Ziel.

»Also doch keine Attrappe.« Finley atmete schwer, weil er jetzt allein ruderte. Er gab alles, denn das Boot durfte nicht an Tempo verlieren.

Niven antwortete nicht. Sein Blick flog forschend zur gegenüberliegenden Stadt der Vampire. Wenigstens dort blieb alles ruhig. Er nahm das Ruder wieder in die Hand und stach es ins Wasser. Lena glaubte, dass der Angriff der Grungalp vorüber war. Sie wollte schon aufatmen, da sah sie, wie die anderen am Boden liegenden Gestalten ihre Augen öffneten.

Das wütende Funkeln darin war nicht zu übersehen. Gleichzeitig nahm sie hinter den Hütten eine Bewegung wahr.

»Sie wachen alle auf und dort ist ein Schatten hinter den Hütten. Er folgt uns. Einer, viele, ich weiß nicht. Das Ding ist wahnsinnig schnell.« Lena sprach gezwungenermaßen leise, aber ihre Worte überschlugen sich fast.

Niven sah hinüber. Dann schüttelte er den Kopf. »Ein Tier. Wäre nicht der erste Panther, der einer Grungalp den Hals durchbeißt. Das ist gut, lenkt die Schattenfeen von uns ab.«

»Bist du sicher?«, fragte Finley. Sein Atem ging keuchend. Er schielte zu seinem Schwert, ohne jedoch im Rudern nachzulassen.

»Ja, die Grungalp bewegen sich anders. Vampire auch.« Nivens Stimme ließ ebenfalls erkennen, dass das Rudern seine ganze Kraft forderte. »Kann nur ein Panther oder eine ähnliche Raubkatze sein.«

„Die Grungalp wenden sich ab. Gott sein Dank!« Lena atmete auf.

»Na also«, keuchte Niven. »Los Finley, leg zu. Dort vorne, bei den drei vom Blitz verkohlten Birkenstämmen, gehen wir an Land.«

Die jungen Männer ruderten mit aller Kraft, die ihnen noch zur Verfügung stand. Dann lag die Gefahr der beiden Städte endlich hinter ihnen. Links vom Fluss tat sich jetzt eine weite Ebene auf. Sie ließen nicht in ihrer Anstrengung nach, sondern ruderten weiter in gleich hohem Tempo. Erst kurz vor den drei Birken drosselten sie die Geschwindigkeit und steuerten auf das Ufer zu. Mit einem Ruck trafen die Boote auf die feste Erde. Niven sprang als Erster an Land. Er hob Lena zu sich heraus auf den Boden und reichte dann auch Finley die Hand. Dieser schaute ihm kurz in die Augen und nahm dann seine Unterstützung an.

Auch die anderen Männer stiegen aus.

»Das war knapp«, brummte Wighard wütend. »Um ein Haar wären wir jetzt mit der Krätze geschlagen oder noch schlimmerem.«

»Welche Farbe hatte der Angriff?« Niven hatte wohl nur gehört, wie der Feuerball der Grungalp an der Mauer abprallte.

»Rot-Grün«, erwiderte Alrik.

»Einer von den ganz Üblen. Tödliche Pocken. Die schmeißen sie nur, wenn sie wirklich sauer sind.«

»Du scheinst dich auszukennen.«

»Die Grungalp gehören zu Taherehs Gefolge, sind sozusagen ihr verlängerter Arm, da muss ich ihre Waffen wohl kennen.«

Alrik sagte nichts mehr.

»Meinst du, die verfolgen uns?« Lena dachte an den Schatten, den sie hinter den Hütten gesehen hatte. Er war ihnen gefolgt, über Land.

Niven schüttelte den Kopf. »Nein, die kommen nicht hierher.«

»Ich kann mir denken, warum. Das hier müssen die Klagsümpfe sein. Diese schauderhafte Gegend muss sogar diese Biester erschrecken.« Finley zog Lena zu sich heran. »Es stimmt doch, Niven, oder?«

»Ja«, sagte dieser ruhig. »Wir brauchen etwa drei Wochen, um die Sümpfe zu durchqueren. Wenn ich heute Nacht wiederkomme, bringe ich für jeden von euch Fackeln mit, und dann machen wir uns auf den Weg. Er führt bis an die Grenze von Ardor.«

»Du willst weg?«, fragte Mihai.

»Ich will nicht, ich muss! Dort hinten ist ein relativ geschützter Platz. Ruht euch aus, bis ich wieder da bin. Der Weg, der vor uns liegt, ist anstrengend. Noch etwas — macht keinen Schritt aus eurem Versteck heraus. Wer die Sümpfe nicht kennt, ist verloren.«

»Und du kennst sie?« Finley sah ihn forschend an.

Niven grinste. »Wie meine Manteltasche.«

»Warum ist dein Mantel schwarz und nicht grau wie unserer?« Gustav unterbrach das Gespräch. Er baute sich vor Niven auf und sah ihn misstrauisch von unten herauf an.

»So erkennt man mich zuhause. Er schützt mich vor den hinterhältigen Angriffen der Ausgeflippten. Aber ihr dürft dort nicht auffallen.«

»Kein Wort mehr!« Kieran zog plötzlich sein Schwert. »Ich glaube, wir sind nicht mehr allein.«

Mihai und Alrik reagierten sofort. Unverzüglich spannten sie die Bogen. Auch die Alraunen zückten ihre Steinschleudern. Niven blieb dagegen vollkommen ruhig. Langsam trat er ein paar Schritte vor. Sein Bogen lag locker in seiner Hand und nur, wenn man genau hinsah, erkannte man seine Bereitschaft, ihn zu benutzen. Lena hielt den Atem an. Ihr Blick streifte durch die Gegend. Wie aus dem Nichts tauchten Männer vor ihnen auf und versperrten den Weg.

BLUTDUNST

Sie waren zu fünft. Aufrecht und mit ausdruckslosen Gesichtern standen sie da.

»Vampire«, flüsterte Kieran entsetzt.

Finley drängte Lena augenblicklich hinter sich und packte sein Schwert fester.

Kieran und die beiden Feenkrieger gruppierten sich um sie beide herum. Auch sie hoben ihre Waffen und ließen keinen Zweifel aufkommen, dass sie bei einem Angriff davon Gebrauch machen würden.

Die drei Alraunen Gustav, Wighard und Reik traten mit den Steinschleudern im Anschlag vor zu Niven. Dieser schien noch immer gelassen, aber seine lockere Haltung täuschte.

»Was wollt ihr?«, fragte er hart.

»Nicht euer Blut.« Der Vampir, der so lässig sprach, trat einen Schritt vor. Sein Blick schweifte über die Gruppe und blieb an Niven haften, als ob er ihn hypnotisieren wollte.

»Wie beruhigend.« Nivens Stimme wurde kalt wie Eis. »Es ist besser, wenn ihr von hier verschwindet.«

Über Finleys Schultern hinweg sah Lena das blasse Gesicht des Vampirs. Es war von anziehender Schönheit: schmale Nase, hohe Stirn, sinnliche Lippen. Aber es ließ keine Emotionen erkennen. Nur um die strahlend blauen Augen herum bildeten sich feine Fältchen, als der Vampir erkannte, dass Niven wachsam war und ihm widerstand.

»Nicht doch, Niven, Taherehs Sohn. Du verkennst die Lage. Wie du siehst, haben wir herausgefunden, wer du bist, und wir wissen auch, was ihr vorhabt.«

Die Stimme des Vampirs klang weich wie Samt und doch spürte Lena darin etwas Unbeugsames. Seine vier Gefährten rückten zu ihm auf. Es schien, als ob sie eine Mauer bilden wollten, die nichts und niemand hindurch lassen würde.

»Ihr werdet uns nicht hindern«, zischte Finley.

Er hielt sein Schwert mit beiden Händen und nahm eine kampfbereite Haltung an. Lena konnte die Vampire jetzt besser betrachten, da Finley sich vorbeugte. Sie schienen jung, wie Menschen zwischen 18 bis 25 Jahren. Ihre Gesichter wirkten jedoch sehr blass und die Augen waren rot umrändert, als seien sie übermüdet. Es täuschte. Lena spürte sehr deutlich, dass diese fünf Wesen hellwach waren. Der dunkelhaarige Vampir rechts neben dem Sprecher wandte seinen Kopf zu Finley. Um seinen Mund lag die Andeutung eines belustigten Lächelns. Finley schwankte unter seinem Blick und konnte sein Schwert nur noch unter großer Willensaufbietung halten.

»Lass gut sein, Vico«, sagte der Anführer der Vampirgruppe ruhig. Er heftete seinen Blick wieder auf Niven. »Ich denke, du weißt, was wir wollen. Oder glaubst du, dass wir, nur weil wir die Dunkelheit der Nacht zu schätzen wissen, auch dieses unscheinbare Grau mögen?« Er wies auf die Umhänge, die er und seine Gefährten trugen. »Mitnichten! Ich persönlich bevorzuge die Farbe des Blutes, das warm und rot in unseren Gläsern funkelt.«

»Das Mausgrau steht euch«, erwiderte Niven mit einer nicht ganz ernst gemeinten Verbeugung. »Doch was du damit andeuten willst, da lautet die Antwort: nein! Also kehrt um und trollt euch.«

»Du begreifst nicht«, sagte der Vampir zur Linken des Sprechers so heftig, dass ihm eine Strähne seines gepflegten, hellblonden Haares bis über das Gesicht fiel. »Luczin bittet nicht! Er will dir nur begreiflich machen, dass wir mit euch gehen werden. Findet euch damit ab. Ihr könnt es nicht verhindern.«

Kieran sog scharf den Atem ein und lenkte dadurch die Aufmerksamkeit der Vampire auf sich. Durchdringende Blicke richteten sich auf ihn. Mihai und Alrik hoben sofort die Bogen und zielten auf die Vampire.

Luczin lächelte, als er das sah. »Beruhigt euch, ihr alle. Meister Kieran, auch wir haben unsere Ehre. Ich verspreche, dass keiner von uns euch schaden wird. Was schaut ihr so überrascht? Natürlich wissen wir alles über euch und die Fata, deren Name Lena ist. Euer Ziel ist auch unseres, so unwahrscheinlich es in euren Ohren klingen mag.« Er beugte sich ein wenig genervt herunter zu den Alraunen. »Ihr drei! Euch muss schon der Arm wehtun. Lasst die Steinschleudern sinken. Sie würden sowieso nichts gegen uns ausrichten. Außer vielleicht, dass ihr mit einem zufällig losgegangen Stein unsere Wut weckt. Das wollen wir doch alle nicht.«

Die Alraunen ließen widerwillig die Schleudern sinken. Vielleicht nur deshalb, weil Luczins Blick sie dazu zwang.

»Wir können euch nicht mitnehmen«, sagte Niven schnell. »Dort wo wir hingehen, ist alles tot. Es gibt keine Nahrung für euch. Wie könntet ihr dann euer Versprechen halten? Außerdem müssen wir auch noch am Drachen Numir vorbei. Dessen Atem wäre garantiert euer Ende, das wisst ihr. Und selbst dann, wenn Numir euch nicht erwischen sollte, wäre spätestens Alyssas Licht euer Untergang.«

»Das Leben braucht Würze. Wir scheuen weder das Risiko noch den Tod, und Alyssas Licht können wir durchaus eine Weile aushalten. Das solltest du wissen, … und was unsere Nahrung anbelangt, … wir können sehr lange ohne frisches Blut auskommen, wenn es auch keinen Spaß macht. Außerdem haben wir vorgesorgt.« Luczin holte ein lederartiges Etwas aus der Tasche und hielt es hoch. Er zog ein Stück der Außenhaut weg, unter der sich eine bräunliche Masse verbarg.

Ein unangenehmer Geruch von geronnenem Blut verbreitete sich, den die Vampire jedoch genüsslich einschnüffelten. »Nur zu eurer Beruhigung. Mit Wasser aufgelöst schmeckt es fast wie frisch geritzt, und jetzt solltet ihr euch nicht weiter gegen uns wehren. Es ist zwecklos, und ihr werdet unsere Hilfe auch brauchen. Die Fata erscheint mir, nun … nicht gerade als Kriegerin.«

Finley brauste auf. »Sie ist nicht schwach, wenn du das meinen solltest, und es wäre besser, wenn du sie respektvoll behandelst. Was sie tun muss, kommt schließlich auch euch zugute.«

Kieran legte schnell die Hand auf seinen Arm, um ihn zu beruhigen.

Lena zwängte sich zwischen den beiden durch nach vorne. »Lass ihn, Fin!«

Mihai und Alrik wollten Lena zurückhalten, aber sie ließ es nicht zu. Sie stellte sich neben Niven. Ihr wurde klar, dass sie sich nicht hinter ihren Begleitern verstecken durfte, sondern den Vampiren aufrecht entgegen treten musste. Lena hoffte nur, dass sie im Notfall stark genug war. Sie spürte bereits, wie dieser Luczin sie mit seinen Blicken anzog, als wenn er ihre Kraft testen wollte.

Lena atmete tief ein. »Lass das! Ihr wollt also mit? Was hätten wir davon? Dem Anschein nach sympathisiert ihr eher mit Tahereh.«

»Sympathisieren ist nicht das richtige Wort«, entgegnete Luczin gedehnt. »Sie schenkt uns die Nacht, die wir sehr zu schätzen wissen. Doch ohne Alyssas Licht ist der Rhythmus gestört. Das ist tödlich nicht nur für euch, sondern auch für uns. Wir wollen sichergehen, dass sie tatsächlich frei kommt. Die Ordnung muss wieder hergestellt werden und verzeih, aber du wirst es nicht allein mit diesen paar Leuten schaffen.«

Luczin lächelte kalt und dann hüllte er Lena zügellos in seinen hypnotischen Blick ein. »Deine magischen Kräfte sind zu schwach.«

Lena spürte, wie der Vampir ihren Willen zu brechen suchte, sich ihres Geistes bemächtigen wollte, um sie zu sich heranzuziehen wie eines seiner Opfer, denen er gnadenlos das Leben aussaugte.

Jäher Zorn wallte in ihr auf. »Doch stark genug, um dir zu widerstehen.« Finleys Unterweisungen rasten durch ihren Sinn. Wie aus der Ferne hörte sie seine Worte, die er während ihrer Übungen immer wieder zu ihr gesagt hatte: *Wenn deine Visualisierung nur klar genug ist, schaffst du jeden Zauber.*

Lena konzentrierte sich auf das Bild, das nun vor ihrem inneren Auge stand, und hob die Arme nach oben. Sie ließ sich nicht länger zwingen, sondern wehrte den Angriff von Luczin ab mit der Macht ihrer Vision. Ihre ganze Gestalt hüllte sich von den Füßen an aufsteigend in strahlend helles Licht. Es fühlte sich warm an. Die Alraunen sanken zu Lenas Füßen und berührten sie ehrerbietig. Niven sah zu Kieran und Finley, die genauso überrascht und erstaunt waren wie er selbst. Sie kamen mit den Feenkriegern nach vorne und dann standen alle in dem hellen Licht, das Lena auf magische Weise um sie herum verbreitete. Nun war sie diejenige, die Schutz bot.

Die Vampire wichen geblendet zurück und fielen unvermittelt auf die Knie.

»Halt ein, bevor wir blind werden«, rief Luczin.

Lena nahm die Arme herunter und das Licht erstarb augenblicklich. Die Vampire standen aus ihrer knienden Stellung auf und verneigten sich.

Wieder machte sich Luczin zu ihrem Sprecher. »Wir haben uns in Bezug auf deine magischen Fähigkeiten getäuscht, Lena. Nicht aber in unserer Einschätzung, dass du viel zu gutmütig bist, um jemanden weh zu tun. Du hast dein Licht zu schnell ersterben lassen. Wären wir eure Feinde, hätten wir unsere Chance ohne Zweifel genutzt. Du wärst jetzt nur noch eine blutleere Hülle. Ihr alle. Deshalb bleiben wir dabei, wir begleiten euch. Wir sind nicht so zimperlich, wenn es einen Angriff abzuwehren gilt.« Aus Luczins Stimme klang eine heitere Zufriedenheit heraus. Niven gab ein Geräusch von sich, das sich wie fernes Donnergrollen anhörte. Sein Blick hob sich zum Himmel, wo sich die dunklen Schleier zurückzogen. Erschrecken flog über sein Gesicht. Luczin lächelte süffisant. »Ah, Mami ruft.«

Niven wechselte einen Blick mit Kieran und der nickte.

Niven schaute wieder auf Luczin. »Wenn ihr nur halb so viel über mich wisst, wie ich über dich, Luczin und euch, Vico, Briann, Thure und Darian, Führer der Vampire von Dracopatria«, sagte Niven gefährlich leise, »dann wisst ihr auch, was euch blüht, wenn ihr Lena oder ihren Begleitern in meiner Abwesenheit auch nur ein Haar krümmt. Ich werde euch jagen und töten, ohne Gnade. Eure Stadt Dracopatria wird in Schutt und Asche liegen, bis selbst die Erinnerung an euch verschwunden ist. Das schwöre ich euch bei der Seele meiner Mutter, die mich geboren hat.«

»Wir wissen es.« Luczins Stimme klang respektvoll. »Aber ich hoffe, dass auch du, der du ähnlich wie wir im Schatten der Dunkelheit lebst, weißt, dass wir unser Wort halten.«

Niven sah den Vampir forschend an und nickte. Dann wandte er sich zu Mihai. »Teilt Wachen ein. Lena braucht dringend Ruhe und ihr auch. Wenn die Nacht kommt, bin ich wieder da.« Ein letztes Mal schweifte sein Blick über sie hinweg. Dann verschwand er in einem glitzernden Nebel.

Meister Kieran wies auf eine Gruppe von Sträuchern und Bäumen, die einen geschützten Ruheplatz abzugeben versprachen. Er kümmerte sich nicht weiter um die Vampire, sondern ging einfach los.

Aus Nivens Gesichtsausdruck von eben schloss Lena, dass diese Langzähne ihr Versprechen wohl halten konnten und niemandem aus der Gruppe schaden würden. Sie war deshalb im Augenblick nicht allzu sehr beunruhigt. Viel mehr beschäftigte sie, dass Luczin von Niven als dem Sohn der Tahereh gesprochen hatte. Sie verstand es nicht. Vorhin hatte Niven bei der Seele seiner Mutter geschworen und das hatte sich aus seinem Mund recht seltsam angehört. Etwas passte da nicht. Sie grübelte, während sie hinter Kieran herlief.

Finley trat an Lenas rechte Seite, um sie unauffällig zu stützen. Sie war froh darüber, denn ihr Lichtzauber hatte sie viel Kraft gekostet. Luczin ging mit seinen Männern an ihrer linken Seite. Finley passte das gar nicht. Lena sah es seinem Gesicht an. Aber er konnte nichts dagegen tun. Immerhin behielten Mihai und Alrik sowie die drei Alraunen die unliebsamen Begleiter im Auge. Es war beruhigend, dass die Gefährten ihren Rücken deckten.

Luczin rückte plötzlich näher an Lena heran. »Du hast dich wohl ein wenig übernommen mit deinem Zauber. Vielleicht sollte ich dich ein Stückchen tragen, was meinst du? Mit deinem Hals an meiner Schulter wirst du sanft einschlafen.«

Er beugte sich zu ihr vor und entblößte seine Zähne. Seine Vampirgefährten grinsten.

»Lass sie in Frieden«, fauchte Finley.

Der Vampir an Luczins Seite lachte auf. »Ah, der edle Ritter. Damit wären es schon zwei, die sich einmal um das Goldlöckchen schlagen werden. Dieser Niven hat auch ein Auge auf sie geworfen oder irre ich mich?«

»Nein, du irrst dich nicht, Briann«, bestätigte der Vampir, der neben ihm ging und Vico hieß, mit einem breiten Grinsen.

Finley wollte auffahren, aber Lena hielt ihn zurück. »Nicht! Die Provokation scheint denen so lieb wie Blut.«

»Ich sehe, wir verstehen uns«, sagte Luczin heiter.

Sie erreichten ihren Rastplatz. Mihai übernahm zusammen mit Reik die erste Wache.

Auch Luczin gab den Seinen Befehle. »Thure, du wachst als erster. Weck Briann, bevor dich die Müdigkeit übermannt, und Achtung! Da schleicht eine Wildkatze herum.«

»Ich weiß. Wir könnten sie doch …«

»Nein«, erwiderte Luczin hart. »Bei eurer Ehre, kein Blutvergießen bis die Strahlenkönigin frei ist. Habt ihr verstanden?«

Seine Gefährten nickten. Als Lena das hörte, fiel ihr ein Stein vom Herzen. Warum, hätte sie nicht genau zu sagen vermocht. Sie war einfach nur froh, dass die Katze außer Gefahr war. Lena legte sich auf den Boden und bettete ihren Kopf auf den Grashaufen, den Finley für sie gezupft hatte. Ungewöhnlich schnell schlief sie ein, trotz der Aufregung des heutigen Tages und ohne den Gedanken zu Ende denken zu können, dass dieser Luczin dem Schwund ihres Bewusstseins womöglich ein wenig nachhalf.

Als Lena wieder aufwachte, stand die Sonne tief am Horizont. Ihr erster Gedanke galt Niven, der nun bald kommen und sie durch die Klagsümpfe führen würde. Sie schaute auf Finley, der neben ihr lag. Er schlief noch, aber wohl nicht besonders tief. Seine Faust umklammerte fest sein Schwert.

Lena bemerkte erst jetzt, dass sie mit einem fremden Umhang zugedeckt worden war. Jemand hatte ihn wohl über sie gelegt, während sie schlief. Finleys Umhang war es nicht. Sie schaute sich um. Nur wenig entfernt von ihr saßen Meister

Kieran und der Vampir Luczin am Boden. Der Vampir war lediglich mit einem dunklen Hemd und einer dunklen Hose bekleidet. Es musste also sein Umhang sein. Misstrauisch griff sich Lena an den Hals und tastete. Luczin schaute zu ihr hin und grinste.

Lena wandte sich von ihm ab und tat so, als ob sie noch ein wenig ruhen wollte.

Nach einer Weile hörte sie, wie sich der Vampir mit Meister Kieran unterhielt. Die beiden sprachen nicht besonders laut, doch Lena verstand jedes Wort.

»Ihr misstraut Niven so sehr wie uns«, sagte Luczin gerade, »und das offensichtlich nur, weil er an einem Ort lebt, den ihr fürchtet.«

»Lena vertraut ihm und wir ihr«, entgegnete Kieran ruhig.

»In ihr ist das Licht. Es schützt SIE in der Dunkelheit, aber nicht euch. Wenn du nicht wenigstens ein bisschen von seinen Widerschein in dir selbst trägst, Lichtmagier Kieran, dann verlierst du dich auf dem Weg, der vor uns liegt.«

»Du musst es wissen.«

»Auch die Nacht hat ihre lichten Momente.«

Zu Lenas Überraschung schwieg Meister Kieran. Sie öffnete die Augen und sah zu ihm hinüber. In seinem Gesicht spiegelten sich widerstreitende Emotionen.

Luczin beugte sich zu ihm vor. Seine Stimme wurde beschwörend. »In all den Jahren, in denen du gegen Taherehs Schatten kämpftest, hast du den anderen gepredigt, dass sie die Hoffnung nicht verlieren dürfen. Doch du selbst hast sie längst verloren. Ich frage mich, ob dir das bewusst ist. Dein Glaube an den Sieg ist eine Hülse, leer, ohne Substanz. Es macht dich schwach.«

Kieran hielt Luczins Blick stand. »Du urteilst hart.«

»Die Wahrheit ist immer hart.« Luczin lächelte.

Lena fragte sich, was der Vampir über Kieran wusste. Luczin beugte sich noch näher zu ihm vor. »Wir haben Niven beobachtet. Täuscht euch nicht, Meister Kieran. Manch einer vergräbt sein Leid in sich selbst, weil es zu schmerzhaft wäre, es hinauszuschreien. Wenn er nicht dabei drauf geht, macht es ihn stark. So wie Niven, der den Kummer seines Herzens nutzen will, um ans Licht zu kommen.« Luczins Gesicht verschloss sich, als wenn er zu viel gesagt hätte.

Meister Kieran stand vom Boden auf und verneigte sich vor dem Vampir. Dann sah er hinaus in die Ebene. »Ich glaube, dort drüben kommt er schon.«

Lena rüttelte an Finleys Arm, um ihn aufzuwecken. Sie setzte sich auf und schaute in die Richtung, die Meister Kieran im Blick hatte. Niven eilte aus der Richtung der drei Birken am Fluss schnellen Schrittes zu ihnen herüber. Auf seiner Schulter trug er einen Sack. Als er Lena am Boden sitzen sah, lief er zu ihr hin und beugte sich über sie.

»Alles in Ordnung?«

Lena nickte. Niven sah forschend zu Finley und auch der nickte.

»Hast nichts verpasst.«

Niven richtete sich wieder auf und beobachtete Luczin. Er kam zusammen mit Meister Kieran auf ihn zu, gefolgt von den anderen, die sich überall auf dem Platz vom Boden erhoben.

»Ihr seid nicht davon abbringen, Luczin?«, fragte Niven.

»Nein.«

»Kieran, was sagst du?«

Meister Kieran betrachtete die bunt zusammen gewürfelte Gruppe aus Feen, Vampiren und Alraunen und ließ seinen Blick dann auf Lena und Finley ruhen.

»Brechen wir auf«, sagte er.

»Also gut.« Niven öffnete den mitgebrachten Sack, zog daraus lange Fackeln hervor und reichte jedem eine davon. »Wir gehen in Richtung Zwillingsberg.« Er deutete halb links. In der Ferne lag dort eine Gebirgskette vor dem Horizont, mit zwei markant darüber herausragenden, schneebedeckten Bergkuppen. »Bleibt dicht zusammen. Ein Tritt außerhalb des Wegs kann den Tod bedeuten. Behaltet das in eurem Kopf.« Niven sah jeden Einzelnen an. »Lasst euch von den Lichtern im Moor ja nicht in die Irre führen und schaut auf keinen Fall in die Wasserpfützen. Egal, wie groß oder klein sie sein mögen. Wenn ihr von deren spiegelnden Tiefen hinabgezogen werdet, kann euch keiner mehr heraus helfen. Luczin, seid ihr schon einmal durch die Klagsümpfe gewandert?«

»Gewandert nicht. Aber wir kennen die Klagsümpfe, ein Stück weit.«

»Ist euch etwas aufgefallen?«

Vico grinste. »Das Spiel deiner Mundharmonika. Klang gut in dieser Gegend.«

»Kein Leben, nur Einsamkeit«, sagte Darian.

»Nun, das stimmt nicht.«

»Doch, ich meine es ehrlich. Du spielst gut.«

»Es gibt Leben hier!« Niven richtete seinen Blick gezielt auf die Vampire. »Aber es wird euch nicht zusagen. Uns allen nicht, doch ihr Vampire könntet dem als erste zum Opfer fallen, dem Jammern der Klagfrauen.«

Thure lachte und zeigte dabei seine spitzen Eckzähne. »Was soll das? Gegen jammernde Weiber sind wir immun.«

»Oh nein, da täuschst du dich. Soweit ich weiß, ist euer Gehör sehr hoch entwickelt. Ihr nehmt Geräusche schon aus weiter Entfernung wahr?«

»Das ist richtig. Sprich weiter«, forderte Luczin.

»Es ist ganz einfach. Die Klagfrauen werden mit ihrem Geschrei euer Trommelfell zum Platzen bringen. Hier!« Niven verteilte an alle glibberige, dicke Stöpsel. »Die müsst ihr euch in die Ohren stecken, sobald ihr auch nur den Hauch eines sirenenartigen Tons hört. Und natürlich sofort die anderen warnen.« Er hielt mit der Verteilung inne, sah Luczin fest an, und erst als dieser nickte, sprach er weiter. »Ihr werdet sie trotz der Ohrenstöpsel hören. Ich kann euch garantieren, dass es euch verrückt machen wird. Mehr als uns, da unser Gehör nicht so empfindlich ist.«

Der Vampir Briann zuckte lässig mit den Schultern. »Wir könnten sie beißen, dann wären sie still. Sind ja anscheinend unser aller Feinde.«

»Da muss ich dich enttäuschen. Die Klagfrauen sind Geister, in ihren Adern fließt kein Blut. Du wirst sie nicht einmal zu Gesicht bekommen, außer du schaust in eine der Wasserpfützen. Das wäre dein Tod.«

»Unser Gehör ist auch besser als das der meisten«, warf Gustav ein. Sein Gesicht glich einem in Bewegung geratenen, zerknüllten Stück Papier. Er schaute missmutig auf die Ohrenstöpsel, die er zwischen seinen Fingern hin- und her drehte.

»Dann müsst auch ihr besonders vorsichtig sein.«

Thure richtete seinen hypnotischen Blick auf Niven. »Warum haben wir sie in Dracopatria nie gehört? Willst du uns Angst machen? Das wird dir nicht gelingen. Wenn sie schon einmal so ekelhaft gesungen hätten wie du es beschreibst, wäre es uns nicht verborgen geblieben.«

»Lass deine Machtspielchen, sie sind nicht angebracht. Entweder du glaubst mir oder nicht, das ist deine Sache«, erwiderte Niven kalt, erklärte dann aber doch. »Diese Gegend hier ist abgeschnitten vom Rest der Welt. Es gibt kein Echo nach draußen. Deshalb kann man die Klagfrauen nur hören, wenn man tief in ihr Gebiet eindringt, so wie wir es nun tun. Manchmal jammern sie tagelang.«

Nivens Gesicht verzog sich bei seinen letzten Worten schmerzvoll. Seine Hand griff in die Tasche seines Umhangs, als wenn er dort einen Talisman umklammern wollte.

Reik sah Niven aufmerksam an. »Aber es gibt dennoch Zeiten, in denen sie ruhig bleiben?«

»Ja, manchmal lassen sie Gnade walten.«

Lena hielt sich bei dem Gespräch der Männer zurück. Sie hörte nur zu, aber ein kalter Schauer kroch ihr dabei über den Rücken. Sie fröstelte und rieb sich die Arme. Mehr ließ sie sich jedoch nicht anmerken. Einen Hoffnungsschimmer gab es ja immerhin. Vielleicht hatten sie Glück und wurden von den Klagfrauen verschont.

Sie entzündeten die Fackeln und marschierten los. Lena gab vorher noch den Mantel zurück und ging dann mit Niven und Finley an der Spitze der Gruppe voraus. Der Vampir Luczin folgte ihr mit Briann, danach liefen Meister Kieran und die Feenkrieger Mihai und Alrik. Die drei Alraunen trabten mit schnellen, kurzen Schritten hinterher. Thure, Darian und Vico bildeten das Schlusslicht. Wohl fühlten sich die Alraunen nicht mit den Vampiren in ihrem Rücken. Luczin ließ jedoch nicht mit sich diskutieren und erklärte, dass dies eine Schutzmaßnahme sei. Die drei Vampire sollten die vorderen lautlos warnen, falls die Alraunen mit ihren kurzen Beinen das vorgegebene Tempo nicht halten konnten.

Gustav, Reik und Wighard grummelten zwar noch eine Weile vor sich hin, fanden sich dann aber mit der Reihenfolge ab. Die drei joggten in gleichmäßig schnellem Lauf, und brachten es dabei sogar noch fertig, sich zu unterhalten. Sie schwärmten davon, wie sie sich die letzten Wochen mit

Brennnesseljauchensoße vollgestopft hatten. Sicher würde ihr Blut noch die nächsten Monate nach diesem herrlich stinkenden Zeug muffeln.

Reik schnalzte mit der Zunge. »Unsere Würze ist aber auch genial, nicht wahr? Eine heftige Prise Pfeffer und pfundweise Knoblauch darin, deshalb ist unsere Brennnesseljauchensoße so appetitlich.«

»Hm, und das Gute ist, dass der leckere Duft lange haftet.« Wighard hob seinen Arm, um daran zu riechen.

»Lass mich kosten«, stichelte Vico hinter ihm. »Euer Blut muss süß sein wie Zucker, von soviel genussvoller Freude.«

»Nur für den, der vergorene Brennnessel und Knoblauch verträgt«, parierte Gustav. »Euch würde davon nur schlecht.«

Weiter vorne verzog Luczin sein Gesicht zu einem Grinsen.

»Warum lachst du?«, fragte Niven.

Luczin beugte sich zu ihm vor. »Die Alraunen fangen an, sich mit meinen Männern zu verstehen. Sie scherzen miteinander.«

Ohne eine Pause einzulegen, gingen sie den schmalen Pfad entlang durch die Klagsümpfe. Bald konzentrierte Lena all ihre Sinne auf die Umgebung. Sumpfgräser streiften ihre Füße. Zwischen niedrigen Sträuchern reckten sich zu beiden Seiten einzelne, abgestorbene Birken in die Höhe. Schatten schlüpften durch Lena hindurch, wanderten lautlos den gleichen Weg wie sie selbst.

Mit jedem Schritt vorwärts verlor die Nacht die gewohnte, tiefe Dunkelheit. Nach kurzer Zeit wirkte sie nur noch wie ein geisterhafter Tag, dessen Licht von einem Nebel gedämpft wurde. Der Mond am Himmel hatte einen roten Hof. Seltsamerweise blieb er beständig zwischen den Spitzen der

Zwillingsberge hängen. Lena konnte den Blick nur schwer von diesem Mond lösen. Immer wieder starrte sie auf die runde Scheibe, wie unter Zwang.

Niven bemerkte es und blieb stehen. Als alle zu ihm aufgerückt waren, erklärte er, was hier vor sich ging. Das schimmernde Mondlicht zwischen den Gipfeln diente den Verstorbenen zur Orientierung und zog sie mit Macht an. So fanden sie zu jeder Zeit den Eingang in Taherehs Reich.

»Lasst euch nicht davon gefangen nehmen«, sagte er. »Seht besser zu Boden. Das hilft. Ihr müsst euch immer daran erinnern, dass ihr lebt.«

Lena lief bei seinen Worten ein Schauer über den Rücken. Sie fing an zu verstehen. Für die Toten war dieser Weg ein Versprechen. Aber die Lebenden konnten sich hier durch die Anziehungskraft von Taherehs Schattenreich verlieren. Sie musste sich dagegen wehren. Ihre Schritte bewusst setzen. Doch schon nach wenigen durchwanderten Nächten fiel es ihr nicht mehr leicht. Lenas Zeitgefühl kam durcheinander. Nacht und Tag unterschieden sich nicht. Ein ungeübtes Auge konnte den Mond auch für eine Sonne halten. Einzig die Zeit, in der Niven für ein paar Stunden verschwand, bot einen Anhaltspunkt für die Zählung der Nächte, die sie bereits unterwegs waren. Niven führte die Gruppe zuvor an sorgsam vorbereitete Plätze. Wenn sie dort ihr Lager aufschlugen, fühlte sich Lena jedes Mal erleichtert. Die Geschäftigkeit der Gefährten belebte sie, trotz ihrer bleiernen Müdigkeit. Wenn das spärliche Heu ihrer Schlafstatt gerichtet war, ruhte Finley stets an ihrer Seite. Seine Nähe half ihr, sich zu entspannen.

Mit den Vampiren anrangierten sie sich. Luczin und seine Männer lagerten während der Rast gerne ein wenig abseits, vor allem, wenn sie ihren Bluttrank zu sich nahmen. Den anderen war das nicht unangenehm. Es trug sogar dazu bei, dass sie allmählich als Gefährten betrachtet wurden. Mihai war nach Meister Kieran und den Alraunen der Erste, der sich länger mit den Vampiren unterhielt. Ab da gingen sie sogar gemeinsam auf Wache.

DER ANGRIFF

Sie wanderten nun schon die zwölfte Nacht. Bisher hatte es keine Zwischenfälle gegeben. Die Klagfrauen regten sich nicht. Gleichwohl vermied es jeder in die brackigen Spiegel der Wassertümpel zu blicken, die allmählich immer zahlreicher wurden und näher am Weg lagen. Über und zwischen den Tümpeln flammten grüne Lichter. Sie lockten lautlos. Niven warnte immer wieder davor, sich ja nicht von diesen Irrlichtern vom Weg abbringen zu lassen. Ab und zu tauchten aus den Wassern auch noch geisterhafte Gestalten auf, deren Augen durch die Wandernden hindurch ins Leere zu blicken schienen. Finley griff in solchen Augenblicken an sein Schwert und Niven beruhigend nach Lenas Hand.

»Sie tun uns nichts. Arme Seelen, die vom Weg abgekommen sind«, sagte er.

»Nicht die Klagfrauen?«

»Nein, die bleiben unsichtbar.«

Die gespenstische Atmosphäre der Sümpfe umklammerte Lena mit festem Griff. Immer wieder seufzte sie auf. Den Gefährten erging es nicht anders. Es war ein Gefühl, als ob eine Uhr angehalten worden sei, um sie der Lautlosigkeit eines zeitlosen Raums auszuliefern. Dem sensiblen Feenkrieger Alrik fiel es besonders schwer, mit dieser bedrückenden Stille fertig zu werden. Er beklagte sich nicht. Aber seine Augen verloren jeden Glanz.

Neben ihm ging der Vampir Briann. Eine Zeit lang beobachtete er Alrik, unentschlossen, ob er etwas sagen sollte. Doch als der Feenkrieger immer mehr in sich zusammenfiel, legte er ihm sachte die Hand auf die Schulter. »Die Stille der Nacht ist voller Überraschungen und anders, als man glauben mag. Wenn du dich darauf einlässt, schärft sie die Sinne und du kannst dich in ihr spüren wie nie zuvor.«

»Mag sein, vielleicht. Dir fällt das leichter«, erwiderte Alrik. »Aber in mir ist plötzlich nur noch Leere, als sei ich tot wie die Gegend hier, in der nicht einmal ein Tier zu sehen ist. Kein Vogel, kein Käfer, nicht einmal Fliegen, nichts, das noch Hoffnung macht auf Leben.«

Briann sah ihn an und lächelte. »Die Leere ist der Anfang.«

Vielleicht hatte sich Alrik so in seiner inneren Trauer verfangen, dass er die Umgebung nicht mehr richtig beurteilen konnte. Denn es gab Tiere hier. Allerdings waren sie bisher in ihren Verstecken geblieben und Niven wies nicht auf sie hin. Ein Fehler, wie sich bald herausstellen sollte.

Gustav, Reik und Wighard kamen mittlerweile bestens mit den Vampiren zurecht. Es lag wohl an ihrer Art, derbe Witze zu machen. Alle hatten ihren Spaß an den gegenseitigen Sticheleien. Es vertrieb ein wenig die düstere Stimmung, welche auch den hinteren Teil der Gruppe immer wieder einmal zu erfassen drohte. Gerade gab Reik ein paar Anekdoten über die Angewohnheit der Alraunen zum Besten, andere Leute über Äste stolpern zu lassen.

Thure lachte leise. »Es würde mich wirklich brennend interessieren, was wäre, wenn in euch das Blut eines Vampirs fließen würde. Wahrscheinlich würdet ihr den Leuten dann ins Bein beißen, statt ihnen ein Bein zu stellen.«

Vico grinste zu Reik herunter und zeigte seine Zähne. »Reik, wie wär's? Ich könnte dich zu einem von uns machen.«

»Danke für das freundliche Angebot, aber ich verzichte.« Reik drückte seine Hand gegen Vicos Wange und schob ihn von sich weg. »Ihr saugt zum Frühstück Käfer aus, hab ich mir sagen lassen. Mir dagegen reicht es schon, wenn die sich in meinen Haaren einnisten. Ich will die zappelnden Dinger nicht auch noch auslutschen müssen ... bäh!«

»Wie kann einer nur eine solche Delikatesse verschmähen?«

»Ich lade euch zu einer Portion Brennnesseljauchensoße ein, wenn wir zurück sind, dann weißt du warum.«

Plötzlich griff Vico rasend schnell über Reiks Schulter, schrie im gleichen Moment voller Wut auf. Ein langes Etwas, das Ähnlichkeit mit einem dicken Seil hatte, flog in hohem Bogen mehrere Meter weit davon. Es platschte mit einem viel zu lauten Geräusch in einen Tümpel auf der rechten Seite ihres Wegs. Das braune Wasser blubberte ein paar Mal, dann war es wieder still. Reik sank langsam in die Knie. Hinter ihm gab Vico röchelnde Geräusche von sich. Vico versuchte zu sprechen, doch seine Worte klangen undeutlich. »Das Biest hat uns beide erwischt. Wieso war die schneller als ich?«

Luczin, der weiter vorne ging, erstarrte. Er krallte seine Hand in Nivens Schulter. »Schlangenbiss«, sagte er. »Es hat Reik und Vico erwischt.«

»Was? Die kommen doch sonst nie ...«

Alle eilten nach hinten zu Reik und Vico, die am Boden lagen und entsetzlich stöhnten. Reiks Arm schwoll dick auf. Die Haut über der Bisswunde spannte sich und sah aus wie verbranntes Holz. Seine Augen weiteten sich unnatürlich. In seinem Hals pulsierte es heftig. Er strampelte, schlug um sich und schien niemanden mehr zu erkennen. Im Gegensatz zu Reik lag Vico leblos da. Alle vier Vampire machten sich an ihm zu schaffen. Vorhin hatte er noch geschrien, weil seine Adern so sehr brannten. Jetzt blieb er still. Vielleicht hatte die Blutlache etwas damit zu tun, die am Boden bis vor Lenas Füße lief.

Sie schrie erschrocken auf.

»Bringt Lena weg! Das ist kein Anblick für sie«, befahl Luczin herrisch.

Finley zog Lena sofort ein Stück vom Geschehen weg. Sie konnte den Blick trotzdem nicht abwenden. Voll Entsetzen presste sie ihre Hand vor den Mund, um nicht laut aufzustöhnen.

Mihai und Alrik knieten bei Reik und hielten ihn fest. Niven zog aus seiner Tasche einen Beutel mit einem Pulver hervor und versuchte dem Alraun etwas davon zwischen die zusammengepressten Zähne zu schieben.

»Luczin, ich habe hier ein Pulver, aber ich weiß nicht, ob es Vico auch hilft«, sagte er, ohne in seiner Anstrengung, Reiks Zähne auseinanderzubringen, nachzulassen.

»Nein, aber Vico schafft es auch so.«

Gustav und Wighard rannten jammernd um ihren Freund herum und drängten sich dann zwischen den Vampiren hindurch zu Vico. Immer im Wechsel.

Luczin wurde das bald zu bunt. »Verschwindet«, blaffte er sie an.

»Nein. Vico wollte Reik retten. Wir müssen doch helfen.«

»Vicos Leben ist nicht in Gefahr. Kümmert euch um Reik«, sagte Luczin ein wenig sanfter.

Vico war durch das rigorose Handeln seiner Gefährten das giftige Blut losgeworden.

Aus den Reihen der Vampire klangen jetzt schlürfende, fast gierig schmatzende Geräusche. Seine Vampirgefährten stellten ihm einen Teil ihres eigenen Blutes zur Verfügung. Luczin erhob sich danach, sehr blass und leicht schwankend. Die anderen drei Vampire packten ungeniert das getrocknete Blut aus, lösten ein paar Brocken davon mit Wasser an und fütterten Vico damit.

»Wie geht es Reik?«, fragte Luczin.

Niven seufzte. »Ich habe getan, was ich konnte. Aber sein Herz schlägt viel zu schnell. Ich fürchte um ihn, wenn er nicht zur Ruhe kommt.«

Der Alraun hatte das Pulver geschluckt. Niven säuberte die Bisswunde am Arm und streute auch da etwas von dem pulvrigen Zeug darauf. Mit einem Streifen seines Hemdes versuchte er, das Heilmittel zu fixieren. Die heftigen Bewegungen des Alrauns machten es ihm nicht einfach. Gustav, Wighard und Mihai mussten ihn mit aller Kraft festhalten.

Luczin beugte sich über Reik, in dessen Blick die reinste Panik lag. »Keine Angst!«

Er strich mit seiner Hand über Reiks Stirn. Die hektischen Bewegungen des Alrauns hörten auf. Seine Augen schlossen sich und sein Körper wurde schlaff.

Lena, die wieder näher gekommen war und nun neben Alrik am Boden kniete, sah den Vampir an. Sie fragte sich, wie oft Luczin das wohl schon zu seinen Opfern gesagt hatte, bevor er ihnen das Leben aussaugte. Zu ihrer Überraschung gab der Vampir Antwort.

»Oft, doch heute wird es das Leben zurückbringen.« Luczin wandte sich an Alrik. »Trag ihn, sorge für ihn. Du vertreibst damit auch die Schatten, die dich befallen haben.« Als Niven den Arm von Reik fertig verbunden hatte und aufstand, packte Luczin ihn an der Schulter und drehte ihn zu sich herum. »Wieso?«, fragte er hart.

»Kordelschlangen, die Haustiere der Klagfrauen. Sie haben bisher nie angegriffen, waren eher scheu. Vor allem haben sie diesen Weg hier immer gemieden. Es ist ein schlechtes Zeichen. Wir müssen schnellstens den Rastplatz erreichen.«

Es war noch ein ganzes Stück Weg bis dahin. Alrik trug Reik auf seinen Armen. Es schien tatsächlich so, als ob diese

Aufgabe ihn selbst wieder ein wenig lebendiger werden ließ. Vico brauchte beim Gehen die Stütze seiner Vampirgefährten. Gustav und Wighard machten ihre üblichen Scherze mit ihm, um ihn von seinen Schmerzen abzulenken.

Als sie das Lager erreichten, ließ sich Vico sogleich an der Seite von Reik nieder. Es war, als ob der Biss der Schlange sie miteinander verband. Vico sah noch immer grünlich aus, aber es ging ihm besser als dem Alraun, dem nun seine Sorge galt. Lena kniete sich an Reiks Seite und streichelte sein raues Gesicht. Zur Überraschung aller reagierte er darauf.

»Noch mal«, sagte Reik und schlief wieder ein.

Lena wandte sich an Vico. »Danke, dass du Reik vor dem Unglück bewahren wolltest. Du hast sehr gelitten und ich hätte mir wirklich gewünscht, dass du auf weniger grausame Weise das Gift losgeworden wärst.«

Bei dem Gedanken an den in seinem Blut liegenden Vampir sammelten sich Tränen in Lenas Augen und rollten ihre Wangen herab. Sie wischte sie schnell weg. Luczin ging zu ihr und hockte sich neben sie. Er wechselte einen Blick mit seinem Gefährten und dieser nickte.

Luczin griff sanft nach Lenas Kinn und drehte ihr Gesicht so, dass er sie ansehen konnte. Sein Blick wurde hypnotisch. »Du solltest vergessen, was du gesehen hast.«

»Nein!«, sagte sie schnell. »Das sollte ich nicht!«

Luczin zog überrascht die Augenbrauen hoch. »Wieso nicht?«

»Glaubst du, das Leid wird geringer, nur weil die Ursache dazu vergessen ist?« Lena schüttelte den Kopf.

»Du willst es dir nicht leicht machen?«

»Wie soll ich das Leichte erkennen, wenn ich nichts von der Schwere weiß?«

Luczin neigte den Kopf und gab nach.

Niven kümmerte sich währenddessen um die anderen. Er gab ihnen Instruktionen für die Zeit, da er zu Tahereh zurückgehen musste. Dann kam er zu Lena herüber. Er ging an ihrer linken Seite in die Hocke.

Forschend sah er sie an. »Wie geht es dir, Licht meiner Seele?«

»Ein wenig Schlaf und ich bin wie neu«, erwiderte sie. Sie zögerte, doch dann sank ihr Kopf an seine Schulter und sie ruhte in seinen Armen.

Vico rollte sich auf die Seite und tat so, als ob er schlief. Luczin begab sich zu Mihai, Finley und Alrik. Die drei standen ein wenig abseits und unterhielten sich leise.

»Ist etwas mit Lena?« Finley wollte zu ihr hinübereilen.

Luczin hielt ihn zurück. »Die Seelen von Lena und Niven sind sich nah. Lass ihnen diesen Augenblick.« Er wandte sich von Finley ab und betrachtete den Feenkrieger Alrik.

»Es geht mir besser«, sagte dieser schnell. Er wies hinüber zu Meister Kieran, der sich gerade auf ein Lager aus trockenen Grasbüscheln legte, das die beiden Alraunen Wighard und Gustav für ihn gesammelt hatten. »Um ihn mache ich mir Sorgen. Er ist alt geworden die letzten Tage und sehr still.«

Luczin schaute nicht einmal zu Kieran hinüber. »In dieser Einöde begegnet jeder sich selbst, auch er. Macht euch keine Sorgen. Ein paar Tage noch und er wird stärker sein als jemals zuvor.«

Mihai wies auf den Weg vor dem Lagerplatz. Briann und Thure liefen dort vor und zurück. Ab und zu bückten sie sich, wie um etwas näher zu begutachten.

»Da scheint etwas ungewöhnlich. Nicht, dass wir noch eine unliebsame Überraschung erleben.«

Lena ruhte noch immer in Nivens Arm. Sie hatte die Männer beobachtet. Als diese an ihr vorbeigingen, erschrak sie über die angespannten Gesichter. Zusammen mit Niven verließ auch sie das Lager und folgte den Männern auf den Weg.

»Wofür haltet ihr das?«, fragte Briann, kaum dass alle bei ihm angelangt waren. Er zeigte auf Spuren am Boden, die von einem Tier stammen konnten.

Mihai rieb sich das Kinn. »Panther? Wildkatze? Etwas in der Art. Komisch. Hab nicht bemerkt, dass so ein Tier um uns herumgeschlichen ist.«

Thure schüttelte immer wieder den Kopf. »Die Spuren sind schon vier, fünf Tage alt. Sehr seltsam. Kurz bevor wir aufbrachen, vor zwölf Tagen, da war so ein Panther in unserer Nähe. Danach habe ich ihn nicht mehr gespürt. Auch die anderen von uns nicht. Wirklich sehr seltsam. Wie vom Erdboden verschluckt. Aber es kann nicht sein, dass der uns unbemerkt überholt hat.«

»Nehmt ihr das Tier jetzt wahr?«, fragte Finley, nun ebenfalls beunruhigt.

»In weiter Ferne, aus der Richtung der Zwillingsberge … womöglich bereits in Ardor«, sagte Briann.

Lena atmete auf. »Dann ist dieses Tier zumindest keine unmittelbare Gefahr für uns.«

Für Niven wurde es wieder Zeit zu gehen. Obwohl er äußerlich ruhig schien, spürte Lena seine Anspannung deutlich. Seine größte Sorge galt den Klagfrauen, die womöglich während seiner Abwesenheit ihren mörderischen Gesang anstimmten. Er sprach davon. Die Begegnung mit einer ihrer Schlangen deutete er als Zeichen ihrer Wut über das Eindringen von Lebenden auf einem Weg, der dem Tod gehörte. Es war sein Pfad, den sie benutzten. Die Klagfrauen akzeptierten Niven, weil er zu Tahereh gehörte. Aber andere Lebende zu dulden lag nicht in ihrer Natur. Das erste Mal, seit sie zusammen waren, erkannten alle Reisenden Nivens Dilemma, das ihn zwang zu Tahereh zurückzukehren, sodass er die Gefährten ihrem Schicksal überlassen musste.

DIE KLAGFRAUEN

Die Klagfrauen blieben still. Sie stimmten weder in den nächsten Stunden, noch in der folgenden Nacht, und auch nicht in der übernächsten, ihre Klagen an. Die Hoffnung stieg, dass sie die Grenze von Ardor unbeschadet von ihrem Geschrei erreichen würden. Nur Niven schien nicht daran zu glauben.

Mihai suchte ihn aufzumuntern. »Bisher haben sie uns in Ruhe gelassen. Warum sollten sie jetzt noch damit anfangen, uns zu quälen? In zwei Tagen sind wir ja schon aus den Sümpfen heraus, wie du sagst.«

Niven schritt mit düsterem Blick auf dem Weg voran. »Sie sammeln sich, ich spüre es, und je länger sie warten, desto schrecklicher wird ihr Heulen sein.«

Finley ließ sich von seinen Worten nicht beeindrucken. »Sollen sie sich sammeln, bis wir hier heraus sind.«

Es schien, als ob die Klagfrauen ein Einsehen hätten. Auch in der zwanzigsten Nacht geschah nichts Ungewöhnliches. Die Kordelschlangen blieben in ihren Löchern. Nur die Tümpel rechts und links des Wegs blubberten ab und zu. Gespenstische Gestalten tauchten aus den Schlammwassern auf und verschwanden wieder. Lena hatte sich daran gewöhnt, genauso wie an die Totengeister, die ab und zu durch sie hindurchschlüpften, oder wie an die Irrlichter, die jede Nacht vergebens lockten. Die gleich bleibende, neblige Helligkeit von Tag und Nacht wurde allmählich Gewohnheit.

Zum Glück war Vico vollkommen von dem Schlangenbiss genesen und Reik ging es viel besser. Beide konnten das Lauftempo gut mithalten. Auch der Feenkrieger Alrik fand seine Gelassenheit wieder, nicht zuletzt durch Brianns

Beistand. Er zeigte ihm, dass die Vampire nicht nur die unbestrittene Grausamkeit besaßen, für die sie verschrien waren, sondern auch eine hohe Sensibilität für die Leiden anderer hatten. Es sah so aus, als ob Alrik ihn sogar bewunderte für seine Fähigkeit, ein Wesen durch Schmerz und Dunkelheit hindurchzuführen. Es konnte nur daher rühren, dass auch Briann selbst in aller Härte solche Höllenqualen schon erfahren hatte. Gleichwohl half ihm das aber auch, potenzielle Opfer willfährig zu machen. Das Verstehen des Leids schaffte Vertrauen. Bestimmt wäre es Alrik lieb gewesen, wenn Briann dies abgestritten hätte. Doch er tat es nicht, und so blieb dem Feenkrieger nichts übrig, als ihm gegenüber seinen inneren Zwiespalt zwischen äußerster Vorsicht und freundschaftlicher Zuneigung auszuhalten.

Der nahe gerückte Zwillingsberg spornte Lenas Schritte genauso an wie die der anderen. Früher als erwartet erreichten sie den Lagerplatz. Hier wollten sie zum letzten Mal ein paar Stunden ruhen, bevor sie in der folgenden Nacht die Grenze zur Steinwüste Ardor überschreiten würden.

Das Lager sah nicht viel anders aus als die Plätze, an denen die Gruppe bisher gerastet hatte. Ein paar Büsche markierten einen Kreis. Vom Wind zusammengerollte, vertrocknete Gräser verfingen sich darin. Feucht zusammengepappter Boden verriet die Nähe des Grundwassers. Als Niven fortging, bezogen Alrik und Briann ihren Wachposten, und Lena begab sich gleich zur Ruhe.

Während des Wachwechsels wachte sie jedoch auf. Sie sah, wie Wighard und Thure abseits der Schlafenden ihren Posten bezogen, und hörte die beiden reden.

Wighard hatte im Gegensatz zu Alrik den Vampiren gegenüber keinerlei Berührungsängste mehr. Vielleicht lag es daran, dass ihm als Alraun die Erde näher war als jedem anderen. Er akzeptierte, was sie hervor brachte und achtete das Lebensrecht einer jeder Existenz, selbst dann, wenn der Sinn ihres Daseins ihm verborgen blieb. Sogar die giftige Kordelschlange, die alle verflucht hatten, nahm er in Schutz. »Wer weiß, ob sie nicht deshalb gebissen hat, um euch stärker zu machen. Mir scheint, das hat sie wirklich«, hatte er zu Vico und Reik gesagt. Eine Antwort hatte er darauf nicht erhalten. Zu sehr waren die Schmerzen, welche der Biss der Schlange verursacht hatte, noch im Bewusstsein. Lena verstand die Gesinnung, die hinter dieser Aussage stand. Für Wighard gab es eben nicht nur schwarz oder weiß. Er betrachtete das Leben in all den Farben, die es zu bieten hatte, ohne etwas zu verdammen. In allen Situationen suchte er das Gute und er fand es.

Wighard parierte die herausfordernden Spielchen der Vampire mit einem trockenen, manchmal sogar schwarz gefärbten Humor. Sie gingen gern mit ihm um.

Im Laufe ihrer Wache bekam Thure wieder einmal Lust auf ein kleines Geplänkel. Er saß lässig am Boden, während Wighard neben ihm stand und die Beine schüttelte, die ein wenig steif geworden waren.

Thure griff blitzschnell um seine Taille, legte ihn quer in seinen Armen und schnüffelte an ihm. »Ich möchte zu gern wissen wie du schmeckst.«

»Hab es dir doch schon gesagt, Jauche und Knoblauch.«

Thure grinste und schabte dann mit seinen spitzen Zähnen kitzelnd an Wighards Hals entlang. »Ich glaube, ich sollte dich zu einem Alraun-Vampir machen.«

»Meinetwegen, aber dein Atem stinkt. Geh vorher zu dem Tümpel dort drüben und putz dir die Zähne.«

Thure fing an zu lachen.

Wighard hielt ihm den Mund zu. »Sei leise, du weckst ja alle auf!«

Thures Augen funkelten, als er Wighard ansah. »Du glaubst also, dass die Klagfrauen mich in ihren verhexten Tümpel hineinziehen könnten?«

Wighard zuckte die Schultern. »Probiere es aus.«

»Ah, mein Guter, du wärst der Erste, der versuchen würde, mich davon abzuhalten.«

Plötzlich spannte sich Thures Körper hart an. Er stöhnte, und seine Hand krallte sich in Wighards Schulter.

»Was ist?«

»Schnell Wighard, stöpsele dir die Ohren zu. – Aufwachen!«, schrie der Vampir ins Lager. »Bei allen Höllendämonen, sie singen! Das ist grauenhaft!« Sein Gesicht verzog sich vor Schmerzen, und er kramte hektisch nach seinem Ohrenschutz.

Lena rappelte sich auf und schüttelte den neben ihr liegenden Finley. »Die Ohrenstöpsel, schnell!«

Die Männer sprangen hoch und liefen hektisch durcheinander. Jeder stopfte sich die Ohren zu. Die Vampire krümmten sich bereits vor Schmerz. Die Alraunen bekamen große, erschreckte Augen, weil sie nun erstmals aus weiter Ferne Töne hörten.

Lena sah es, und obwohl sie selbst noch nichts vernahm, kroch die Angst in ihr hoch. Finley zog ihr die Kapuze über den Kopf und legte sich mit ihr flach auf den Boden. Vico sank direkt neben Lena zusammen und konnte Reik gerade noch unter sich schieben. Meister Kieran schnappte den wild herumrennenden Gustav am Kragen und drückte ihn hinunter, um ihn ebenfalls mit seinem Körper zu schützen. Thure schrie wild nach Wighard. Plötzlich klappte er zusammen. Wie ein gefällter Baum fiel er ohnmächtig zu Boden.

Dann hörte Lena es auch. Hunderte von heulenden Sirenen waren nichts im Vergleich zu diesen Tönen. Die Klagfrauen schrien bestialisch. Lena empfand die Stimmen wie scharfe Schwerter, die auf ihren Kopf einhieben und all ihre Sinne zu zerschneiden drohten, trotz der dichten Ohrenstöpsel. Mit einer Urgewalt tobten die hohen, schrillen Töne um sie herum. Lena hielt sich den Kopf, weil sie meinte, der Schädel müsse ihr jeden Moment platzen. Voll Entsetzen sah sie, wie bereits Blut aus Vicos Nase und Ohren lief. Sie barg seinen Kopf in ihrer Armbeuge, um seine Ohren ein bisschen besser zu schützen. Lena flehte inständig darum, dass dieses mörderische Geschrei aufhören möge, dass die Klagfrauen Erbarmen haben sollten. Doch die fürchterlichen Töne schrillten in unverminderter Stärke.

Erst nach einer ewig erscheinenden Zeitspanne veränderte sich etwas. Das grausame Schreien wurde leiser und schien zu ersterben. Vorsichtig nahm Lena ihren Ohrschutz heraus. Sie befürchtete, taub geworden zu sein. Doch dann hörte sie leise Klänge, die ihr nun wie eine himmlische Musik erschienen. Lena hatte diese Melodien schon einmal gehört. Niven spielte auf seiner Mundharmonika. Mit der berührenden Musik schaffte er es, die Klagfrauen ruhig zu stellen. Noch spielte er weiter. Lena strich über Finleys kalkweißes Gesicht. Sie bedeutete ihm, dass alles vorbei war. Als er begriff, dass Nivens Mundharmonikaspiel sie gerettet hatte, verbeugte er sich dankend. Niven nickte zum Zeichen, dass er verstanden hatte, ohne sein Spiel zu unterbrechen. Lena stand auf. Sie schwankte, als sei sie betrunken.

Die Vampire lagen wie tot am Boden. Die anderen Männer rappelten sich allmählich auf. Sie waren vollkommen geschwächt, wurden von einem taumelnden Schwindel erfasst. Doch Lena war sicher, dass sich ihre Ohren von den Strapazen erholen würden. Bei den Vampiren bezweifelte sie das. Sie kroch zu ihnen hin, beugte sich über sie, berührte ihre kühlen Gesichter und flehte im Geiste, dass sie wieder erwachen mögen. Luczin öffnete als Erster die Augen. Er führte seine Hand an die Nase. Blut tropfte auf seinen Handrücken und er leckte es langsam ab. Lena biss sich auf die Unterlippe, als sie das sah. Völlig unpassend zu dieser Situation überkam sie die Lust, ihn zu berühren, ihn an sich zu drücken und zu küssen. Luczins Mund verzog sich im Bemühen eines Lächelns.

»Nicht heute«, hauchte er. Es klang wie ein Versprechen.

Sein Blick machte Lena verlegen. Sie wandte sich den anderen Vampiren zu. Allmählich kamen sie zu sich. Stöhnend hielten sie sich den Kopf. Blut rann ihnen aus Nase, Ohren und Augen. Es war schrecklich anzusehen. Trotzdem erholten sie sich unbegreiflich rasch, sogar schneller als die anderen.

Vico grinste. »Das ist der Vorteil der Unsterblichkeit. Selbst letztens die Schlangenvergiftung hätte ich allein überwunden, hätte halt nur Wochen gedauert.« Er rührte einen Klumpen getrocknetes Blut in Wasser an und trank es vor ihren Augen.

Lena wandte sich ab und ging zu Niven. Er hatte mittlerweile aufgehört zu spielen, doch er hielt die Mundharmonika noch in der Hand. Sie ließ den Kopf an seine Schulter sinken.

»Ich weiß nicht, was gewesen wäre, wenn du nicht gekommen wärst.«

Allmählich kamen alle wieder zu Sinnen. Es hob ein gegenseitiges Befindlichkeitsabfragen an, bis sich Thure in einem Ton zu Wort meldete, der Lena einen neuen Schrecken einjagte: »Wo ist Wighard?«

Der Alraun war nicht da. Thures Gesicht nahm einen Ausdruck an, der an Angst erinnerte. Da keiner eine solche Regung in ihm vermutet hätte, außer seinen Vampirgefährten vielleicht, erschien sein Anblick umso dramatischer. Seine rot umränderten Augen funkelten, als ob er alle in Stücke reißen wolle.

»Ich spüre ihn nicht!«

Wild sah er sich in der Umgebung um. Doch nicht er, sondern Meister Kieran war derjenige, der Wighard entdeckte. Eine körperbreite Spur führte vom Lager aus über die andere Seite des Wegs bis zu einem der gefährlichen Tümpel. Dort lag Wighard mit dem Gesicht nach unten reglos auf der Erde. Seine Stirn berührte das moorige Wasser. Die Spur vom Lager aus deutete darauf hin, dass er versucht haben musste, seinen Kopf irgendwo in die Erde einzugraben, um den schrecklichen Stimmen zu entgehen. Dabei hatte er wohl die Orientierung verloren.

»Ich habe ihn im Stich gelassen«, flüsterte Meister Kieran. Es klang, als ob er gerade aus einer Trance erwachen würde, die ihn tagelang gefangen gehalten hatte. Tränen rannen aus seinen Augen. Er schämte sich nicht dafür. Die Alraunen Gustav und Reik traten ein paar Schritte hinaus auf den Pfad. Doch sie trauten sich nicht, zum Tümpel hinüberzugehen, wo ihr Gefährte lag. Nicht jetzt, denn aus dem dunkel glänzenden Wasser schob sich eine gespenstisch anmutende, mit schillernden Schuppen überzogene Hand nach oben und griff nach Wighards Kopf. Lena presste die Hände vor den Mund, um nicht vor Entsetzen aufzuschreien. Niven setzte umgehend seine Mundharmonika an den Mund und spielte. Finley trat an Lenas Seite. Er zog sie in seine Arme. Beide zuckten zusammen, als Thure einen furchtbaren Schrei ausstieß.

»Nein!« Thure sank in die Knie. Seine rechte Hand ballte sich zur Faust und er reckte sie drohend in die Höhe. Mit einem irren Ausdruck in den Augen starrte er zum Tümpel hinüber. Die schillernde Hand dort zog an Wighards struppigem Haar. »Ihr kriegt ihn nicht!« Thure zischte die Worte so gefährlich leise zwischen seinen Lippen hervor, dass es Lena kalt über den Rücken lief. Er schnellte hoch und sprang über den Weg, nein ... er flog. Seine Füße berührten kaum den Boden. Er griff nach dem Alraun, den er niemals, und kostete es auch sein eigenes Leben, in dieser Öde zurücklassen würde.

Niven spielte währenddessen weiter auf seiner Mundharmonika. Sein Lied trug ihre unendliche Trauer ins Moor, wo selbst die lockend flackernden Lichter lauschend stillstanden. Seine herzzerreißenden Töne beklagten den Verlust ihres Gefährten, und der tiefe Schmerz, der darin lag, schenkte den Klagfrauen Genugtuung. Die Hand, welche auf Wighards Kopf lag, zog sich langsam ins Wasser zurück. Thure hob den leblosen Körper auf, presste ihn an sich und gelangte unbeschadet zu ihnen zurück.

Der Vampir hielt den kleinen Körper in seinen Armen fest an sich gedrückt. Die Verwandlung, welche in ihm vorging, als er begriff, dass Wighard nie mehr aufwachen würde, war grauenvoll anzusehen. Scheinbar zügellos gab er sich seinem Schmerz hin. Sein schönes, ebenmäßiges Gesicht wurde zu einer dämonisch verzerrten Fratze. Hass leuchtete aus seinen Augen. Sein Körper krümmte sich im Bemühen, nicht vollständig auszurasten und alles Lebende um ihn herum zu zerreißen.

Er stöhnte. »Ich hätte ihn beißen sollen, dann lebte er noch. Er hätte es zugelassen, noch vor ein paar Stunden. Warum hab ich es nicht getan?«

Darian hielt ihn fest umklammert. Es sah aus, als ob die beiden Vampire miteinander ringen würden, zwischen sich den Körper des toten Wighard. Nivens Mundharmonika schien die Gefühle des verzweifelten Vampirs aufzunehmen und in eine intensive, leidenschaftliche Musik umzuwandeln, deren Tragik niemanden unberührt ließ. Lena liefen die Tränen an den Wangen herunter. Sie fühlte Thures grenzenlosen Schmerz zusammen mit ihrem eigenen, und sie hielt es schier nicht aus. Sie vergrub den Kopf an Finleys Schulter und presste sich schluchzend an ihn.

Gustav trat furchtlos vor, zusammen mit Reik, und versuchte Thure mit seinen Worten in die Gemeinschaft zurückzuholen.

»Dein Schmerz ist wie der unsere, heiß und brennend, und wir achten ihn. Doch es ist nicht recht, dass du dich selbst marterst. Wighard hätte es nicht gewollt und auch nicht, dass du ihn beißt. Das weißt du. Es war ein Spiel zwischen euch. Ein Sohn der Erde war er, und er hätte nie etwas anderes sein wollen. Er liebte die Blumen, die Sonne, das Licht, die Schönheit.«

Gustavs Stimme klang rau wie Sandpapier. Das Gesicht des Vampirs glättete sich. Vielleicht, weil Gustavs Stimme der von Wighard so ähnlich klang.

Meister Kieran trat hinter die zwei Alraunen und legte seine Hände auf ihre Schultern. »Es ist wie Gustav sagt. Wighard würde wollen, dass du wieder zu dir findest.«

Thure reagierte nicht auf ihn, aber Darians Kopf flog zu Kieran herum. Sein Gesicht verzog sich plötzlich zu einer fauchenden Fratze. Noch vor ein paar Stunden wäre Meister Kieran angewidert von soviel Dämonie zurückgewichen. Doch jetzt hielt er Darians Ausbruch stand, mit festem, klarem Blick.

Luczin, dem Kierans Rückkehr in die alte Kraft nicht verborgen blieb, lächelte ihn an. »Lass dich nicht täuschen,

Kieran, der du endlich wieder auftauchst aus deiner Dunkelheit. Thure ist bei sich, mehr als die meisten hier. Wären wir in Dracopatria, dann würde er wüten und sich rächen für Wighards Tod mit einem Blutbad, von dem ihr euch keine Vorstellung machen könnt.«

»Das würde Wighard nicht zurückbringen«, sagte Mihai.

»Nein«, antwortete ihm Darian, dessen Gesicht nun wieder die Schönheit eines Engels zeigte. »Aber es würde ihm Gefährten bringen, die seinen einsamen Weg teilen.«

»Wighard hat Gefährten, viele sogar … seht nur hinaus auf den Weg.« Reiks Stimme klang vor Überraschung noch heiserer als sonst.

Lenas Blick folgte der Richtung seines ausgestreckten Arms. Lautlos erhoben sich aus den Tümpeln ringsum die Geister und tauchten daraus empor. Ihr ehemals leerer Blick hatte nun ein Ziel. Er heftete sich an eine kleine, durchsichtige Gestalt auf dem Pfad, die sie zu rufen schien. Sie sammelten sich in großer Zahl um ihn herum, und der Geist Wighards schien durch sie hindurchzulächeln und seinen lebenden Gefährten einen letzten Abschiedsgruß zuzuwinken. Dann setzte sich die geisterhafte Prozession in Bewegung, strebte, ohne zurückzublicken, den Zwillingsbergen zu und verschwand irgendwo dazwischen im Nebel.

Als Thure dies beobachtete, wandelte sich der Ausdruck seines Gesichts endgültig in die ursprüngliche, berückende Anmut zurück. Es spiegelte nun nichts als den Frieden, den sein Herz fand. Eine blutige Träne bahnte sich den Weg aus seinem Auge. Sie tropfte auf Wighards Lippen, von denen er wusste, dass sie sich nie öffnen würden, um es anzunehmen. Mit dem Finger wischte er den Tropfen sorgsam weg.

Zärtlich zog er Wighard die Kapuze des Mantels über den Kopf. »Das sieht dir ähnlich, mein kleiner Freund. Glaubst jetzt wohl, dass es so kommen musste, dass es deine Bestimmung war, diese armen Seelen zu führen.« Dann sah Thure auf. »Sein Körper soll in einer besseren Erde ruhen als in dieser hier. Niven, sag uns … ist die Erde von Ardor besser?«

Niven hörte auf, seine Mundharmonika zu spielen. »Die Erde ist gut. Die Gefahr liegt in der Luft und kann ihm nicht schaden.« Er ließ seinen Blick über die Sümpfe schweifen. »Die Klagfrauen geben sich zufrieden mit seinem Opfer. Sie flüstern davon, werden uns nicht mehr behelligen, bis wir dort sind.«

»Dann sollten wir gehen«, sagte Meister Kieran.

Luczin ging an ihm vorbei auf Lena zu. Prüfend sah er sie an. Lena fühlte sich erschöpft. Sie litt, und ihre Augen brannten von den Tränen, die sie vergossen hatte.

Sie wusste, was er sagen wollte und schüttelte den Kopf. »Kein Vergessen!«

»Es wäre eine Erleichterung für dich.«

»Nicht wirklich.«

Wenig später war die Gruppe wieder unterwegs. Sie gingen weiter auf dem Pfad der Toten, trugen einen Toten in ihrer Mitte und bald würden sie das vom Tod errichtete Tor durchschreiten in der Hoffnung, dort das Leben zu finden. Sie wanderten schweigend, wie es sich für diese machtvolle letzte Strecke geziemte, und nach einer endlos wirkenden Zeit erreichten sie die Grenze der Steinwüste von Ardor.

DER DRACHE NUMIR

Die Grenze von Ardor wurde von einem mächtigen Eichenwald umsäumt, der in diesem Tag und Nacht gleichen gebrochenen Licht mystisch schimmerte. Die Berge ragten hoch dahinter auf. Sie wirkten nackt, hart und grau, wie erhobene Zeigefinger, welche an das Ende der Zeit gemahnten.

Bald war der Weg nicht mehr eben, sondern führte bergansteigend zum Wald hinauf. Lena setzte einen Schritt nach dem andern vorwärts, stetig und automatisch. Niven und Meister Kieran gingen an der Spitze der Gruppe voraus. Dahinter folgten Luczin und Briann. Lena ging an der Seite von Finley. Während sie sich mühte, mit den Männern Schritt zu halten, betrachtete sie Luczins Gestalt. Der Vampir liebte es, die Regungen der anderen zu analysieren. Mit gnadenloser Ehrlichkeit rieb er ihnen im passenden Moment die Wahrheit unter die Nase. Im Augenblick schien er jedoch eher in sich gekehrt. Lena kannte ihn inzwischen gut genug, um zu wissen, dass alle seine Sinne hellwach waren. Vielleicht wie in den Zeiten, da er durch den Wald von Dracopatria streifte auf der Suche nach Blutopfern.

Luczin drehte den Kopf zu ihr und lächelte sie an. »Der Jäger und das Reh. Wie geht das wohl aus?«

»Wie meinst du das?«, fragte sie.

»Wir Vampire sind Jäger. Wir bekommen immer, was wir wollen.« Er versuchte, sie mit seinem Blick an sich zu ziehen.

»Lass das!«

Luczin grinste. »Es würde dir gefallen!«

Niven schaute ihn warnend an. »Lass sie in Ruhe!«

Luczin lachte leise in sich hinein. Es erinnerte Lena an die Szene, da sie ihn nach dem Geschrei der Klagfrauen blutend gesehen hatte. Ihr Herz klopfte schneller. Sie ärgerte sich darüber und verstand ihre Reaktion nicht. Lena glaubte sich in Niven verliebt, obwohl es bisher kaum Gelegenheit gab, sich näherzukommen. Sie fühlte sich wohl mit Niven, und er mochte sie genauso wie sie ihn. Bei Luczin musste sie vorsichtig sein. Er war ein Vampir und doch rührte auch er etwas in ihr an. Etwas, das sie so noch nie empfunden hatte. Lena seufzte. Wieso waren ihre Gefühle nur plötzlich so durcheinander?

Sie erreichten den Waldrand. Lena atmete auf, als Luczin seine Aufmerksamkeit von ihr abzog. Ihr Blick schweifte über die Baumkronen der Eichen, die zum Teil Brandspuren aufwiesen. Aschestaub schwebte in der Luft. Schützend hielt sie ihre Hand vor Nase und Mund. Lena bekam mit, wie Meister Kieran nach einem Blick auf Luczins Gesicht an sein Schwert griff. Witterte der Vampir eine heraufziehende Gefahr?

Nach nur wenigen Schritten den Waldweg hinein blieb Niven plötzlich stehen und drehte sich nach links. Über dem Rand einer sanft ansteigenden Böschung sah Lena eine grottenartige Felsausbuchtung. Die Statue einer Frau stand darinnen. Sie schien aus schwarzbrauner Holzkohle gemeißelt. Lena sog scharf den Atem ein. Sie hatte von dieser Mutter gehört, an jenem ersten Tag, da Finley sie zum Turm von Meister Kieran gebracht hatte. Der feurige Atem des Drachen Numir hatte den Körper der Frau verbrannt und für die Ewigkeit bewahrt. Niven verbeugte sich. Lena wollte es ihm gleichtun und sich ebenfalls vor der verbrannten Mutter verbeugen, aber mit einem leisen Aufschrei drängte sich Mihai durch nach vorne.

»Wie kommt sie hierher? Ava, Schwester …«

Niven, dem bisher nur selten eine Regung anzusehen war, stand die Überraschung ins Gesicht geschrieben. Der Gefühlsausbruch von Mihai traf ihn offensichtlich ins Mark. »Taherehs Drache Numir hat diese verbrannte Frau eines Tages hierher geschleppt und sie dann irgendwo liegen lassen. Ich habe ihr einen Platz gegeben, um ihren Tod zu ehren«, erwiderte er leise und sah dann Mihai forschend an. »Sie war deine Schwester?«

Mihai ballte die Fäuste. »Ja, und ich möchte dem Drachen sein Herz höchstpersönlich herausreißen für das, was er ihr und ihrem Sohn angetan hat. Avas Sohn war ein Fata, so wie Lena.«

»Welch unerwartete Grausamkeit sich in dir doch enthüllt«, sagte Briann.

»Du kanntest sie nicht. In Ava war nur Liebe.«

»Und doch wohnt in dir jetzt die Kälte. Nur weil ihre Liebe dich berührt hat, konnte es auch der Hass.« Die Stimme Luczins klang, als ob er zu sich selbst sprechen würde.

Mihai sagte nichts mehr. Er wandte sich von den anderen ab, damit sie seine Tränen nicht sahen, seinen Schmerz, der mit der gleichen Wucht in ihm wühlte wie damals, als er von Avas Tod erfahren hatte. Doch dann fasste sich Mihai wieder, verbeugte sich vor der Statue seiner Schwester mit versteinert wirkendem Gesicht. Aus Rücksicht auf seine Gefühle ließen die Gefährten ihm Zeit. Erst als er sich von Avas Statue abwandte, gingen sie weiter.

Der Waldweg, dem sie nun folgten, verlief in einer verhältnismäßig kurzen Strecke, und an seinem Ende tat sich eine ganz neue Welt auf: Die Steinwüste Ardor. Felsbrocken und Geröll türmten sich zu einer bewegten Landschaft auf, deren spärliche Vegetation kaum Farbtupfer bot. Durch die überaus berückenden Lichtverhältnisse, in der Sonne und Mond eine

Symbiose zu bilden schienen, schimmerte alles in einem zauberischen Glanz. Hoch ragten im Hintergrund die Zwillingsberge auf, eingerahmt von weiteren Bergketten, die wie aneinandergereihte Finger in den Himmel strebten.

Niven deutete auf einen gewunden Pfad zwischen den Felsen zur Linken. »Ich muss bald gehen. Dorthin ...«

Finley sah ihn fragend an. »Der Eingang?«

»Nur für die, welche an Tahereh gebunden sind. Für mich, für die Geister ... nicht für euch. Wenn ich wiederkomme, öffne ich das große Tor der Schatten und gehe zusammen mit euch hinein. Es steht dort drüben. Ihr könnt es noch nicht erkennen.« Niven wies in die Mitte der steinigen Landschaft, wo ein einzelner Fels wie ein Obelisk aufragte. »Nur der Eintritt durch dieses Haupttor gibt die Chance, Taherehs Reich wieder verlassen zu können.«

Niven drängte alle zurück in den Schutz des Waldes. Er führte sie abseits des Wegs zu einer Senke, die er zum Lagern ausgesucht hatte. Die Bäume bildeten darüber ein dichtes Blätterdach und zu aller Überraschung wurde die Stille hier durch fröhliches Vogelgezwitscher durchbrochen. Es schien ein friedlicher Platz.

Niven deutete zu einem niedrigen, überhängenden Felsen. »Da drunter könnt ihr Wighard begraben. Der Platz wird seiner Alraunenseele gefallen.« Er schwieg und sah dann forschend zu Finley. »Egal, was du wahrnimmst, egal, was passieren mag während meiner Abwesenheit. Bleib mit Lena in dieser Senke. Hier seid ihr sicher. Numir gehorcht nur Tahereh. Er ist ihr Auge und sie darf euch nicht entdecken. Im Notfall grabt euch ein.« Niven sah nun einen Mann nach dem anderen an. »Seid wachsam, behaltet die Umgebung im Auge. Der Drache ist schlau und hinterhältig.« Er seufzte tief auf und wandte sich an Lena. Zärtlich griff er in ihr Haar und strich dann mit dem Finger leicht über ihre Wange. »Bald ist es geschafft«, sagte er leise, drehte sich um und ging zügig den Weg zurück und in die Steinwüste hinaus.

Als er nicht mehr zu sehen war, begaben sich Mihai, Alrik und Briann auf Wachposten außerhalb der Senke. Thure, Vico und Meister Kieran hoben unter dem vorhängenden Felsen mit bloßen Händen ein Grab aus. Es ging leichter als sie dachten. Der Untergrund war relativ locker. Gustav und Reik sammelten derweil Zweige und Wurzeln, das sie ihrem toten Gefährten in die Arme legten. Blumen, die sie normalerweise noch in das Gebinde eingefügt hätten, fanden sie zu ihrem Bedauern nicht. Danach setzten sie sich zu beiden Seiten von Wighard und stimmten die Totenklage an. Sie sangen sehr leise. Ihre knirschenden Stimmen hörten sich an wie das reibende Geräusch von Sand unter langsam schreitenden Füßen. Als Wighard dann in der Grube lag, verschmolz sein Körper mit dem Wurzelwerk in der Erde. *Eines Tages wächst aus ihm ein Baum*, dachte Lena überrascht. Thure nestelte mit undurchdringlichem Gesicht in den Taschen seines Umhangs und zog daraus eine vertrocknete, große Blüte hervor, die vielleicht einst, wie er, ihr Gesicht dem geheimnisvollen Dunkel der Nacht entgegengestreckt hatte.

Er legte die Blüte auf Wighards Körper. »Möge sie Frieden bringen, wenn die Dunkelheit auf deiner Seele lastet.«

Nachdem das Grab zugeschaufelt war, saßen sie alle schweigend am Boden. Lena lehnte ihren Kopf an Finleys Schultern und beobachte Thure und Vico, die ein Stück entfernt gegenüber von ihr saßen. Mit gesenkten Köpfen suchten die Vampire Erde unter ihren Fingernägeln zu entfernen. Darian saß auch bei ihnen. Seine Hand lag auf Thures Schulter. Schräg links von Lena saßen Meister Kieran und Luczin. Lena gewann den Eindruck, als ob zwischen den beiden allmählich

Freundschaft aufkeimte. Die Alraunen Gustav und Reik weilten noch immer reglos am Grab von Wighard, während Mihai, Alrik und Briann eisern ihre Wache schoben. Es war eine eigenartige Atmosphäre, welche sie nun erfasste. Jedem stand die Müdigkeit im Gesicht geschrieben und doch kam keiner auf die Idee, sich langzulegen und die Augen zu schließen. Der durchdringende Blick der Vampire richtete sich ab und zu nach oben in die Wipfel der Bäume, als ob sie erwarteten, dort etwas Bedrohliches zu entdecken. Ein andermal lauschten sie in einer tief nach innen gekehrten Weise. Vielleicht auf Botschaften, die Briann ihnen von seinem Wachposten aus auf geistigem Wege schicken mochte. Mit der Zeit wurden die Vampire unruhig.

»Briann sagt, die Katze schleicht hier herum. Sie hat Angst vor ihm und droht doch anzugreifen, wenn er versucht, ihr nahezukommen. Ein Weibchen.« Luczin sah Lena an und grinste. Plötzlich spannte sich seine Haltung an, das Lächeln in seinem Gesicht verschwand. »Da ist etwas in Bewegung. Es ist wütend und scheint aus allen Richtungen zu kommen. Wir sollten uns aufteilen, um die Aufmerksamkeit von dieser Senke abzulenken.«

»Das ist gefährlich«, erwiderte Lena ängstlich.

»Nicht so sehr, als wenn unser aller Energie hier zusammengeballt bleibt. Finley, du bleibst mit Lena hier. Rührt euch nicht, wie Niven es gesagt hat. Bleibt in Deckung.« Luczin stand vom Boden auf.

Meister Kieran beeilte sich ebenfalls, auf die Beine zu kommen. »Ich gehe mit dir, Luczin und Gustav auch.« Er winkte den Alraun zu sich. »Die anderen sollten noch zwei Gruppen bilden. Wenn wir alle an verschiedenen Stellen in Bewegung bleiben, können wir das Biest sicher an der Nase herumführen.«

Nach einem Blick auf Luczin machte sich Thure umgehend mit Darian davon. Vico stapfte mit Reik in eine andere Richtung.

Luczin ging vor Lena in die Hocke. »Der Drache wird euch nicht finden, dafür sorgen wir.«

Er verschwand mit Kieran und Gustav zwischen den Bäumen.

Finley nahm Lena in den Arm. Er sah sie nicht an. Sein Blick schweifte umher. Er suchte nach einem Platz in der Senke, der sie besser verbarg, als der, an dem sie sich aufhielten. Er fand keinen. Den einzigen Schutz bot das dichte Blätterdach über ihren Köpfen. Lena fürchtete, dass es dem feurigen Atem des Drachen nicht standhalten würde, falls er sie doch entdecken sollte. Der überhängende Felsen, unter dem Wighard begraben lag, bot keine Zuflucht. Er war zu nieder und zu kurz, als dass sie sich beide darunter hätten verbergen können. Hoffentlich gelang das Ablenkungsmanöver. Das Warten, ohne Maßnahmen ergreifen zu können, fiel Finley schwer. Lena spürte seine Unruhe, obwohl er sie zu verbergen suchte.

Die Vögel hörten plötzlich auf, zu singen. Das Flattern in der Luft deutete an, dass sie von diesem Ort flohen. Das hatte nichts Gutes zu bedeuten. Lena schrak zusammen, als in der Ferne ein hoher, gellender Schrei ertönte. Ein rauschendes, gleichmäßiges Schlagen klang in der Luft. Der Drache Numir! Er kam näher, direkt auf die Senke zu. Seine Schreie klangen schrecklich. Lena klammerte sich an Finley. Ihr Puls beschleunigte sich. Feuerregen, so nah. Im Wald, links von der Senke, bildete sich bereits eine Schneise der Zerstörung. Brandgeruch wehte zu ihnen her. Rings um die Senke färbten sich die Blätter der Bäume schwarz. Feurige Funken fielen durch sie hindurch auf die Erde. Sie züngelten entlang der Baumstämme hoch, als wollten sie zu ihrem Erzeuger zurückkehren. Nur noch Sekunden und Numirs heißer Atem würde sie hier bei lebendigem Leib verbrennen.

»Wir müssen fliehen, schnell«, rief Finley.

Er nahm Lena bei der Hand und sie rannten um ihr Leben. Lenas Herz schlug rasend schnell. Es zersprang fast in ihrer Brust. Über den Bäumen ertönte ein spitzer, aufgeregter Schrei. Numir hatte sie entdeckt. Er spie seinen Atem zu ihnen herunter, immer und immer wieder. Lena und Finley hielten sich an den Händen. Sie duckten sich, rasten zwischen den züngelnden Flammen hindurch. Blind geworden für die Gegend merkten beide nicht, dass der Drache sie hinaustrieb auf die ungeschützte Fläche der steinigen Wüste. Lena begriff es noch nicht einmal, als sie bereits mitten in der freien Landschaft stand, um endlich keuchend Atem zu holen. Sie hörte nur, dass sich der Flügelschlag des Drachen von ihnen entfernte. Zwischen den Felsen, viele Hundert Schritte von Lena und Finley entfernt, trat Niven hervor. Er fuchtelte mit den Armen. Lena verstand nicht, was er sagen wollte. Niven rannte auf sie zu, fiel dann unerwartet auf die Knie und hob beschwörend die Arme nach oben. Seitlich von ihm hetzten Luczin, Meister Kieran und Gustav aus dem Wald. Fassungslosigkeit stand in ihren Augen. Dann war es wieder zu hören. Hinter Lena und Finley rauschte der Drache heran. Mit einem lang gezogenen Schrei stürzte er sich auf sie nieder. Lena wollte mit Finley losprinten, da traf sie etwas mit voller Wucht in den Rücken. Sie fielen beide zu Boden. Lena spürte, wie etwas scharf über ihren Rücken kratzte. Ein Gewicht lastete auf ihr. Es verschwand so plötzlich, wie es sie getroffen hatte. In der Luft, direkt über ihnen schrie Numir noch einmal, triumphierend wie ein Sieger. Dazwischen erklang eine andere, schreiende Stimme. Es traf Lena wie ein Hammerschlag. Sie kannte diese Stimme. Das war doch unmöglich. Es konnte nicht sein. Sie drehte sich um, schaute nach oben, von wo der Schrei erklungen war. Voll Entsetzen erkannte sie in den Krallen des Drachens einen schwarzen Panther. Er verwandelte sich in eine junge Frau mit langen, roten Haaren.

Finley stand neben Lena und schaute mit offenem Mund. Als er sich aus seiner Erstarrung löste, schrie er in wilder Verzweiflung auf. »Cara!«

Von rechts hinter ihnen stürmten Briann, Mihai und Alrik aus dem Wald, und von einer Stelle weiter oberhalb rannten Thure, Darian, Vico und Reik herbei.

»Wieso seid ihr nicht in der Senke geblieben«, zischte Vico.

Lena schüttelte nur den Kopf und Finley war nicht ansprechbar. Seine Hände ballten sich zu Fäusten. Schmerz verzerrte sein Gesicht und er wendete sich nicht von dem Drachen ab, der seine Cara forttrug.

Thure und Darian sahen sich an und dann stiegen die beiden Vampire in die Luft, um dem Drachen nachzujagen. Doch er war schon zu weit weg, als dass sie ihn hätten einholen können. Als das riesige Tier mit Cara hinter einer Nebelwand verschwand, kehrten sie zu den anderen zurück.

»Es tut mir leid. Keine Chance.« Darian klopfte Finley auf die Schulter. »Deine Katze hat dir und Lena das Leben gerettet. Vergiss das nie. Ihr beide wärt jetzt in den Krallen des Drachen, wenn sich deine Cara nicht mit einem mutigen Sprung auf euch geworfen hätte.«

Niven rannte zusammen mit Luczin, Kieran und Gustav auf sie zu. Nivens Augen funkelten wütend, als er Finley an der Schulter zu sich herumriss.

»Das wäre nicht passiert, wenn ihr in der Senke geblieben wärt, wie ich es euch gesagt habe. Ich hab dir Lena anvertraut, und was machst du?«

Finley ballte die Fäuste. »Deine Senke! Natürlich! Der Drache flog direkt darauf zu. Wir wären tot! Du hast ihn geschickt. Er ist deine Kreatur, von da gekommen, wo du zuletzt hingegangen bist. Cara ist tot wegen dir.«

Mit den letzten Worten schrie Finley seinen Schmerz heraus. Er sah aus, als ob er auf Niven losgehen wollte. In dessen Augen erlosch das wütende Funkeln und machte einem Ausdruck Platz, der nicht zu deuten war.

Meister Kieran trat schnell zu Finley. Er fasste ihn an beiden Schultern, als wenn er ihn halten wollte. »Fin, bitte! Wir wären jetzt alle verbrannt wie Ava, wenn Niven den Drachen nicht dazu gebracht hätte, seinen Feuerhauch nach oben auszustoßen, statt zu uns herunter. Er ist nicht schuld an dem, was Cara zugestoßen ist.«

Finley drehte sich weg. Das sonst so strahlende Blau seiner Augen schimmerte in einem Meer von Tränen, die er nach innen weinte.

»Das Blätterdach über der Senke hätte das Schlimmste abgehalten«, sagte Niven leise und löste sich zur Überraschung aller in Luft auf.

»Und jetzt«, fragte Alrik entsetzt. »Lässt er uns im Stich?«

»Er wird uns nicht im Stich lassen«, sagte Meister Kieran fest. »Er kommt wieder. Wir werden in der Senke im Wald auf ihn warten.«

Das Lager in der Senke hatte tatsächlich kaum etwas von Numirs feurigem Hauch abbekommen, obwohl überall ringsum Brandspuren zu sehen waren. Ob Finley das registrierte, konnte Lena nicht erkennen. Die Vampire ließen sich auf den Boden fallen und schliefen einfach ein. Ihr Instinkt sagte ihnen wohl, dass die Gefahr vorüber war. Alrik, Mihai, Gustav und Reik sahen dies, hörten so wie Lena das leise Zwitschern der Vögel in den Zweigen der Bäume, und begriffen. Auch sie rollten sich am Boden zusammen. Meister Kieran hockte sich vor Finley nieder und legte die Hand auf seine Schulter. Dann schaute er zu Lena.

»Du solltest versuchen ein wenig zu schlafen, bis Niven wieder kommt.«

»Er kommt nicht wieder. Ich habe ihn vertrieben«, sagte Finley leise.

Kieran schaute ihn an. »Doch, er kommt.«

Finley schüttelte nur den Kopf. »Ich mache alles falsch. Ich hätte wissen müssen, dass Cara uns folgen wird. Ich habe es gefühlt, aber nicht wahrhaben wollen. Jetzt ist sie tot. Sie würde noch leben, wenn wir sie mitgenommen hätten, Kieran.«

Finley wandte sich ab, legte sich auf die Seite und schloss die Augen.

EIN FEENY FÜR DEN FÄHRMANN

Lena hatte ein wenig geschlafen, wenn auch sehr unruhig. Sie erwachte, als die Vampire sich plötzlich aufrichteten. Luczin sah zu ihr herüber. Ihre Blicke trafen sich.

»Er kommt«, sagte er.

Lena beugte sich zu Finley. Er lag neben ihr am Boden und regte sich nicht, obwohl seine Augen offen waren. Am liebsten hätte sie ihn in den Arm genommen, ihn gewiegt wie ein kleines Kind. Doch Lena streckte nur die Hand aus, um ihm über den Rücken zu streicheln. »Hast du gehört?«

Nach einer Weile tauchte Niven tatsächlich über der Senke auf. Forschend ließ er seine Augen über die Gruppe schweifen. Mit geschmeidigen Bewegungen kletterte er den Abhang herunter und ging direkt auf Lena und Finley zu. Sein Gesicht wirkte verschlossen. Als er vor ihnen stand, ließ er sich in die Hocke hinunter. Finley richtete sich auf. Eine Weile sahen sich die beiden jungen Männer schweigend an. Finley öffnete den Mund und schloss ihn wieder. Seine Finger kratzten über den Boden, schaufelten Erde in seine Faust. Dann gab er sich einen Ruck.

»Es tut mir leid, Niven.« Finley sprach leise. »Ich habe dich beschuldigt, obwohl mein Herz es besser wusste. Habe die freundschaftliche Achtung zerstört, die auf diesem Weg der Schrecken zwischen uns gewachsen ist. Es kam über mich. Ich wollte dich hart treffen … weil …«

»Ich weiß, warum«, unterbrach Niven. »Der Schmerz hat deinen Verstand ausgeschaltet.« Er seufzte. »Es ist mir wirklich ein Rätsel, wieso ich dich Hitzkopf immer noch so gut leiden kann … und auch noch dein Leid lindern will. Deine Cara lebt.«

Finley beugte sich vor. »Was sagst du da?« Er griff um Nivens Schultern und schüttelte ihn, um Näheres zu erfahren.

»Mann, du kugelst mir ja die Arme aus.« Niven grinste und wurde dann ernst. »Ich habe nach Caras Verbleib geforscht. Numir glaubte wohl, Lena in seinen Krallen zu haben. Er hat sie nach Mortadam gebracht, zur Strahlenkönigin. Cara schläft dort wie sie und kann sich nicht selbst befreien.«

Finley drückte die Hände von Niven so fest, dass dieser aufschrie, und packte dann Lena, um sie an sich zu drücken. »Wir werden sie dort herausholen! Alle beide!«

Die Gefährten, die mittlerweile im Halbkreis um sie herum standen, nickten voller Tatendrang.

Niven hob den Arm in einer stoppenden Geste. »Halt! Damit das von vorneherein klar ist. Lena und Finley müssen allein dort hinein. Sie sind als Einzige mit dem Ort verbunden. Lena, weil sie die Fata ist und Finley, weil er Cara liebt.« Luczin und seine Vampirgefährten begehrten heftig auf, fast noch mehr als Kieran und seine Mannen. Aber Niven beschwichtigte sie. »Ihr habt die Aufgabe, den beiden den Weg nach Mortadam freizumachen. Das wird gewiss nicht einfach. So, und jetzt sollten wir endlich das Tor der Schatten durchschreiten.«

Niven gab das Zeichen zum Abmarsch. Als er sich umdrehte, um die Gruppe anzuführen, hielt Luczin ihn zurück. »Wieso hat Taherehs Drache, der ihr Auge ist, wie du sagst, dir gehorcht und seinen Atem nicht über uns ausgeschüttet?«

Nivens Gesicht verschloss sich. »Er war es mir schuldig.«

Als alle hinter Niven aus der Senke stiegen, trat Meister Kieran an die Seite von Luczin.

»Du denkst das Gleiche wie ich?«, fragte er ihn.

»Ja.«

»Niven wird nie über sich sprechen, und wir werden nie erfahren, ob wir richtig vermuten.«

»Doch, auch dieser Tag wird kommen.«

Niven führte die Gruppe bis zu dem steinernen Finger, der in der Mitte der Steinwüste emporragte. Er stellte sich direkt daneben.

»Hört mir zu«, sagte er. »Wenn ich das Tor geöffnet habe, werdet ihr die Toten sehen, die hineinstreben. Wir werden uns unter sie reihen und mit ihnen gehen. Achtet darauf, dass man eure Gürtel nicht unter dem Umhang hervorblitzen sieht.« Jeder sah auf seine Kleidung, zupfte hier und dort. Niven wartete einen Moment, dann sprach er weiter. »Ihr braucht einen Feeny für den Fährmann. Auf eurer Brust wird nachher eine Nummer leuchten. Der Fährmann hält sich beim Übersetzen strikt an die Reihenfolge dieser Nummern. Wenn ihr Feenys übrig habt, dann schenkt sie den bettelnden Seelen, die vor euch an der Reihe sind. So kommen wir vielleicht schneller vorwärts. Seid ihr bereit?«

Als alle nickten, legte Niven seine Finger auf den Stein. Seine Haltung straffte sich und mit einem Male schien er von einer machtvollen Aura umgeben. Lenas Herz begann, heftig zu klopfen. Sie schwankte vor Aufregung. Jemand ergriff ihre Hand und als sie aufblickte, lächelte Luczin ihr aufmunternd zu.

Niven streckte seinen freien Arm nach oben aus und sprach das Ritual, um das Tor zu aktivieren. »Ich ... mit Seele ... und Geist ... geboren in vergänglichem Körper ... gewandelt in Freiheit ... mir selbst verpflichtet ... suche nun höhere Einsicht ... durch gerechte Macht ... im sich schließenden Kreis der Vollendung.«

Niven ließ den Felsen los, trat ein paar Schritte zurück. Das Licht der Umgebung veränderte sich, wogte, und auf einmal wuchs aus der Erde rund um den Stein ein riesenhaftes Tor. Durchsichtige Gestalten schritten darauf zu, Männer, Frauen, Kinder. Je näher sie kamen, desto mehr verdichteten sich ihre Körper. Sie sahen nicht mehr wie Geister, sondern fast lebendig aus. Zu Anfang trugen sie unterschiedliche Kleidung. Vor dem Tor verwandelten sich ihre Gewänder. Sie wurden einheitlich, sodass sich die Gestalten nur noch durch ihre Größe unterschieden. Eingehüllt in lange, graue Umhänge schritten sie mit über den Kopf gezogenen Kapuzen und gesenkten Hauptes in ihre neue Heimat. Über dem ganzen Platz klang das leise Flüstern der Ritualworte, die Niven gesprochen hatte. Endlos. In ewiger Wiederholung.

Niven gab nun das Zeichen, sich einzureihen.

Finley drehte sich suchend um. Als er Luczin mit Lena zusammen sah, schritt er zügig hinter Niven her.

Luczin ließ Lenas Hand los und schob sie sanft ein wenig nach vorne.

»Geh! Ich bleibe dicht hinter dir.«

Lena erwartete, in etwas Dunkles, Unheimliches hineingehen zu müssen. Als sie das Tor durchschritt, sah sie sich überrascht um. Es gab in Taherehs Schattenreich nichts, das ihr Angst einflößte. Nicht einmal die grauen Gestalten, die überall am Rande von schmalen Pfaden und unter Bäumen auf der Wiese lagerten, die leicht abschüssig bis zu einem großen See hinunterreichte.

»Es ist gar nicht so schrecklich hier, wie ich dachte«, flüsterte Lena erstaunt.

»Nein, Nummer dreitausendfünfhundertelf-Strich-M, was wohl für den heutigen Mittwoch steht.« Luczin wies auf die leuchtende Zahl, die auf Lenas Brust schimmerte. Er beugte sich grinsend zu ihrem Ohr. »Du darfst deinen Herzschlag wieder leiser stellen.«

»Dich lässt wohl alles kalt.«

»Nicht alles.« Luczin griff nach Lenas Ellbogen und dirigierte sie zu den anderen. Die Gefährten hatten bereits ein Plätzchen gefunden, wo sie etwas abseits zusammen sein konnten.

»Ich habe es mir hier anders vorgestellt.« Kieran rieb sich über seine Arme. »Es ist kühl, aber nicht unangenehm.«

»Winter. Ewiger Winter«, erwiderte Niven.

Lena ließ ihren Blick über die Landschaft schweifen. Die Bäume sahen aus wie mit Puderzucker bestäubt und die Wiese hatte kein grünes Gras. Der frostige Boden war übersät mit gelblich-braunen Büscheln, auf denen der Raureif glitzerte. Voller Überraschung stellte sie fest, dass in der Luft Schmetterlinge flatterten. Sie hatten jedoch nicht die gewohnten, sommerfröhlichen Farben. Ihre Flügel schienen wie von einem Grauschleier überzogen. Neben dicken Hummeln brummten Bienen und Wespen um die vielen lagernden Personen herum. Stechen konnten sie niemanden mehr. Ihre giftigen Stacheln fehlten. Die erblassten Farben ihrer Körper zeigten, dass auch sie das Leben verlassen hatte. In den nackten Zweigen der Bäume sangen Vögel ihre Lieder der Erinnerung. Ihr Gefieder erschien wie verwaschen. Lena sah hoch zum Himmel. Er zeigte sich fast weiß, ein Winterhimmel eben. Niven streckte den Arm aus und wies über den See, hinüber auf ein mächtiges Bergmassiv, das schräg links hinter den dunklen Wassern aufragte. Ein Hohlweg schien vom Ufer dort hinaufzuführen.

»Der Lapislazuliberg. Seine Spitze reicht bis in die Welt der Lebenden. Taherehs Schloss ist darin verborgen und die Säle des Urteils.« Er wies mit dem Kopf auf die Wartenden um sie herum. »Dort drinnen werden die Toten den sieben Richtern begegnen, die entscheiden, was mit ihnen geschieht. Manche müssen Aufgaben übernehmen, manche nicht. Manche dürfen ihr Lager überall aufschlagen und manche nur an bestimmten Plätzen. Es kommt sogar vor, dass jemand zurückgeschickt wird, weil sich sein Leben noch nicht erfüllt hat.« Er sah die Gefährten an und hob den Finger. »Die Richter dürfen euch natürlich nicht sehen. Es wäre das Ende unserer Reise. Deshalb nehmen wir einen Geheimweg, der sich kurz vor dem Eingang befindet.« Er zeigte über den See. »Seht ihr dort oben den verschneiten Wald? Er schließt an den Berg an. Dahinter liegt der Weg der Dornen, welcher durch drei Tore nach Mortadam führt.«

»Das hört sich doch schnell an«, meinte Mihai.

»Das bleibt abzuwarten. Dieser Hexenwald hat es in sich. Aber zuerst müssen wir über den See kommen.«

Niven zog einen Beutel aus der Tasche seines Umhangs und entnahm ihm ein paar Münzen. Er sah die Männer an. Als sein Blick auf Luczin fiel, dessen Hand leicht auf Lenas Schulter lag, blitzten seine Augen kurz auf. Auffordernd streckte er Lena die Hand entgegen.

»Komm! Ihr alle. Tun wir etwas, damit es schneller geht.«

Finley beeilte sich, um an Lenas und Nivens Seite zu gelangen. Im Gehen kramte er seine Feenys hervor. Die anderen folgten nach. Sie traten von der Wiese aus auf den schmalen Weg, der in Windungen hinunter zum See führte. Zu beiden Seiten saßen Personen, die in ihren grauen Umhängen mit den tief über das Gesicht gezogenen Kapuzen wie vermummte Statuen wirken. Fast reglos streckten sie ihre Hände vor. Niven ermahnte die Gefährten, auf die Nummern der Bettelnden zu achten, da das Geld keinesfalls für alle reichte. Im Grunde war das, was sie geben konnten, nur ein Tropfen auf den heißen Stein.

Niven verteilte seine Münzen und seufzte. »In der Welt der Menschen denkt kaum noch einer daran, dass der Fährmann für seine Dienste entlohnt werden will, und es kommen derzeit viele von da. Diejenigen, die aus Antiquerra stammen, haben in der Regel nicht mehr als drei Feenys bei sich. Zwei davon können sie verschenken. Das ist zu wenig und die Reihe der Bettelnden wird immer länger. Die Überfahrt stockt deshalb oft.« Er beugte sich zu einem kleinen Mädchen, dessen ausgestreckte Hand zitterte. Die Kleine saß eingekeilt zwischen übel riechenden Männern, die jetzt mit fordernden Gebärden und seltsam rohen Lauten die Aufmerksamkeit auf sich zu lenken suchten. Niven verschloss die Münze in der kleinen Kinderfaust und zog das Mädchen zu sich hoch. »Du brauchst keine Angst zu haben. Niemand hier kann dir etwas tun.«

Suchend sah er sich um. Dann ging er mit ihr auf die Wiese. Niven übergab das Mädchen dort einer mütterlich wirkenden Frau, die das Kind bereitwillig unter ihre Fittiche nahm. Lena hätte ihn für sein Mitgefühl küssen mögen.

Jeder der Gefährten behielt nur einen Feeny für sich selbst. Wenn sich die Münze bis zur Überfahrt nicht wieder vermehrte, würde Taherehs Perle im Beutel unwirksam werden. Doch Lena machte sich darüber wenig Gedanken. Sie schaute zum See. Am Ufer lag das einfache, aus Baumstämmen zusammengezimmerte Floß, das sich nur langsam mit Personen füllte. Jeder, der zustieg, legte dem Fährmann eine Münze in die geöffnete Hand. Der Mann trug ein langes, dunkelrotes Gewand. Um seine Taille hatte er ein Seil gebunden. Seine Gestalt stach unter der grauen Menge eigenartig hervor. Über dem See leuchteten von Zeit zu Zeit Zahlen auf, die manchmal in der Luft stehen blieben, als wollten sie nie mehr von dort verschwinden. Es konnte lange dauern, bis ihre Nummern aufgerufen wurden.

Lena fand mit ihren Gefährten wieder ein Plätzchen, an dem sie gemeinsam ruhen konnten. Zusammen mit Finley versuchte sie, den Boden auf magische Weise aufzuheizen. Es klappte sogar, aber nicht besonders gut. Die dünne Schneedecke schmolz. Der Boden blieb kalt. Niven organisierte von irgendwoher eine dicke Decke, von mausgrauer Farbe natürlich. Aber nur eine. Lena breitete sie am Boden aus. Zu zweit konnten sie darauf abwechselnd ruhen. Sie legte sich hin und zog Finley zu sich herunter. Seit dem Angriff des Drachens hatte er noch kein Auge zugetan.

Luczin hockte sich neben sie und beugte sich an ihr Ohr. »Träume süß.«

Niven beobachtete ihn mit düsterem Blick. Es schien ihm nicht zu gefallen, dass der Vampir Lena seit Kurzem mit völlig neuen Augen betrachtete. Für Lena war es die Bestätigung, dass sie Niven nicht gleichgültig war.

Die Zeit zog sich hin, obwohl der Fährmann anscheinend keinen Schlaf benötigte. Bei Tag wie nachts pendelte er auf dem See. Zumindest dann, wenn seine Ladung vollständig war. Niven verschwand auch jetzt täglich für längere Zeit, um bei Tahereh in ihrem Schloss zu sein. Es erleichterte, wie schon zuvor, das Zählen der Zeitabschnitte. Doch der Himmel hier bot schon eine deutlichere Unterscheidung von Tag und Nacht. Es wurde heller, wenn Tahereh auszog, um die lebende Welt in ihre Dunkelheit zu hüllen und dunkler, wenn sie zurückkehrte. Für die Gefährten hatte es die Bedeutung, dass Niven nun während des Tages kam und erst kurz vor Eintritt der Nacht verschwand, um Tahereh zu unterhalten.

Seit drei Tagen warteten sie nun schon auf den Aufruf ihrer Nummern. Es würde wohl noch eine Nacht vorübergehen, bis sie endlich übersetzen konnten. Lena schreckte auf, als sie ein Stück weiter weg ein Stöhnen hörte und ein Kratzen. Es klang wie von einem Tier, das seine Krallen an einem Stück Holz wetzt. Die Vampire wurden unruhig, vor allem Darian.

Lena drehte den Kopf in Richtung der Geräusche. Vor einem Baum entdeckte sie eine Frau, die sich mit aller Kraft an den Stamm klammerte. Sie schien Schmerzen zu haben. Eigenartigerweise trug sie keinen grauen Umhang, sondern Straßenkleidung, wie sie in der Welt der Menschen üblich war. Luczin, der sich mit Vico und Thure um Darian kümmerte, gab Briann einen Wink. Der stellte sich nun so, dass Lena die Gestalt an dem Baum nicht mehr beobachten konnte.

Lena fauchte ihn an. »Was soll ich wieder einmal nicht sehen? Die Frau braucht vielleicht Hilfe!«

Briann drehte Lena grob an den Schultern, bis sie mit dem Rücken zu der sich windenden Frau stand. Sein Gesicht wirkte so zornig wie seine Stimme. »Es gibt Dinge, die Diskretion und Respekt erfordern, weil sie zu intim sind und an die ungeliebten Schatten rühren, die ein jeder in sich trägt. Erst recht bei denjenigen ohne lange Zähne, die immer glauben, Gut von Böse unterscheiden zu können.« Brianns Finger krallten sich so unvermittelt in Lenas Schultern, dass sie leise aufschrie. Es kümmerte ihn nicht. »Die Frau unter dem Baum dort wandelt sich. Sie stirbt und wird gleichzeitig geboren. Doch nicht freiwillig, sonst hätte sie es wesentlich leichter. Sie wehrt sich gegen das Unabänderliche, will nicht das werden, was ihr jetzt bestimmt ist. Ein Leben als Vampir. Deshalb leidet sie, deshalb schreit sie ihren Zorn heraus, kämpft gegen den Durst, der sie wieder hinauf zieht in die Welt der Lebenden.« Briann stieß Lena von sich weg. »Was wisst ihr von unserem Sein! Der Vampir, der sie gebissen hat, ist ein einsames, verzweifeltes Wesen, da er sie nicht gefragt hat, ob sie sein Leben teilen will. Sie wird ihn hassen dafür. Doch wer von uns könnte ihn verdammen für die Einsamkeit, die er nicht mehr ertragen konnte.«

Lena drehte sich zu Briann um. Nicht, um über seine Schulter zu schauen, sondern in sein Gesicht, das sie nun in beide Hände nahm. »Du leidest mit ihr«, sagte sie leise. »Und mit deinem unbekannten Gefährten, der irgendwo in der Welt der Menschen sein Dasein nicht mehr erträgt. Nein, du urteilst nicht, nicht so wie wir. Aber es zerreißt dich in Stücke.«

»Nicht mich!«, erwiderte Brian hart und nahm ihre Hände von seinem Gesicht. Er drehte sie wieder um, sodass ihr Blick auf Darian fiel, den die anderen Vampire so gut als möglich abzuschirmen suchten. »Wenn du unbedingt etwas sehen willst, das deine Nerven kitzelt, dann schau ihn an! Darian zerreißt es. Die hinter uns hat seinen Blutdurst geweckt, und er kämpft wie sie. Wenn euch das Leben lieb ist, dann haltet euch eine Weile von ihm fern.«

Briann stieß Lena ein Stück nach vorne und ließ sie los. Sie sah Darians Gesicht, das den Kampf in seinem Inneren spiegelte. Seine Lippen zogen sich hoch. Seine Gesichtszüge verzerrten sich in zügelloser Gier. Lena hielt den Atem an, als er seine spitzen, scharfen Eckzähne entblößte. Blitzschnell schnappte der Vampir um sich und verfehlte nur knapp Vicos Hals. Dann wurden seine Gesichtszüge unvermittelt wieder friedlich, entspannten sich in der gewohnten, anziehenden Ausstrahlung selbstbewusst männlicher Harmonie. Doch nur, um sich gleich darauf wieder zu verzerren. Luczin hielt ihn fest auf dem Boden umklammert, darauf bedacht ihn so zu halten, dass er nicht unvermittelt selbst von ihm gebissen wurde.

Als die Frau am Baum verschwand, wurde Darian ruhiger und doch dauerte sein Kampf bis tief in die Nacht. An Schlaf dachte keiner. Am nächsten Morgen hatte er sich wieder gefasst. Kein Muskel in seinem Gesicht zuckte mehr. Als im Laufe des Tages ihre Nummern endlich aufgerufen wurden, ging er gelassen und stolz wie eh mit ihnen hinunter zum Floß.

Niven schärfte allen ein, dass niemand erfahren durfte, dass er zu ihnen gehörte. Jeder mühte sich deshalb, so teilnahmslos dreinzublicken wie die anderen Gestalten, die mit ihnen das Floß betraten.

Der Fährmann wirkte unheimlich, mit seiner weit in die Stirn gezogenen Kapuze, unter der sein knochiges Gesicht mit den tief liegenden Augenhöhlen gespenstisch leuchtete. Lena senkte den Kopf und ließ ihren Obolus in seine ausgestreckte Hand fallen. Mit klopfendem Herzen ging sie an ihm vorbei und zu den Gefährten.

Niven stellte sich abseits von ihnen neben den Fährmann. Der Vermummte sah ihn an. Sein mageres Gesicht verzog sich zu einem Lächeln. »Ah, wieder einmal Feenys verteilt, um mich anzutreiben?«

Eine Weile später stakte er das Floß vom Ufer los und sie trieben gemächlich, fast ein wenig feierlich, hinüber ans andere Ufer.

Als Lena mit ihren Begleitern dort den Boden betrat, senkte sie ihren verhüllten Kopf genauso tief wie die anderen Fahrgäste, und reihte sich in die Prozession zum Lapislazuliberg ein.

Niven ging ein paar Schritte vor ihnen, allein. Es war ein Glück, dass er mit seinem schwarzen Umhang aus der grauen Masse hervorstach. So konnten sie ihn nicht aus den Augen verlieren. Kurz vor dem höhlenartigen Eingang zum Berg trat er aus der Reihe heraus und wandte sich nach rechts. Seine Hand hob sich gegen den Fels. Ein kleiner Spalt tat sich auf, der in einen engen, nur knapp mannshohen Gang hineinführte.

Lena griff nach Finleys Hand und zog ihn aus der gespenstischen Prozession heraus. Die Gefährten folgten einer nach dem anderen. Automatisch zogen sie die Köpfe ein, als sie durch den Spalt gingen. Niven trat als Letzter in den Schacht. Hinter ihm schloss sich lautlos der Fels.

Drinnen war es stockfinster, und als Niven plötzlich mit den Fingern schnalzte, zuckte Lena zusammen. An den Wänden entzündeten sich Fackeln. Sie tauchten den Gang in ein schummriges, rötliches Licht. Die Beleuchtung reichte gerade aus, um die Umrisse der Umgebung zu erkennen. Lena ließ ihren Blick durch den schmalen Gang schweifen. Er war grob aus dem Felsen herausgehauen. Feuchtigkeit überzog die Wände, Wasser tropfte in dünnen Rinnsalen daran entlang zu Boden. Unter ihren Füßen spürte Lena kantige Steine, die schnell zur Stolperfalle werden konnten. Aber schlimmer als das empfand sie die stickige Luft. Lena mühte sich, so flach als möglich zu atmen.

Niven zwängte sich an ihr vorbei, um die Gruppe weiter zu führen. »Nicht reden«, warnte er leise. »Wände haben hier Ohren.«

Sie liefen im Gänsemarsch, in schlängelnden Linien. Nach einer Zeit, die nicht messbar war, öffnete Niven endlich an anderer Stelle den Fels und sie traten wieder hinaus ins Freie.

HEXENWALD

Nach der dumpfen, stickigen Luft des Geheimganges empfand Lena die kühle Winterluft draußen als Wohltat für die Lungen. Sie atmete erst einmal durch, als sie ins Freie trat. Vor ihr lag eine karge Bergwiese. Wuchtige Findlinge erhoben sich darin, wie zufällig eingestreut. Rechts zog sich die Fläche hinunter bis an den See, wo graue Gestalten den Weg nahmen, den sie mit ihren Gefährten zuvor auch gegangen war. Linker Hand stieg der Hügel hoch bis zu dem dunklen, mit Schnee bestäubten Tannenwald, durch den sie laut Niven hindurch mussten, um nach Mortadam zu gelangen. Jetzt jedoch deutete er auf die gegenüberliegende Seite, wo der Wald in ein niederes Gebirge überging.

»Dort drüben ist eine unbewohnte Höhle. Der Eingang ist leicht zu finden. Dort könnt ihr für die nächsten Tage euer Lager aufschlagen.« Niven hob warnend den Finger. »Lasst euch nicht verleiten, den Wald zu inspizieren. Ich will euch lebend vorfinden, wenn ich morgen früh wiederkomme."

Nivens Blick schweifte zu Lena. Er hob die Fingerspitzen an den Mund und schickte ihr lächelnd eine Kusshand. Dann drehte er sich abrupt um und ging in den Felsengang zurück.

Meister Kieran übernahm die Führung. »Also dann, Wald ignorieren und stur geradeaus auf die andere Seite.«

Die Höhle fanden sie tatsächlich schnell. Lena schaute sich überrascht im Inneren um. In das natürliche Gewölbe waren offene Kammern hineingemauert worden. Sie enthielten Liegeflächen, auf denen dicke Polster aus Stroh lagen. Offensichtlich handelte es sich um Schlafstätten. Aber wohl nicht für die Totengeister, denn die wohnten laut Niven in den Regionen hinter dem Lapislazuliberg. Lenas verstorbene

Mutter war vermutlich auch dort. Aber sie würde sie nicht sehen. Lena seufzte beim Gedanken an die Mutter unwillkürlich auf. Dann begann sie, zu zählen. Es waren mehr Kammern in diesem Raum, als sie brauchten.

Vico schwang sich sogleich auf eine Liege im dunkleren Bereich der Höhle. »Das nenne ich gemütlich!«

Meister Kieran klatschte in die Hände. Ein magisches Licht entflammte oben an der Felsendecke. Er dirigierte es ein Stück weiter nach vorne zum Ausgang hin und dämpfte den Lichtschein zu einer angenehmen Helligkeit. So konnte es auch die Schlaf suchenden Vampire nicht stören.

»Danke«, sagte Vico und schloss die Lider.

Kieran nickte ihm zu und stellte sich vor den Ausgang. Seine Lippen formten lautlose Worte. Seine Hände bewegten sich dazu in der Andeutung eigenartiger Zeichen. Als er damit aufhörte, atmete er laut aus. »Jetzt sind wir sicher!«

Lena begriff, dass er die Höhle auf magische Weise vor dem Zutritt unerwünschter Elemente geschützt hatte. Nicht zuletzt deshalb fühlte sie sich in der kleinen Höhle wohl und geborgen. Sie verschwendete keinen Gedanken mehr daran, dass sich diese in Taherehs Schattenreich, dem Land des Vergessens, befand.

Luczin und Finley belegten die Kammern rechts und links von Lena. Die Zwei betrachteten sich als ihre persönliche Leibwache und das nicht nur während Nivens Abwesenheit. Es trug zu ihrer Beruhigung bei, obwohl sie in letzter Zeit ein wenig nervös wurde, wenn der Vampir sie berührte.

Meister Kieran, Mihai und Alrik machten sich keine weiteren Umstände mehr. Sie begaben sich gleich zur Ruhe. Gustav und Reik waren heute jedoch unerwartet anspruchsvoll, was ihr Nachtlager betraf. Ihre Kammern schlossen sich im hinteren Bereich an die der Vampire an, denen sie nun mit ihrer Geschäftigkeit noch eine ganze Weile den Schlaf raubten. Sie scharrten das Stroh ihrer steinernen Liege schwungvoll herunter auf den Boden und häuften es dort unter ständigem Niesen und Ächzen umständlich zusammen. Es dauerte, bis die Alraunen endlich mit ihrer Schlafstätte zufrieden waren und ins Stroh krochen. Wenigstens hatte keiner der Gruppe ein Problem mit dem umgekehrten Rhythmus von Tag und Nacht, der in Taherehs Reich die Zeit einteilte. Ein jeder litt noch unter Schlafmangel und der Nachholbedarf erleichterte die Anpassung.

Lena ruhte länger als alle anderen. Sie bekam gar nicht mit, wie die Männer am frühen Morgen des nächsten Tages erwachten und aufstanden. Erst spät am Vormittag kam sie zu sich, weil jemand nahe neben ihr atmete. Niven beugte sich über sie. Lena lächelte ihn an und strich mit der Hand zärtlich über seine Wange. Luczin, der vor der gegenüberliegenden Kammer leise mit Kieran sprach, schaute herüber. Er beobachtete sie, doch in seinem Gesicht war nicht die leiseste Regung zu erkennen.

»Wir müssen das weitere Vorgehen besprechen.« Niven trat beiseite, damit sie sich aufsetzen konnte, und schwang sich neben ihr auf den Mauervorsprung.

Die anderen Männer kamen umgehend herüber.

Luczin lehnte sich neben Lena an die Trennwand. »Guten Morgen.« Wie zufällig streifte sein Körper ihre Knie und als sie ein wenig abrückte, verzog sich sein Mund zu einem kaum wahrnehmbaren Lächeln. Dann richtete er seinen Blick auf Niven. »Also?«

»Der Wald hinter uns wird »Hexenwald« genannt. Er schirmt Mortadam ab, damit niemand hineinkommt«, erwiderte Niven.

»Das hätte ich jetzt nicht gedacht.« Briann grinste.

Niven schaute zu ihm hinüber und runzelte die Stirn. »Das Problem ist, dass ich euch nicht genau sagen kann, was für höllische Kreaturen sich in dem Wald verbergen. Ich habe bisher nur einen von denen zu Gesicht bekommen, einen Dämonenkrieger. War keine erfreuliche Begegnung.« Er biss sich auf die Lippen. »Leider darf ich nicht mit euch hinein. Ein Verbot, an das ich mich halten muss.«

Briann unterbrach ihn. »Jetzt überraschst du mich. Gehorsam ist zwar eine Tugend, die ich zum rechten Augenblick durchaus zu schätzen weiß.« Er grinste, dass seine spitzen Zähne in voller Länge sichtbar wurden. »Aber von dir hätte ich ehrlich gesagt ein wenig mehr Rebellion erwartet.«

Niven sah den Vampir aus zusammengekniffenen Augen an. Seine Haltung zeigte deutlich, dass er sich mehr über ihn ärgerte, als die Äußerung es wert war. Lena legte schnell die Hand auf seinen Arm, um ihn zu besänftigen. Luczin sagte nichts. Aber er heftete seinen Blick auf Niven, als ob er in sein Gehirn kriechen wollte. Kieran dagegen suchte den aufkommenden Unmut zu entschärfen.

»Niven hat uns hierher geführt, wie versprochen. Aber er kann uns nicht alle Probleme aus dem Weg schaffen.«

Niven achtete nicht auf ihn. Wütend starrte er auf Briann. Obwohl ihn bisher nichts wirklich hatte erschüttern können, jetzt schien er fast zu platzen. »Meinst du, ich habe es nicht probiert? Ich bin hineingegangen! Es hat mich das Vertrauen von Tahereh gekostet — für lange Zeit und mit Konsequenzen, die auch du dir nicht vorstellen kannst. Also provoziere mich nicht und erinnere mich nicht daran!«

Briann verschränkte die Arme vor der Brust und lächelte. »Wollte nur sehen, ob ich dich aus der Reserve locken kann.«

Niven rang um seine Fassung. »Dann kannst du ja zufrieden sein. Ich habe mich gehen lassen.«

»Nicht doch, du darfst deine Zurückhaltung ruhig lockern.«

»Das gefällt dir?«

Briann grinste. »Du hast dich eingemauert und brauchst einen Sprengmeister.«

Niven richtete seinen Blick genervt an die Decke. Er seufzte und sah Briann dann wieder an. »Falscher Zeitpunkt. Aber damit du verstehst ...«

In groben Zügen erklärte er seine Situation hier. Außer Jule, dem Fährmann, gab es niemanden, der ihm gut gesonnen war. Man neidete ihm das Leben, das in seinen Adern floss, und griff ihn nur aus Angst vor Taherehs vernichtendem Zorn nicht an. Jetzt musste er besonders vorsichtig sein. Denn wenn Tahereh aufgrund von Gerüchten misstrauisch wurde und herausfand, was sie planten, dann würde es ihm nicht mehr gelingen, den Schlüssel zu besorgen, der das Tor zur Freiheit aufschloss. Dann waren sie alle verloren.

Lena zerfloss fast vor Mitgefühl, als sie das hörte. Welch trauriges Dasein musste Niven hier fristen und mit welcher Stärke ertrug er es. Doch Niven lenkte die Aufmerksamkeit schnell von sich ab und auf die vor ihnen liegenden Probleme. Der Wald musste erkundet werden, ehe Lena einen Schritt hineintat. Niven sprach auch davon, dass die Männer den Weg durch den Hexenwald später wieder zurückgehen mussten, sobald Lena und Finley den ersten Wächter vor Mortadam passiert hatten. Das ließ nun gar keine Freude aufkommen.

Thure schürzte die Lippen. »Das wird heiß. Die Waldbewohner werden vermutlich ziemlich sauer sein, wenn zwei fehlen.«

»Und danach sollen wir in dieser Höhle Däumchen drehen, während Lena und Finley ... Mann, das ist hart«, sagte Mihai.

»Es geht nicht anders.« Niven deutete nach draußen, wo in der Mitte der Bergwiese ein Steinkreis angeordnet war. »Das ist der einzige Platz, der uns zu den Lebenden zurückkatapultieren kann.«

Alriks Mund verzog sich zu einem freudlosen Lächeln. »Das ist weit von hier aus. Ich hoffe, ihr könnt alle gut rennen, wenn es darauf ankommt.«

Niven ging nach vorne zum Ausgang. Er deutete auf den Berg gegenüber, in dem er gestern den geheimen Höhlengang geöffnet hatte. »Von der anderen Seite aus ist es genauso weit. Dort drüben ist das goldene Tor, durch das wir aus dem Berg herauskommen. Wir werden alle um unser Leben rennen müssen.«

Von außen sah Lena kein Tor an dem Punkt, den Niven ihnen zeigte. Aber sie bezweifelte nicht, dass es existierte.

Niven sah die Männer an. »Noch etwas. Das Tor im Steinkreis, das uns in die Welt der Lebenden zurückbringt, öffnet sich nur, wenn sich vorher dort drüben der Lapislazuliberg öffnet.«

Eine Weile blieb es still. Die Bedeutung dessen, was er zuletzt gesagt hatte, musste erst verdaut werden.

»Also, wer es bis jetzt noch nicht begriffen hat. Wir gehen entweder mit der Strahlenkönigin hier heraus oder gar nicht mehr«, grummelte Gustav in seinen Bart.

»Du sagst es, mein kleiner Freund«, bestätigte Vico hinter ihm und tätschelte mit seiner Hand die Schulter des Alrauns.

Nachdem sie alles besprochen hatten, wandte sich Niven zum Gehen. Morgen wollte er wiederkommen, um den Stand der Dinge zu erfahren. Als er sich von Lena verabschiedete, zog er sie in seine Arme. Er sah sie an und strich mit den Fingern durch ihr Haar. Lena glaubte, er wolle ihr noch etwas sagen, doch er presste sie wortlos an sich. Sein Gesicht neigte sich ihr zu. Ihr Herz pochte auf einmal schneller, als sie den Hauch seines Atems spürte. Seine Lippen näherten sich ihrem

Mund und dann küsste er sie zum ersten Mal. Alles um sie herum verschwamm. Lena schwebte auf Wolken.

STAMPFENDE MASSEN

Als Niven ging, verloren die Männer keine Zeit mehr. Finley und Luczin blieben bei Lena. Die anderen machten sich auf den Weg, den Wald zu erkunden. Briann übernahm die Führung der kleinen Gruppe. Meister Kieran zeigte sich zuerst skeptisch, da er bisher bei den Vampiren keine Waffen gesehen hatte. Briann ging gar nicht darauf ein. Aber Thure zog unter dem Umhang einen Scheibendolch hervor und hielt ihn unter seine Nase.

Er grinste. »Du hast wohl nie einen Vampir kämpfen sehen. Wenn schon, bevorzugen wir die unauffälligeren Waffen. Wir brauchen sie nicht.« Vico bewegte das Messer in einer blitzschnellen Andeutung vor Kierans Hals. »Erspart uns aber den schlechten Nachgeschmack.« Dann wies er auf Kierans Schwert. »Sollten wir zu der Überzeugung gelangen, dass uns so ein Monstrum, wie du es über der Schulter trägst, nützlich sein kann, so werden wir eines erbeuten. Du kannst uns glauben, dass wir auch damit umzugehen wissen.«

Lena blieb mit Finley und Luczin vor der Höhle stehen und sah den Gefährten nach. Kaum waren die Männer zwischen den Bäumen des Hexenwalds verschwunden, kam Bewegung in die Tannen. Die Stämme bogen sich und die Zweige warfen Schnee ab. War es Wut? Der ganze Wald rauschte – alarmierend, drohend. Dann standen die Bäume plötzlich starr, als ob sie lauschten. Kampfgeschrei, aus vielen Kehlen, mehr fühlbar, als dass Lena es hören konnte. In ihrem Inneren breitete sich eine Kälte aus, als würde ihr ganzer Körper in Eiswasser getaucht.

Unwillkürlich krallten sich ihre Finger in Finleys Arm. »Sie sind in Gefahr!«

Luczin, der neben ihnen stand, blieb völlig reglos. Der Vampir schien all seine Sinne auf Empfang auszurichten, sah Lena nicht einmal an. Sie erschrak fast, als er sprach. »Briann ist bei ihnen. Hab Vertrauen.«

Finley berührte ihn. »Ich gehe mit Lena in die Höhle zurück.«

Luczin nickte.

Finley zog Lena mit sich in die Höhle, doch auch dort drinnen konnte Lena sich nicht entspannen. Wie getrieben lief sie vor ihrem Schlafplatz auf und ab. Finley lehnte an der Trennwand und sah ihr zu. Er sagte nichts. Immer wieder warf Lena einen Blick auf die Gestalt von Luczin, der draußen vor dem Eingang ausharrte. Er stand wie eine Statue. Eine ewig lange Zeit verrann und nichts an seiner Haltung änderte sich. Doch hier drinnen, in der Höhle, wurde die Stimmung schlagartig anders. Es gab keinen offensichtlichen Grund, aber an Lenas Armen bildete sich Gänsehaut. Im gleichen Moment drehte sich Luczin abrupt um. Er eilte zu ihnen herein.

»Wie sicher ist Kierans Schutzzauber für die Höhle?«

Finley sah ihn überrascht an. »Der Eingang ist absolut dicht. Da kann nichts herein, außer uns.«

»Und die Höhlenwände?«

»Dicker Fels. Da braucht man nicht ... Luczin, was soll das?«

Der Vampir zog seinen Dolch und drehte sich mit ausgestrecktem Arm langsam im Kreis. Sein Blick richtete sich auf die Wände und die Decke der Höhle. In der Drehbewegung zog er Lena zu sich heran und hielt sie nah an seinen Körper gepresst.

»Zieh dein Schwert, Finley!«

Langsam arbeitete sich Luczin mit Lena in die Mitte des Raums. Finley fragte nicht mehr, sondern bewegte sich mit gezogenem Schwert an seiner Seite mit. Lena hörte nichts und sah nichts. Aber Luczins Verhalten erschreckte sie. Ihr Puls trieb in die Höhe. Sie wagte kaum, zu atmen. Nach einer Weile fing die Höhle an zu vibrieren. Ein Ton klang in ihren Ohren, als ob in einem geschlossenen Raum Maschinen stampften. Zuerst langsam, leise. Bald immer schneller, in bedrohlich anschwellender Lautstärke.

Finley neben ihr erstarrte. »Was ist das?«

»Raus!«, rief Luczin. »Sie schaffen sich durch den Fels!«

Er zog Lena mit sich hinaus ins Freie. Finley folgte dicht hinterher. Eine Armee schien durch die Höhlenwände zu stampfen. Finley kramte in höchster Eile ein Messer aus seinen Taschen. Er gab es Lena in die Hand.

»Nur für den Notfall.«

Es klang keineswegs beruhigend.

Die beiden Männer stellten sich abwehrbereit vor den Höhleneingang und schoben Lena von sich weg.

»Schnell! Hinter den großen Stein da hinten«, sagte Luczin. Dann stand er auch schon mitten im Kampf.

Lena rannte los und duckte sich hinter einem Felsen. Dumpfe Schreie brandeten zu ihr herüber. Vorsichtig wagte sie einen Blick über den Steinbrocken. Ein Heer bewaffneter Dämonen drängte in gebückter Haltung aus der Höhle heraus. Ihre Köpfe glichen denen von Bulldoggen. Die nackten Oberkörper waren breit und muskulös, ihre Beine kurz und stämmig, und die Füße fleischig aufgequollenen. Als einziges Kleidungsstück trugen sie ein um die Lenden geschlungenes Tuch. Die Scheusale brüllten. Knüppel sausten durch die Luft, Steine flogen. Schwerter klirrten aneinander. Aus dem Inneren der Höhle schwirrten Pfeile heraus. Luczin kämpfte mit einer ganzen Horde der dämonischen Wilden zugleich. Schrie, fluchte. In rasendem Zorn warf er Leiber gegen die Felswand, schlug Dolch und Zähne in schreiende Kehlen. Schwarzes Dämonenblut besudelte ihn. Er spie aus. Der Ekel schien seine Wut explosionsartig zu steigern. Mit einem erbeuteten Schwert hieb er in kaum wahrnehmbarer Folge tödlich in massige Körper. Doch immer mehr Dämonen stampften aus der Höhle heraus. Er wurde zurückgedrängt. Finley genauso. Beide kämpften mit ganzer Kraft, um sich gegen die Übermacht zu halten. Ein Speer flog in Lenas Richtung, traf kurz vor dem Felsen die Erde. Sie zuckte zusammen. Ein Zauber! Sie brauchte einen Zauber, um die Angreifer zu bannen. Lena war zu aufgeregt, verwarf den Gedanken wieder, aus Furcht die Falschen zu treffen. Finley! Sie schrie. Einer der Gegner, der ihn mit Faustschlägen übel bedrängte, fiel wie ein gefällter Baum zu Boden. Ein paar seiner mörderischen Kameraden gleich mit. Luczin hatte sie im letzten Moment von Finley weggerissen. Lena atmete auf. Ein Bogen und ein paar Pfeile rutschten bis fast vor ihre Füße. Sie nahm sie an sich. Das Holz fühlte sich glatt an. Stark. Besser zumindest als das winzige Messer von Finley. Bald würden die wüsten Kreaturen auch auf sie lostürmen. Sehr lange konnten die Männer ihnen nicht mehr widerstehen. Die beiden kämpften vor der Höhle verzweifelt weiter. Aber die dämonischen Angreifer drängten sie immer mehr zurück. Himmel, hilf! Lena flehte und konnte den Blick nicht abwenden. In Finleys Umhang klafften Risse. Am Bauch färbte sich der Stoff dunkel. Er blutete heftig am Arm. Es musste Luczin verrückt machen. Der Vampir sah immer wieder hin. Kämpfte umso grimmiger. Dann fiel Finley plötzlich hintenüber. Ein heiserer Schrei. Der Dämon über ihm hob sein Schwert. Seine Augen leuchteten. Lena überlegte nicht. Sie richtete sich hinter dem Felsen auf, spannte den Bogen, schoss. Der massige Körper fiel getroffen vornüber. Finley konnte sich gerade noch beiseite rollen. Doch schon stürmte das nächste Monster auf ihn los. Nein! Nicht! Mit zitternden Armen versuchte Lena, den Bogen erneut zu spannen. Plötzlich griff jemand von hinten um ihren Leib, hinderte sie. Sie wehrte sich, wollte aufschreien. Eine Hand legte sich auf ihren Mund. Starke Arme drückten sie zu Boden.

»Runter, sofort!«

Es war Briann, der aus dem Hexenwald zurückgekommen war. Lena hatte ihn nicht kommen gehört. Der Vampir winkte zum Wald hin. Meister Kieran tauchte zwischen den Tannen auf. Mit wehendem Umhang und hochgerecktem Schwert eilte der Lichtmagier zu ihr herüber.

»Kieran bleibt bei dir.« Briann ließ Lena los. Kaum einen Wimpernschlag später kämpfte er bereits an Finleys Seite.

Kurz darauf rannte Vico aus dem Wald. Mit einem Wutschrei raste er nach vorne zu den Kämpfenden bei der Höhle. Nacheinander tauchte auch der Rest der Erkundungsgruppe am Waldrand auf. Aber was war das? Lena wollte schreien, doch der Atem blieb ihr weg. Zwischen den Bäumen blitzten silberne Rüstungen. Dämonenkrieger, auch dort. Sie verbargen ihre Gesichter hinter beängstigenden Masken. Schwerter hieben durch die Luft. Speere flogen. Rhythmisches Kampfgeschrei ließ den Wald erzittern. Die Gefährten wehrten sich verbissen. War das offene Gelände die Rettung? Tannenzweige peitschten auf die Männer ein, suchen sie zu halten. Die Alraunen schafften es, als nächste zu entkommen. Sie rannten mit schnellen, kurzen Schritten über die Wiese und stürzten sich ins nächste Kampfgetümmel. Kurz darauf wurden Darian und Thure am Waldrand sichtbar. Lena schrie nun doch auf. Nein! Gestikulierend verschwanden die beiden noch einmal zwischen den Bäumen. Wenig später kam Thure mit Mihai wieder. Die zwei riefen und schrien in den Wald hinein. Lena verstand kein Wort. Kieran neben ihr erstarrte. Die Dämonen an der Höhle wandten ruckartig die Köpfe hinüber. Sie brachen in ein triumphierendes Geheul aus. Der Vampir Darian raste mit dem Feenkrieger Alrik aus dem Wald. Ein Speer flog hinter ihnen her. Sie konnten nicht ausweichen, stürzten, Alrik zuunterst. Darian kippte über ihn. Reglos blieben die beiden liegen. Der Speer in Darians Rücken zitterte.

Lena presste die Hände vor den Mund, um ihre Qual nicht laut herauszuschreien. Mihai und Thure brüllten jedoch entsetzlich auf. Die Walddämonen lachten und zogen sich zurück. Thure rief ihnen wüste Verwünschungen nach. Mit Mihai raste er zur Höhle, um sich an den ungehobelten Wesen zu rächen, die dort die Gefährten noch immer heftig bedrängten. Es gab nicht mehr viel Gelegenheit dazu. Die unförmigen Kolosse verschwanden wie ihre gefallenen Kollegen unvermittelt im Felsgestein. Dann herrschte Stille.

Es war vorbei.

Keiner wollte es glauben.

Als tatsächlich alles ruhig blieb, machte sich Gustav seufzend auf, um die Wunden von Finley und Mihai zu versorgen. Die beiden waren schlimm verletzt, aber nicht lebensbedrohlich. Um die blutenden Vampire musste sich niemand kümmern. Ihre Blessuren heilten von selbst. Nachdem sie die Lage überblickten, gingen Vico und Thure mit ungewöhnlich schweren Schritten an den Waldrand.

Lenas Hand, die noch immer den Bogen und zwei Pfeile hielt, hatte sich völlig verkrampft. Sie starrte auf die Stelle, wo Alrik und Darian zu Boden gestürzt und nicht mehr aufgestanden waren. Kieran sprach auf sie ein. Lena nahm es kaum wahr. Sie regte sich auch nicht, als Luczin zu ihr kam. Der Vampir löste behutsam ihre Finger, warf Pfeile und Bogen auf die Erde und zog sie an sich. Lena begriff es gar nicht. Das Schreckliche, das ihre Augen gesehen und ihr Herz gefühlt hatte, führte sie an den Rand des Zusammenbruchs. Luczin hob sie hoch und erst da kam sie wieder zu sich.

»Du brauchst Ruhe«, sagte er. Als Lena versuchte, ihre kaum noch vorhandene Kraft zu mobilisieren, um ihm zu widersprechen, lächelte er. »Aber ja doch, ich weiß es. Kein Vergessen.«

Lena war zu schwach, um sich gegen den Schlaf zu wehren, den er ihr schickte. Als Luczin sie zu Finley trug, der neben Mihai und Gustav erschöpft an einem Felsbrocken weiter vorne lehnte, fielen ihr die Augen zu. Lena bekam kaum noch mit, wie Finley erschrocken aufspringen wollte.

Luczin beruhigte ihn. »Schlaf ist das beste Heilmittel.«

»Sie wird dir die Augen auskratzen, wenn sie aufwacht.«

»Das nehme ich in Kauf.«

Als Lena die Augen wieder aufschlug, befand sie sich auf ihrer Liege in der Höhlenkammer. Luczin beugte sich über sie. Die Erinnerung kehrte zurück, und der Schreck fuhr Lena in alle Glieder. Hastig versuchte sie, sich aufzurichten.

Der Vampir drückte ihre Hand. »Es ist vorbei. Kieran hat lange gebraucht, aber jetzt sind auch Wände und Decke geschützt. Es kann kein Feind mehr hereinkommen.«

Lena setzte sich auf und sah sich um. Alles sah normal aus. Aber es roch noch immer unangenehm nach den schwitzenden Körpern der Dämonen. Gab es dagegen kein Zaubermittel? Die Bilder des mörderischen Kampfes spulten sich erneut vor ihrem inneren Auge ab. Tränen sammelten sich in Lenas Augen. »Alrik und Darian …«

»Schau da hinten hin.« Luczin wies zu den Lagern der Vampire.

Lena beugte sich vor und sah an der Trennwand vorbei.

Alrik lag auf einem Lager aus Stroh auf der Erde. Er stöhnte und suchte die Hände von Gustav wegzustoßen, der eine blutende Wunde an seiner Schulter mit Kräutern behandelte. Darian legte eine Hand auf seine Stirn. Alrik wurde ruhiger.

»Sie leben?« Ungläubig sah Lena zu Luczin auf.

Er lächelte. »Darian ist ein Vampir, unsterblich. Der Speer hat seinen Körper durchbohrt und vor dem Wald gebannt. Aber er hat ihn nicht getötet. Als wir den Speer herauszogen, erholte er sich wieder.« Luczin seufzte auf. »Leider wurde auch Alrik getroffen und für ihn ist es nicht so einfach. Die Waffe traf seine Schulter und Darians Blut hat sich mit seinem vermischt. Die Hitze breitet sich in ihm aus. Er fiebert. Wir tun, was wir können, um es ihm zu erleichtern.«

»Wird er jetzt auch ein Vampir?«

Luczin griff nach Lenas Hand und drückte sie. »Nein, zum Vampir wird man nur auf eine Art. Aber wenn Alrik überlebt, dann wird er durch Darians Blut einen Teil unserer Fähigkeiten bekommen.«

»Er darf nicht sterben«, sagte Lena schnell.

»Darian hält ihn ruhig, so hat er eine Chance.«

Lena ließ sich auf ihr Lager zurückfallen und starrte an die Decke. Diese stinkenden, monströsen Wesen! Sie waren durch den Stein gekommen und über sie hergefallen. Soviel Blut hatte das gekostet, soviel Schmerz. Alrik, der Feenkrieger … Keiner konnte sagen, ob er es wirklich schaffte.

Plötzlich stieg eine weitere Erinnerung in ihr hoch. Luczin! Sie war wehrlos gewesen und er hatte sie in den Schlaf gezwungen. Für Alrik war so etwas hilfreich. Er war krank. Aber für sich selbst empfand sie das als Niederlage. Lena regte sich jetzt über Luczin auf, umso mehr, da er sich nah zu ihr herunterbeugte. Sein Mund verzog sich in der Andeutung eines Lächelns. Um seine Augen bildeten sich feine Fältchen.

Jäher Zorn schoss in Lena hoch, da sie begriff, dass er wusste, was in ihr vorging.

»Wag es nicht noch einmal, mich so hinterhältig außer Gefecht zu setzen«, zischte sie und versuchte ihn wegzustoßen.

Luczin hielt ihre Hände fest. »Es hat dir gut getan.«

»Nein!«

»Aber ja doch. Musst nur lernen, etwas anzunehmen. Ich bringe es dir bei.«

Finley, in der Kammer neben ihr, wachte von dem Disput auf. Er kam zu Lena und Luczin herüber. Sein Bauch und sein Arm waren in dicke Verbände gewickelt. Finley versuchte, zu vermitteln. »Lena, Luczin hat es gut gemeint und jetzt geht es dir ja auch besser.«

Lena antwortete nicht. Sie riss ihre Hände aus denen von Luczin und drehte sich zur Wand, damit die beiden ihre Tränen nicht sahen, die ihr aus purer Verzweiflung aus den Augen sprangen. Es war noch nicht einmal so sehr deshalb, weil der Vampir ihr eine Kostprobe seiner Macht gegeben hatte. Lena dachte an den Alraun Wighard, der diese Reise mit seinem Leben bezahlt hatte, und an Cara, die wie die Strahlenkönigin gefangen war. Sie fürchtete um Alrik, der stöhnend da lag und um sein Leben kämpfte. Lena erinnerte sich, wie Mihai und Finley gestern trotz ihrer Verletzungen weitergekämpft hatten, bis zum Schluss. Sie ärgerte sich über sich selbst, weil sie allein beim Anblick der Kämpfe so verdammt neben sich geraten war. Wie sollte das bloß weiter gehen? Welchen Sinn hatte dieses Elend? Sie musste unbedingt ihre Kraft wiedergewinnen, stärker werden, die Schwäche überwinden.

Luczin strich Lena über das Haar und ging in seine eigene Kammer zurück. Finley blieb bei ihr.

»Lena ...«

»Was?«

»Er wollte dir helfen.«

»Ich weiß«, erwiderte sie und seufzte. »Du solltest nicht herumlaufen mit deiner Verletzung, Finley. Leg dich wieder hin.«

Die anderen Männer hatten bis jetzt noch geschlafen, doch allmählich wurden auch sie wach.

Nachdem Gustav die Schulter von Alrik versorgt hatte, kam er zu Finley herüber. Er wickelte Finleys Verband auf, den er gestern aus einem in Streifen zerrissenen Hemd gefertigt hatte. Gustav war mit dem Heilprozess von Finleys Verletzung nicht direkt unzufrieden, aber auch nicht zufrieden. »Wieso wächst hier kein einziges Heilkraut?«, brummte er, während er die Schnittwunde, die quer über Finleys Bauch lief, mit einem Rest getrockneter Kräuter behandelte. »Frisch wirken die viel besser.«

Finley stöhnte vor Schmerzen. »Vielleicht, weil in dieser Gegend niemand so etwas braucht?«

Lenas Aufmerksamkeit wandte sich von Finley ab, als vor dem Eingang zur Höhle schnelle Schritte zu hören waren. Niven kam.

»Was, um Himmels willen, ist passiert?«, fragte er statt einer Begrüßung.

Bei der Schilderung dessen, was gestern in der Höhle geschehen war, schaute Niven entsetzt zu Lena.

»Es geht mir gut«, sagte sie schnell.

Niven kannte die halbnackten Wilden, die aus dem Felsen gekommen waren: Saxer, Dämonen, die durch steinerne Wände gehen konnten. Sie lebten eigentlich auf der anderen Bergseite. Niven war über ihren Angriff sehr beunruhigt. »Wir müssen Lena und Finley schnellstens nach Mortadam einschleusen. – Was ist, Briann?«

»Wir kommen nicht durch den Hexenwald. Unzählige Dämonenkrieger. Wir haben Hunderte von ihnen besiegt und doch sind sie nach einiger Zeit wieder aufgestanden. Wir konnten nicht an ihnen vorbeikommen. Dazu wurden wir noch von Fluchhexen angegriffen. Diese klepperdürren Weiber mit den verfilzten Haaren flogen mit ihren Besen zwischen den Bäumen durch und haben mit Flüchen geschmissen. Ein Wunder, dass wir nicht getroffen wurden.«

Vico nickte. »Ja, und als ob das nicht genug wäre, ist der Wald selbst auch noch verhext. Wir liefen und liefen und kamen nicht vorwärts. Ich wundere mich jetzt noch, dass wir da wieder herausgekommen sind. Als wir Luczins Hilferuf fühlten ... wir dachten, wir schaffen es nie.«

Meister Kieran atmete heftig aus. »Darian wollte Alrik beistehen, der kurz vor der Lichtung in arge Bedrängnis geriet. Er ging noch einmal zurück in den Wald. Dabei hat es sie dann beide erwischt.« Er vergrub den Kopf in seine Hände. »Wenn wir nicht an zwei Fronten hätten kämpfen müssen. Wenn ich am Anfang nicht nur den Eingang gesichert hätte, sondern die ganze Höhle. Vielleicht wäre es dann nicht so schlimm gekommen.«

»Vielleicht doch, auf andere Art. Verschwende deine Kraft nicht an Dinge, die du nicht mehr ändern kannst«, erwiderte Luczin.

Mihai legte seine Hand auf die Schulter von Kieran und seufzte. »Es ist wie es ist. Selbst wenn die Höhle nicht angegriffen worden wäre ... um durch den Hexenwald zu kommen, bräuchten wir eine ganze Armee und die hätten wir auf keinen Fall in Taherehs Reich hineinschmuggeln können, ohne dass es aufgefallen wäre.«

Niven stützte den Kopf in die Hände und rieb sich die Schläfen. »Dann weiß ich nicht mehr weiter. Der Weg durch den Lapislazuliberg führt nur aus Mortadam heraus, nicht hinein. Es gibt nur den Weg durch den Wald, und wenn wir da nicht durchkommen …«

Lena schaute Niven an und konnte kaum glauben, was er sagte. Sie waren so weit gekommen, hatten so viele Opfer gebracht. Sollte das alles umsonst gewesen sein?

BEKENNTNISSE

»Dann fliegen wir eben«, sagte Luczin.

Niven sah ihn an. »Was?«

Lena begriff es schneller als er. Die Vampire konnten fliegen. In der Luft wirkten sie wie große Fledermäuse. Sie alle hatten es in der Steinwüste gesehen. Aber dabei auch noch Personen über den Wald schleppen? Luczin erklärte ihnen, wie er sich das vorstellte. Er würde Lena tragen und Briann den Lichtmagier Finley. Vico und Thure sollten an ihrer Seite mitfliegen, um mögliche Angriffe der Fluchhexen abzuwehren. Kieran, Mihai und die Alraunen mussten notgedrungen zurückbleiben und in der Höhle warten. Darian würde auch bei ihnen bleiben, damit er sich weiter um den Feenkrieger Alrik kümmern konnte. Luczin glaubte, dass sie vielleicht gerade in dieser kleinen Formation gute Chancen hatten. Außerdem war es die einzige Chance. Jedem war das schnell klar. Finley wurde es allerdings jetzt schon fast schlecht. Er erinnerte sich an die rasende Jagd von Thure und Darian, die vor Tagen hinter dem Drachen her waren, der seine Cara entführt hatte.

Briann grinste ihn an. »Wird ein Spaß«, sagte er.

Es gab allerdings ein Problem: Finleys Verletzung war noch zu frisch. Sie konnte während des Fluges aufbrechen, und das durften sie nicht riskieren. Sie mussten wohl oder übel warten, bis die Wunde belastbarer war. Gustav kam sofort wieder auf seine Kräuter zu sprechen. Niven versicherte ihm, dass er gleich nachher frischen Breitwegerich besorgen würde.

Finley hatte bald mehr Aufmerksamkeit, als ihm lieb war. Gustav und Luczin begutachteten regelmäßig seine Wunde, während Briann in seiner Seele stocherte. Mal fragte er, ob er ihn beißen solle, da er als Vampir dann keine Probleme mehr mit Wunden hätte. Dann wieder kitzelte er ihn an seinen Ängsten vor dem Flug. Doch allmählich und mit Hilfe von Gustav und Reik gelang es Finley, die Sticheleien zu parieren. Briann grinste zufrieden. Lena dagegen verbarg ihre Sorge. Der Flug würde sie in engen Körperkontakt zu Luczin bringen. Das hätte sie lieber vermieden.

Niven kam – wie immer seit sie hier waren – täglich am frühen Morgen und blieb bis zum Einbruch der Dunkelheit. Er erzählte, was er über Mortadam in Erfahrung gebracht hatte. Um dorthin zu gelangen, mussten Lena und Finley den »Weg der Dornen« gehen. Er wurde von zwei Wächtern kontrolliert, die ein Anrecht auf Wegzoll hatten und die ihre Forderungen stellen würden. Wenn Lena und Finley es schafften, die Strahlenkönigin und Cara zu befreien, kam der noch schwierigere Teil. Die Rückkehr durch den Lapislazuliberg. Das war nur möglich, wenn Tahereh in ihrem Schloss weilte, und problematisch deshalb, weil sie nichts merken durfte.

Niven schlug vor, dass sie den Rückweg bei Einbruch der Dunkelheit antreten sollten, damit keiner unter Zeitdruck geriet. Er erzählte von zwei Räumen, die nur von Mortadam aus betreten werden konnten und die Lena und Finley durchqueren mussten. Die Eingänge zu diesen Räumen wurden »Tore der Plagen« genannt, was Lena nicht besonders zuversichtlich stimmte. Aber einen anderen Weg gab es nicht. Lena sollte Niven einen Schmetterling mit einer Botschaft schicken, sobald sie sich auf den Rückweg machten. Selbstverständlich musste es einer sein, der nicht auffiel. Niven wollte Tahereh derweil ablenken und den Schlüssel für das Haupttor besorgen. Lena war bei der Schilderung dessen, was auf sie zukam, nur froh, dass sie diesen schwierigen Weg nicht allein gehen musste.

Niven nahm sie in den Arm. »Ihr schafft das!«
Hoffentlich, dachte sie.

Finleys Verletzung heilte trotz intensiver Pflege nur langsam, und Luczin war nicht bereit, ein Risiko einzugehen. Es ging ihm dabei nicht nur um den Flug über den Hexenwald. Als Lenas einziger Begleiter auf dem Weg der Dornen sollte Finley bei Kräften sein, damit er ihr eine Hilfe sein konnte. Der Vampir fand sich nur schwer damit ab, dass die beiden allein nach Mortadam gehen mussten. Doch Niven hatte ihm drastisch die Konsequenzen geschildert. Mortadam hatte eigene Gesetze. Kein Vampir konnte dorthin gelangen, ohne in Flammen aufzugehen, und tot würde er Lena nichts nützen. Finley konnte auch nicht durch Kieran oder Mihai ersetzt werden, auch nicht durch Gustav oder Reik. Mortadam würde ihnen zum Gefängnis werden. Nur Finley hatte eine Chance, Cara zu retten, da er sie liebte, während Lena aufgrund ihrer Herkunft die Einzige war, welche die Strahlenkönigin befreien konnte. Also blieb nichts anderes übrig, als zu warten, bis es Finley besser ging.

Neben der Vorbereitung auf den Flug galt alle Sorge dem Feenkrieger Alrik. Darian harrte an seiner Seite aus, gab ihm zu trinken, fütterte ihn und versetzte ihn dann wieder in Heilschlaf. Doch das Fieber wollte nicht weichen. Alriks Zustand blieb kritisch.

»Wir müssen abwarten«, sagte der Vampir.

Je mehr Zeit verging, ohne dass sie etwas tun konnten, desto nervöser wurden alle. Die beiden Alraunen Gustav und Reik schaufelten ständig das Stroh ihrer Schlafstatt umeinander.

Der Staub, der dabei aufgewirbelt wurde, kitzelte in der Nase und reizte zum Niesen. Mihai störten die Fliegen, die mit den Saxern in die Höhle gekommen waren. Er machte Jagd auf sie.

Briann wurde es irgendwann zu bunt. »Verdammt! – Gustav, das halbe Stroh hängt in meiner Nase. Hör auf, umzuschichten!« Sein Blick heftete sich auf Mihai. »Warum rennst du ständig diesen blutleeren Fliegen nach, die sind schon tot. Lass dein Kriegerherz zur Ruhe kommen. Hölle, wir brauchen Ablenkung, sonst werden wir noch alle verrückt.« Brian ging zu Niven und legte ihm die Hand auf die Schulter. »Der Zeitpunkt ist gekommen! Lass uns hören.«

Alle Blicke richteten sich auf Niven, der neben Lena auf ihrem Schlaflager saß. Er kapierte sofort, was Briann meinte. Sein Gesicht verschloss sich.

»Nicht jetzt. Wenn wir hier heraus sind«, sagte er.

Brianns Augenbrauen hoben sich, und er verzog spöttisch seinen Mund. »Nun komm schon, welch dunkles Geheimnis trägst du mit dir herum? Glaubst du, wir haben uns noch keine Gedanken darüber gemacht? Ich helfe dir, es auszuspucken.«

»Ein Piks, und dann läuft es von selbst«, stichelte Luczin.

»Du bist eine Nervensäge, Briann und du auch, Luczin.« Niven seufzte. »Also gut, ihr gebt ja doch keine Ruhe …«

Alle setzten sich um Niven und Lena herum auf den Boden, bis auf Darian, der bei Alrik blieb. Die Fliegen wurden vergessen, und das Stroh kam zur Ruhe. Niven griff nach Lenas Hand und begann zu erzählen.

»Mein ganzes Leben lang, siebzehn Jahre seit dem letzten April, lebe ich hier bei Tahereh, als ihr Sohn. Vor zwei Jahren hat sie mir zum ersten Mal erlaubt, zeitweise in die Welt der Lebenden zu gehen. Ich habe mich überall in Antiquerra umgesehen, beobachtet und heimlich geforscht. Nur wenige sahen mich …«, Niven sah die Vampire an, »… außer euch.«

Thure nickte in Erinnerung an diese Begegnung. »Wo hast du so gut Bogenschießen gelernt, dass du uns alle fünf in Schach halten konntest?«

»Bei einem Kentauren, der in den Bergen von Adarun lebt.« Niven lächelte und wurde gleich wieder ernst. »Mit seiner Hilfe habe ich herausgefunden, dass ich nicht Tarehs Sohn bin, wie ich all die Jahre glaubte.« Er holte tief Luft. »Mihai, ich bin der Sohn deiner Schwester Ava. Kaum vier Wochen alt wurde ich vom Drachen Numir meiner Mutter entrissen und in die Arme Tarehs gelegt.«

»Was?« Mihai sprang überrascht auf.

Meister Kieran sah zu Luczin und nicke. »Wir haben es vermutet. Du bist ein Fata, so wie Lena.«

»Ja«, bestätigte Niven. »Ich habe es verschwiegen, weil ich glaubte, es würde euer Misstrauen mir gegenüber noch mehr nähren. Immerhin lebe ich bei ihr, der Dunklen.«

»Du hast bisher nicht viel Freundschaft erfahren, nicht wahr?« Lena drückte seine Hand. Sie konnte nachfühlen, wie das war. In der Menschenwelt hatte sie selbst auch keine echten Freunde. Erst hier hatte sie diese gefunden.

Niven zog Lena an sich. »Das ist wahr.« Sein Gesicht verdüsterte sich. »Nach und nach habe ich die ganze Wahrheit herausbekommen, und es lastet auf mir, dass ich die Ursache war für den Streit zwischen Tareh und Alyssa. Die Strahlenkönigin wollte ihre Schwester zwingen, mich wieder in die Welt der Lebenden zurückzubringen. Tareh hat sich geweigert und Alyssa fesseln und nach Mortadam bringen lassen.«

»Du bist nicht schuld«, sagte Mihai schnell.

»Du musst Tareh hassen …« Briann sah Niven lauernd an.

Niven schüttelte den Kopf. »Nur zu Anfang, als mir meine Herkunft klar wurde. Jetzt nicht mehr. Tareh ertrug ihre

Einsamkeit nicht mehr, deshalb hat sie mich geraubt. Sie hat mich als ihren Sohn aufgezogen. Ich weiß, dass sie mich auf ihre Art liebt.«

»Typisches Opferverhalten, geradezu klassisch«, murmelte Briann. Er durchbohrte Niven mit seinem Blick. »Wie fühlt sich das an, diejenige zu verraten, die dich doch so liebend aufgezogen hat?«

Ohne Zweifel traf Briann einen heiklen Punkt. Die Farbe wich aus Nivens Gesicht, und er reagierte schroff. »Es ist kein Verrat. Ich schütze damit nicht nur uns, sondern auch sie vor dem Untergang. Und ja, es schmerzt, dass ich nicht mit Tahereh reden kann, zufrieden?«

»Nein, aber ich begnüge mich. Wir brauchen ja auch Gesprächsstoff, wenn wir hier heraus sind. So eine Reinigung braucht Zeit.« Brianns Augen funkelten in Vorfreude auf die Zeit, da er Nivens Psyche auseinandernehmen konnte.

»Ah, ich verstehe. Du willst eine Gefühlsexplosion aus mir herauslocken, so als Ersatz für mein Blut, das du dir versagst.« Niven grinste Briann an. Plötzlich wirkte sein Gesicht wieder verschlossen. »Meinetwegen, wenn ich hier lebend herauskomme.«

Gustav, der die ganze Zeit still zugehört hatte, horchte auf. »Fürchtest du, dass Tahereh dich tötet, wenn sie erkennt, was gespielt wird.«

Niven zuckte mit den Schultern, um anzudeuten, dass alles möglich war. Mihai ging rasch auf ihn zu und umfasste seine Schultern. »Bei der Strahlenkönigin, das darf nicht passieren. Ich habe dich gerade erst gefunden.«

Meister Kieran hob die Stimme. »Erzähle uns von deinem Plan, Niven. Wenn er Lücken hat, werden wir sie finden.«

Niven nickte. »Sobald ich von Lena die Schmetterlingsbotschaft erhalte, die besagt, dass alle auf dem Rückweg sind, gehe ich in den Lapislazulipalast und erwarte Tahereh wie üblich im großen Saal.«

»Wie sieht dieser Saal aus? Gibt es Bedienstete?«

»Zur Zeit von Taherehs Heimkehr aus der Welt der Lebenden sind keine dienstbaren Geister um uns herum. Wenn Tahereh kommt, will sie nur mich sehen.« Nivens Blick richtete sich in die Ferne. »Der Saal ist groß und schön. Der Fußboden besteht aus gestampfter Erde, die den felsigen Untergrund ausgleicht. Die Wände und die gewölbte hohe Decke sind aus tiefblauem, mit goldenen Adern durchzogenem Lapislazuli. Hunderte Kerzen brennen in kristallenen Kronleuchtern. In ihrem Licht schimmert das Gestein in unbeschreiblicher Schönheit. Schade, dass ihr keinen Blick dort hineinwerfen könnt.« Er schwieg, bis Kieran ihn aufforderte, weiter zu reden. »In der Mitte des Raumes, zwischen ein paar Säulen steht eine Récamiere. Dort wird sich Tahereh hinlegen und Wein mit mir trinken. Ich spiele ihr dabei wie immer auf meiner Mundharmonika vor. Meine Musik macht sie froh und traurig zugleich. Sie weint dann oft, und ihre Tränen fallen als Perlen in die Wasserkanäle ringsum. Von da fließen sie in einen von Tropfsteinen eingefassten Teich. Durch einen Ablauf werden die Tränenperlen unter die Erde gespült und gelangen irgendwann in den Tränenfluss Lacrimoa.«

Niven schwieg und streichelte Lenas Hand.

»Was ist mit dem Schlüssel?«, fragte Luczin.

»Neben einer Tür, die zu meiner Kammer führt, steht eine Anrichte aus Eichenholz, die mit geschnitzten Totenköpfen und Figuren geschmückt ist. Bis Tahereh kommt, richte ich dort den Wein für sie vor. Auf dem Möbel steht auch eine winzige Schale aus Messing, in die Tahereh nach ihrer Ankunft den Schlüssel zum Tor der Freiheit hineinlegt. Den muss ich mir unbemerkt holen. Das kann ich nur, wenn sie schläft, und deshalb werde ich ihr ein Schlafmittel in den Wein tun.«

»Du tust es in ihr Glas?«

»Ja, wenn sie ruht und mir den Rücken zudreht.« Nivens Stimme klang gequält.

»Sie wird nur schlafen, nicht sterben«, sagte Briann.

Niven nickte und seufzte dann. »Sie wird mich hassen.«

Aus dem hinteren Teil der Höhle erklang eine schwache Stimme. »Du gehörst zu den Lebenden, nicht hierher.«

Alle sprangen auf und gingen zu Alrik hinüber. Er hatte sich mit Darians Hilfe aufgerichtet. Alrik war noch schwach, aber eindeutig wieder da.

»Er schafft es«, sagte der Vampir lächelnd.

Lena fühlte sich so froh. Sie hatte eine Sorge weniger. Doch ihr Herz zitterte nun um Niven. Als er am Abend ging, legte sie ihre Arme um seinen Hals. »Ich will dich nicht verlieren.«

Er erwiderte nichts, drückte sie nur an sich und küsste sie voller Zärtlichkeit.

HÖHENFLÜGE

Alriks Genesung machte nun rasche Fortschritte. Bald konnte er mit Darians Hilfe in der Höhle umherwandern. Die Wunde an seiner Schulter vernarbte, sogar besser als die von Finley.

»Das kommt von Darians Blut. Da es ihn nicht getötet hat, entfaltet es jetzt seine Heilwirkung«, sagte Briann.

Alrik stöhnte. »Ich rate trotzdem zu der langsameren Methode, die ist weit weniger anstrengend. Ich fühle mich wie Gummi und in meinen Augen klopft es.«

Auch dafür hatte Darian eine Erklärung. »Nachtsicht! Mein Freund, bald wird dein Blick die Nacht durchdringen, wie der unsere. Du gewöhnst dich daran.«

Am letzten Oktobertag zeigte sich Luczin mit der frischen, rosa Vernarbung von Finleys Wunde endlich zufrieden. Er zog an seinem Bauch, bis dieser gequält aufschrie.

Luczin grinste ihn an.

»Freu dich! Eine Nacht noch bis zu deiner ersten Flugstunde.«

Am nächsten Morgen wuselte Gustav gleich in der Früh um Finley herum, um seinen Bauch fest in die breiten Bänder zu wickeln, die Niven ihm besorgt hatte.

Finley jappte. »Willst du, dass ich schon vor dem Flug ohnmächtig werde? Mann, ich krieg ja kaum Luft.«

»Briann hat gesagt, muss fest sein.«

»Aber doch nicht so, dass mir die Sinne schwinden. Wie soll ich da seine Flugkünste würdigen?«

Briann kam herüber und klopfte Finley auf die Schulter. »Keine Sorge, ich lass dich schon fallen.«

»Ein Seil! Hat jemand ein Seil? Briann hat Angst, mich zu verlieren«, rief Finley in fast echter Verzweiflung.

Während Finley in seiner Aufregung alle erheiterte, stand Niven mit Lena ein wenig abseits. Sie umarmten und küssten sich, als sei dies ein Abschied für immer. Als die Vampire und Finley aufbruchbereit waren, zog er sie noch einmal fest an sich und übergab sie dann Luczin. »Pass auf sie auf, hörst du!«

»In meinem Arm wird es ihr gut gehen.«

Nachdem Finley und Lena die guten Wünsche für den Erfolg ihrer Sache entgegengenommen hatten, gingen alle nach draußen. Meister Kieran lief neben Luczin und redete aufgeregt auf ihn ein. Er versprach, auf die Fluchhexen zu achten und im Notfall Bannzauber auf sie zu werfen. Luczin blieb gelassen. Er glaubte, dass die Hexen innerhalb des Waldes gebunden waren. Diese Idee hatte er schon kurz nach dem denkwürdigen Kampftag geäußert, weil keiner der Angreifer aus dem Wald herausgetreten war.

Darian legte beruhigend eine Hand auf die Schulter von Kieran. »Sie wissen, was sie tun. Bannzauber sind gefährlich. Sie könnten die Falschen treffen.«

Vico, Luczin, Briann und Thure stellten sich draußen vor der Höhle auf. Briann legte einen Arm um Finleys Hüfte und dieser hob seine Arme um Brianns Hals.

»Versteh das bloß nicht falsch«, murmelte Finley.

»Wie soll ich es denn verstehen?«

»Ich gehöre zu Cara.«

»Im Augenblick nicht! Bei allen Höllenkreaturen, bis du knochig. Und blutarm obendrein. Kopf runter!« Briann grinste und drückte auf Finleys Hinterkopf, damit er besser über ihn hinaussehen konnte.

Luczin nahm Lenas Arme und legte sie um seinen Hals. Er zog sie fest an seinen Körper. »Bereit?«, fragte er.

Sie nickte. Sprechen konnte sie nicht. Das Herz klopfte ihr bis zum Hals. Lena fühlte, wie Luczin ihren zitternden Körper fester an sich presste und ihren Kopf an seine Schulter bettete. Ein leises Lachen stieg aus seiner Kehle.

»Na also, geht doch«, flüsterte er in ihr Ohr.

Lena hörte noch Finleys erschrockenen Schrei, dann sauste sie mit Luczin auch schon hoch in die Luft. In unglaublicher Geschwindigkeit flogen sie über den Hexenwald. Der Wind zerrte an Lenas Haaren. Sie atmete den Duft von Luczins Haut, spürte seinen kraftvollen Körper und seinen Arm, der sie hielt. Es war nicht unangenehm, fast sogar beruhigend. Lenas Anspannung blieb dennoch bestehen. Erst als sie nach einiger Zeit hinter dem Wald der Erde zustrebten, atmete sie auf. Niemand hatte sie angegriffen. Es schien geschafft.

Die freie Fläche ähnelte der Bergwiese, auf der sie gestartet waren. Es ging nur steiler bergan. Das Gelände zog sich bis zu den zerklüfteten, fingerähnlich aneinandergereihten Bergen, welche den Steilhang begrenzten. Ein einzelner großer Felsbrocken lehnte an der rechten Bergseite. Hohe Tannen umgaben ihn und boten ein wenig Schutz. Sie landeten ganz in der Nähe und rannten hinüber, um sich dort zu verbergen. Lena lehnte sich an den Felsen und schnaufte erst einmal aus. Die Vampire horchten voller Konzentration in die Umgebung hinein.

Luczin fasste ihre Wahrnehmungen zusammen. »Im Hexenwald ist Bewegung, aber nichts drängt heraus. Die Dämonen sind eher träge. Ich glaube, die haben nichts mitbekommen.«

Die Haltung der Männer entspannte sich.

Finley klopfte Briann auf die Schulter. »He, das war gut. Scharfer Wind dort oben, aber echt gut!« Er schaute zu Lena. »Alles in Ordnung mit dir?«

»Ja.« Lena schlug die Augen nieder. Luczin, der ihr gegenüber an einem Baumstamm lehnte, sah sie auf einmal so eigenartig forschend an. Sein Blick machte sie nervös. Die Erinnerung an seinen starken Arm, der sie so sicher gehalten hatte, war ihr noch vollkommen präsent. Besser, sie dachte darüber nicht nach. Außerdem wollte Lena jetzt weiter, endlich den Weg der Dornen nach Mortadam gehen, es hinter sich bringen, bevor sie womöglich der Mut verließ. »Wir sollten weiter, den Eingang suchen«, sagte sie deshalb.

»Deine Definition von *wir* ist nicht ganz richtig«, erwiderte Briann. »Denn *du* bleibst erst einmal hier bei Luczin. Finley wird mit mir suchen, und Thure mit Vico. Wir müssen uns aufteilen. Das erste Tor auf dem Weg nach Mortadam kann hier überall zwischen den Bergen sein, und erst dann, wenn wir die Umgebung und den Wächter in Augenschein genommen haben, holen wir dich.«

Luczin grinste, als Lena aufbegehren wollte, es dann aber mit einem Seufzer unterließ.

Briann runzelte die Stirn und kniff die Augen zusammen. »Luczin, wäre es besser, wenn du mit Finley gehst und ich bleibe bei Lena?«, fragte er scharf.

»Geh du nur. Ich habe hier alles im Griff«, erwiderte Luczin, ohne die Augen von Lena abzuwenden.

»Hoffentlich auch dich selbst!«, murmelte Briann.

Luczin nickte seinem Freund zu. »Sicher«, gab er lässig zurück. »Jetzt geht schon.«

Brianns Gesicht wirkte verschlossen, als er Thure und Vico in knappem Befehlston die rechte Gebirgshälfte für ihre Suche zuwies.

Die beiden machten sich ohne Gemütsregung auf den Weg.

Briann selbst stieg – nach einer auffordernden Kopfbewegung zu Finley hin – halb links den Berg hoch.

»Wir sind sicher bald zurück.« Finley drückte Lena noch schnell an sich, weil er ihre Unruhe bemerkte. Dann lief er dem Vampir hinterher. »Briann, so warte doch. Himmel, nur weil ich Lichtmagier bin, heißt das noch lange nicht, dass ich auch mit Lichtgeschwindigkeit laufen kann.«

Briann blieb stehen und sah zu, wie Finley einen Arm vor seinen Bauch presste und heranhechelte.

»Was ist? Sind deine Füße auch verletzt? Vielleicht sollte ich dich doch endlich beißen, damit du ein bisschen mehr auf Trab kommst.«

»Bin blutarm, hast du selbst gesagt, also bemüh dich nicht. Außerdem, was ist dir denn für eine Laus über die Leber gelaufen. Bist ja grässlich gelaunt.«

Der Vampir schnaubte und lief weiter.

»Briann! Verdammt!«

Briann drehte sich um und stemmte die Arme in die Hüften. »Was?« Er rollte die Augen, als er Finley beobachtete. Der junge Mann versuchte, die steile Anhöhe auf allen Vieren zu bewältigen, rutschte aber immer wieder ein Stück ab.

»Mann, bin ich vielleicht dein Schleppdienst?« Briann kam zurück, fast ohne den Boden zu berühren. Er packte Finley unter den Arm und verschwand mit ihm hinter den Felsketten des Gebirges.

Lena schaute den beiden nach, bis ihre Stimmen verhallten und nichts mehr von ihnen zu sehen war. Dann wandte sie sich suchend zur anderen Seite, doch Thure und Vico waren längst hinter den Bergen verschwunden. Jetzt blieb nichts, als zu warten. Lena lehnte sich mit hinter dem Rücken verschränkten Armen an den Felsen. Als sie aufsah, kreuzte sich ihr Blick mit dem von Luczin. Er stand ihr noch immer gegenüber, nur ein paar Schritte entfernt. Mit seinem abgewinkelten Arm stützte er sich locker am Baum ab. Die selbstbewusste

Männlichkeit, welche er ausstrahlte, und das Lächeln, mit dem er sie ansah, machten sie nervös. Lenas Puls trieb in die Höhe. Luczin schien ihre Unruhe zu genießen, und sie wandte sich schnell ab. Nach einer Weile fing ihr Fuß an, auf dem grobsandigen Boden Kreise und Bögen zu malen. Luczins Lächeln wurde breiter.

»Was ist?« fragte Lena und schrubbte mit ihrer Sandale so heftig über den Boden, dass es staubte.

»Du fürchtest dich mit mir allein zu sein«, erwiderte er.

»Wie kommst du auf so etwas?«

»Es knistert zwischen uns.«

»Muss wohl mein Mantel sein.«

Luczin lachte ein Lachen, das tief aus dem Innersten seines Wesens zu kommen schien. Mit einer geschmeidigen Bewegung trat er nahe an Lena heran. Zärtlich hob er ihr Kinn an. Mit seinem Arm umfasste er ihre Taille, um sie an seinen Körper heranzuziehen. In Lenas Kopf schlug eine warnende Stimme Alarm, gebot Abstand zu halten. Ihre Hände taten genau das Gegenteil. Sie wanderten an Luczins Brust entlang, fühlten unter seiner Kleidung die kraftvollen Muskeln und klammerten sich an seiner Schulter fest.

Luczin sah sie an, strich über ihr Haar und unternahm nicht den kleinsten Versuch, sie zu beeinflussen. In seinem Blick lag nichts als Zuneigung.

Er lächelte. »Siehst du, wie es uns zueinander zieht?«

Lena kam sich vor wie eine Betrügerin. Sie dachte an Niven und seine Küsse. Nivens Berührungen ließen die Schmetterlinge in ihrem Bauch jedes Mal sanft flattern. In Luczins Armen dagegen gerieten sie so in Aufruhr, dass es Lena zittern machte. Sie klammerte sich an ihn. »Ja, es zieht uns zueinander. Doch es darf nicht sein. Nicht so, wie du willst. Du weißt es. Es würde uns in den Abgrund führen. Dich, mich und Niven.«

Lenas Stimme klang brüchig. Sie empfand für Luczin so starke Gefühle wie für Niven. Doch seine Zärtlichkeit weckte darüber hinaus eine Hitze in ihr, die sie beide in Gefahr brachte. Luczin war ein Vampir. Wie viel Beherrschung musste es ihn kosten, ihr pulsierendes Blut so nah zu spüren und es dennoch zu ignorieren. Wie lange konnte das gut gehen? Wie lange würde es dauern, bis die stetig gewachsene Freundschaft zwischen ihnen zerbrach, weil keiner aus seiner Haut konnte? Verzweifelt barg sie den Kopf an seiner Schulter. Ihr Herz klopfte wild und ihre Hand wühlte in seinem Haar, leise bebend. Sie spürte seine Liebe, und es trieb ihr die Tränen in die Augen. Luczin schien ihren Zwiespalt zu spüren. Entschlossen nahm er ihre Arme und schob sie ein Stück von sich weg. Als er sie ansah, wurde das klare Blau seiner Augen trüb wie die Wasser eines verschlammten Sees. Selbst sein Lächeln konnte nicht über den Schmerz hinwegtäuschen, der sich darin spiegelte.

»Ich kann es dich vergessen lassen.«

»Nein, das will ich nicht. Es ist wahr. Niven ist es, für den ich mich entscheide. Wir wissen es beide, und doch bist auch du in meinem Herzen, Luczin. So nah. Kein Vergessen kann das ändern.« Lena wurde ruhiger. Sie hob die Hand und strich zärtlich über seine Wange, seufzte. »Du hast mir einen wunderschönen Augenblick geschenkt. Den will ich bewahren. Nein, kein Vergessen.« Eine Träne bahnte sich den Weg aus ihrem Auge. »Bist du mir als Freund verloren, Luczin?«

Luczin wickelte sich eine ihrer Locken um seinen Finger und ließ wieder los. »Niven ist ein Glückspilz«, murmelte er. Dann atmete er tief durch und wies zum Berg. »Sie haben den Eingang gefunden.«

Von der linken Bergseite stiegen Briann, Finley, Thure und Vico den Abhang herunter und kurze Zeit später waren sie bei ihnen. Finleys Gesicht zeigte Sorge, doch Brianns Laune schien sich gebessert zu haben.

»Der Eingang ist nicht weit von hier. Dort drüben, hinter dem ersten Berg, der aussieht wie eine Faust«, sagte Briann und wies halb links auf eine Felsgruppe.

»Bewacht von einem grimmigen Monstrum«, warf Finley ein.

»Streicht ihm den Bart, dann wird der sanft wie ein Lamm«, sagte Thure.

Lena ließ sich von Thures Worten nicht täuschen. Die Blicke, welche die Vampire Luczin zuwarfen, sprachen Bände. Briann sah kurz zu ihr hin und legte dann die Hand auf Finleys Schulter.

»Ihr werdet das schaffen. Du hast Mut, mein Freund. Sie auch, und Hölle, dass das über meine Lippen kommt ... aber es ist mir eine Ehre, dass ich Lena und dich bis hierher begleiten konnte.«

Finley seufzte. »Dann los! Bevor du deine Worte bereust und mich wieder triezt, weil ich den Berg höchstens herunter, aber nicht hinauffliegen kann.«

Die Vampire grinsten. Briann packte den überraschten Finley unter seinen Arm und flog mit ihm die Anhöhe hinauf. Luczin trug Lena, und kurz darauf landeten sie an einer versteckten Stelle vor dem ersten Tor nach Mortadam.

WEG DER DORNEN

Briann deutete nach vorne. Eine Steilwand grenzte die Landschaft wie eine unüberwindliche Barriere ab. In nicht enden wollender Höhe streckte sie sich dem Himmel entgegen. Nirgends gab es einen Hinweis auf das, was dahinter lag. Gab es überhaupt etwas dahinter? Lena grübelte. Mortadam konnte auch in dieser Wand eingeschlossen sein. Ein wuchtiges, eisernes Tor schien wie in den Stein hineingerammt. Vielleicht führte es in das Bergmassiv hinein und nicht hindurch. Außen herum rankte sich dorniges Gestrüpp und verstärkte den abwehrenden Eindruck.

Im Gelände davor verteilten sich viele große Steinbrocken. In deren Schutz schlich Lena mit Finley und den Vampiren näher heran. Etwa fünfhundert Schritte vor der Steilwand ragte die größte Felsengruppe auf. Dahinter verbargen sie sich. Lena reckte den Hals, um sich den Wächter anzusehen, der vor dem Tor auf- und ab ging. Bei seinem Anblick bildete sich ein Kloß in ihrem Hals. Sie schluckte und schaute zu Finley, der an ihrer Seite kauerte. Er schien genauso angespannt zu sein wie sie selbst.

Lena ergriff seinen Arm und beugte sich nah an sein Ohr. »Finn! Das Tor ist über und über mit magischen Zeichen bedeckt. Was, wenn der Wächter uns nicht hineinlässt?«

Luczin legte blitzschnell die Hand über ihren Mund. »Pst!«

»Verdammte Hieroglyphen. Sind mir alle unbekannt«, flüsterte Finley und erntete prompt eine Kopfnuss von Briann.

Sie hielten den Mund.

Die Vampire schickten ihre Sinne aus, um Wächter und Umgebung einer letzten Prüfung zu unterziehen. Nach einer Weile ergriff Luczin leise das Wort.

»Der Kerl ist noch jung, ein Dämonensoldat, befolgt Befehle, handelt aber nicht eigenmächtig. Das ist die gute Nachricht. Trotzdem betrachtet er seinen Willen als eine Art Gesetz. Seid vorsichtig, was ihr zu ihm sagt.« Für einen winzigen Moment stand eine Sorgenfalte auf Luczins Stirn. »Weder das Tor noch der Berg lassen Energie heraus, alles hermetisch geschlossen. Wir können euch keinen Hinweis geben auf das, was dahinter ist.« Luczin sah Lena an. Sein Blick streichelte kaum wahrnehmbar ihre Gestalt, schweifte hinüber zu Finley und blieb an der oberen Torwölbung in der Steilwand hängen. Dann sah er die beiden wieder an. »Unsere Hilfe endet hier. Ungewollt, wie ihr wisst. Vielleicht solltet ihr noch ein bisschen warten. Euch sammeln, bevor ihr geht. Es gibt kein Zurück, wenn ihr hinter diesem Felsen hervortretet.«

Lena schüttelte den Kopf, ohne Luczin dabei anzusehen. Er war vorhin ihrer Frage ausgewichen und jetzt, da der Abschied bevorstand, fühlte sie eine tiefe Trauer. Sie verlor ihn. Es zerriss ihr das Herz.

Finley atmete tief durch und griff nach Lenas Hand. »Bringen wir es zu Ende.« Er sah die Vampire der Reihe nach an. »Es ist soweit. Unsere Wege trennen sich.« Mahnend hob er den Finger. »Ich bitte sehr darum, dass wir uns vollzählig wiedersehen. Also macht keine Dummheiten, wenn ihr über den Hexenwald zu den anderen zurückfliegt.«

Natürlich war der Rückflug der Vampire weit weniger gefährlich als der Weg, der vor Finley und Lena lag. Briann nickte trotzdem. Er wollte hier mit seinen Gefährten warten, bis sie beide durch das Tor getreten waren, und dann zurückfliegen. Briann deutete nach hinten ins Gelände und beschrieb eine Wegschleife, die in weitem Bogen an dem Felsen vorbeiführte, hinter dem sie sich versteckten. »Der Wächter soll denken, dass ihr allein gekommen seid. Geht dort lang, zwischen den drei Felsen durch und dann rechts herüber bis zum Tor.« Finley und Lena nickten. Briann legte seine Hände auf ihre Schultern. »Möge das Glück euch begleiten, Freunde. Holt Cara da raus und bringt uns die Strahlenkönigin zurück.«

Luczin zog Lena unvermittelt zu sich heran. Er flüsterte in ihr Ohr. »Ich bin dein Freund und ich bleibe dein Freund. Immer. Ewig. Kein Vergessen.«

Lena lehnte ihren Kopf an seine Schulter und schloss für einen Moment die Augen. »Ich bin so froh«, hauchte sie. Alles war gut. Jetzt konnte sie leichten Schrittes gehen. Lächelnd hob sie Luczin ihr Gesicht entgegen und drückte ihm einen Kuss auf die Wange. Dann schweifte ihr Blick noch einmal über die Vampirgruppe. Sie hob die Hand zum Gruß und machte sich mit dem Lichtmagier Finley auf den Weg. Nicht ein einziges Mal sah sie zurück. Als Finley mit ihr in einem weiten Bogen auf das eiserne Tor in der Steilwand zustrebte, drückte er ihre Hand.

»Was ist zwischen dir und Luczin?«, fragte er leise.

»Er ist mein Freund. Ich liebe ihn.«

»Und Niven?«

»Unsere Seelen und unsere Herzen sind verbunden.«

»Ein wenig kompliziert das Ganze …«

»Nein, nicht mehr. Ich bin im Frieden.«

Der Wächter wurde auf sie aufmerksam. Er wandte ihnen das Gesicht zu und beobachtete mit grimmiger Mine jeden ihrer Schritte. Lenas Hände wurden vor Aufregung feucht. Nur nichts anmerken lassen! Aus der Stirn des Wächters ragten zwei kleine Beulen. Keine Hörner. Hatte sich das Dämonische in ihm noch nicht ausgebildet? Er maß gut zwei Meter und seine Haut sah aus wie Leder. Sie war mit Warzen übersät. Sein ärmelloses Panzerhemd schnitt ihm an der Schulter ein, was die muskulösen Arme noch mehr betonte.

Er zeigte mit dem Finger auf sie. »Was wollt ihr?«

Sie verneigten sich, und Lena deutete auf den Eingang. Es fiel ihr nicht leicht, das Zittern in ihrer Stimme zu unterdrücken. »Wir möchten durch das Tor gehen.«

Der Wächter warf den Kopf zurück und lachte aus vollem Hals. Seine Stimme dröhnte. »Ihr müsst verrückt sein.« Völlig abrupt wurde er still und zuckte die Schultern. »Ist eure Sache. Waffen her!« Seine kleinen Schweinsaugen taxierten sie lauernd von Kopf bis Fuß. Finley zog zögernd sein Schwert aus der Rückenscheide. Der Wächter riss es ihm aus der Hand und hievte es sich über seinen Nacken. Gleich darauf trat er einen Schritt auf Lena zu und streckte ungeduldig die Hand aus. »Nun mach schon, ich weiß, wo du es hast.« Lena kramte in der Tasche ihres Umhangs und reichte ihm das kleine Messer, das Finley ihr gegeben hatte, als die Saxer angriffen. Der Wächter begutachtete das Messer und steckte es ein. Dann sah er zu Finley und seine Augen verengten sich drohend. »Mein Wegzoll!«

»Was soll das? Du hast unsere Waffen«, wagte Finley zu widersprechen. Als Antwort schwang der Wächter das erbeutete Schwert über dem Kopf und hieb es dann hinter sich in die Erde. Er nahm Finleys Gesicht in seine breiten Pranken, schaute in seinen Mund und tastete seinen Körper ab. Er prüfte Finns Bizeps, als ob er abschätzen wollte, für wie viel Geld sich sein Opfer wohl verkaufen ließe. Er schien nicht sonderlich zufrieden. Irgendwann lüpfte er Finleys Fuß und maß seine Schuhe. Er zerrte daran, sodass Finn umgefallen wäre, wenn Lena ihn nicht gehalten hätte.

»Sei doch nicht so grob, ich gebe sie dir ja freiwillig.« Finley zog seufzend seine Schuhe aus und gab sie her.

Der Wächter schien zufrieden, aber nur mit ihm. Er wandte sich an Lena und behandelte auch sie nicht gerade zimperlich.

Er betatschte sie mit seinen groben Händen, zerrte an ihrem Haar und fuchtelte plötzlich mit einer großen Schere vor ihrer Nase. Das Ungeheuer wickelte ihre blonden Locken um seine Faust und schnitt sie ab. Mit einer spöttischen Verbeugung deutete der Wächter danach auf das sich öffnende Tor. Er schubste Lena und Finley hart hinein. Während das Tor sich schloss, ging er bereits wieder wie vorher auf und ab. Nur, dass er jetzt Finleys Schwert mit den darüber gebunden Schuhen über der Schulter trug und sich mit Lenas Haar das Gesicht wischte.

Lena prallte auf Finley und stolperte mit ihm umeinander. Beide versuchten, sich gegenseitig zu halten, um nicht zu stürzen. Hinter ihnen schloss sich das Tor mit einem dumpfen, vibrierenden Ton. Als Lena ihr Gleichgewicht endlich wiederfand, ließ Finley sie los. Er tastete über seine Schulter, fluchte. Das Schwert war ihm tatsächlich genommen. Ein Blick auf seine nackten Füße stimmte ihn nicht milder.

Lena realisierte noch kaum, wo sie war. Sie fingerte an den kurzen Stoppeln herum, die sie jetzt statt ihrer langen Haare auf dem Kopf spürte. Tränen sammelten sich in ihren Augen. Bestimmt sah sie total zerrupft aus.

Finley versuchte, sie zu trösten. »Na ja, war nicht der beste Friseur. Aber trotzdem ganz nett.«

Lena zwang sich, die Finger aus ihren Haaren zu nehmen. Sie wischte sich über die Augen und sah sich um. Das Tor hinter ihr war nicht mehr zu sehen, nur nackter Fels, der sich endlos nach oben hin ausdehnte. Vor ihr lag ein Waldweg. Die Bäume und Sträucher rechts und links schimmerten dunkel im blassen Licht einer rötlichen Scheibe, die vom nächtlichen Himmel schien. Das war eigenartig, denn draußen vor dem

Tor war es noch Tag gewesen. In der Ferne rief ein Kauz. Es weckte eine Erinnerung.

Finley ergriff ihre Hand und wies auf den Weg. »Gehen wir. Der zweite Torwächter brennt schon auf uns, den sollten wir nicht warten lassen … was ist? Komm schon, viel schlimmer als der Erste kann er nicht sein.«

Lena schüttelte den Kopf. »Nicht auf diesem Weg. Das hier ist der Wald aus meinem Traum. Erinnerst du dich? Ich hatte ihn dir und Cara erzählt. Wir müssen da rüber.« Sie wies links die Böschung hinauf.

»Lena, ich bin barfuß! Der Waldweg ist schlimm genug, aber das? Sieh dir die Dornenhecken an. Die lechzen schon nach meinem Blut, und bestimmt gibt es dort jede Menge spitze Steine und Holzsplitter von den Baumstümpfen …«

»Finn, es tut mir unendlich leid. Aber wir müssen da rauf, ich bin ganz sicher.« Lena fing an, Streifen vom Rocksaum ihres Kleides zu reißen. Sie bandagierte damit Finleys Füße. »Nicht so gut wie Schuhe, aber besser als barfuß.«

»Wenn das Madame Berthe wüsste. Das schöne Kleid …«, sagte Finley bedauernd. »Ich komme mir langsam vor wie eine Mumie. Bandagen am Bauch und Bandagen an den Füßen.«

Sie liefen die Böschung hinauf. Wie schlafwandlerisch fand Lena den Pfad, der kaum sichtbar zwischen Hecken und Bäumen hindurchführte. Alles passte. Dornen hakten sich in ihre Kleidung und ritzten ihre Haut. Immer wieder musste sie sich losreißen. Sogar der Gestank, der vom Boden aufstieg, war wie in ihrem Traum. Finley ging hinter ihr und gab verhaltene Schmerzenslaute von sich.

Die Waldeule rief noch einmal.

Lena drehte sich zu Finley um. »Siehst du, wir sind richtig!«

Finley hielt sich die Hand vor die Nase. »Hier riecht es überall nach Dämonenschweiß. Ekelhaft!« Er stöhnte auf, schwankte, weil sich etwas durch die Bandagen in seine Füße bohrte. Lena blieb stehen. Finley hielt sich an ihrer Schulter fest, entfernte den Dorn und humpelte weiter. »Ich will Cara finden.«

Wieder rief der Kauz. Lena und Finley folgten seinem Ruf, bis sie zwischen den Bäumen das zweite Tor sahen. Es war groß und machtvoll wie der Eingang, durch den sie auf den Weg der Dornen gelangt waren. Der Wächter davor sah noch ein wenig feister und grimmiger aus als der erste. Lena versteckte sich mit Finley zwischen einer dichten Baumgruppe, um auszuschnaufen.

Nach kurzer Zeit schob Lena ein paar der herunterhängenden Zweige auseinander. Der Wächter saß seitlich vor dem magischen Tor auf einem Steinbrocken. Mit seinem breiten Kopf und dem kurzen Hals erweckte er den Eindruck eines angriffsbereiten Stiers. Sein Gesicht erschien fleckig und hubbelig wie eine Warzenmelone. Aus der Stirn ragten zwei kleine, dicke Hörner. Sie wurden halb verdeckt von seinem zotteligen Haar, das genauso vom Kopf abstand wie seine Ohren, in denen er mit seinen krallenartigen Pranken herumstocherte. An seinem rechten kleinen Finger schimmerte ein großer Ring aus Lapislazuli. Der Wächter trug ein Panzerhemd. Es erinnerte an den Rückenschild einer Schildkröte, bedeckte seinen massigen Körper bis fast zum Knie. Die muskulösen Arme und Beine des Monsters waren nackt, mit lederartiger Haut überzogen und wie das Gesicht von Warzen übersät.

Lena erschauerte. »Ich bekomme die Krise, wenn der mich anfasst.«

»Das muss der Bruder von dem anderen da draußen sein.«

»Ja, aber eindeutig ein ausgewachsener Dämon«, regte sich Lena auf. »Finn, wir müssen uns etwas überlegen!«

»Vielleicht ist er ja mit Geld zufrieden. Wie viele Feenys hast du denn, Lena?«

Beide kramten in ihren Beuteln. Das letzte Geld hatten sie dem Fährmann für die Überfahrt geben müssen und der Same für den nächsten Feeny war damals noch nicht ausgereift. Nun hatte Taherehs Perle mangels Grundsubstanz für jeden nur einen halb ausgebildeten Feeny hervorgebracht.

Lena sank in sich zusammen. »Das reicht dem bestimmt nicht.«

»Du kannst noch dein Essen anbieten, meins reicht ja für uns beide. Oder wir geben ihm unsere Umhänge. Ach nein, das geht ja nicht. Wir würden auffallen.« Finley seufzte, dann kam ihm noch eine Idee. »Schmuck! Du hast doch den Glücksbringer von deiner Großmutter und den Schlüssel um deinen Hals. Ich kann ihm auch noch meine Haare geben, wenn es sein muss. Die stehen ihm bestimmt besser als die Zotteln, die er hat. Komm, hilft ja alles nichts, wir müssen durch das Tor.«

Lena schnaufte noch einmal kurz durch. Dann trat sie mit Finley entschlossen hinter den Bäumen vor. Hand in Hand gingen sie auf den Wächter zu. Der regte sich kaum, als er sie sah, doch seine dunklen Augen funkelten. Lena war sich fast sicher, dass sein Hirn bereits rotierte auf der Suche nach einer Quälerei für sie beide. Bestimmt hatte er sadistische Neigungen. Sie versuchte ihre Angst zu verbergen und verbeugte sich höflich. »Wir möchten durch das Tor gehen. Würdest du es bitte für uns öffnen.« Ihre Stimme zitterte.

»Euch muss der Übermut gepackt haben!«, sagte der Wächter mit dröhnender Stimme und streckte die krallenartige Hand aus. »Ist euer Problem. Mein Wegzoll!«

»Wir haben jeder einen halben Feeny.« Lena kramte schnell in der Tasche ihres Umhangs.

»Pah, Feenys brauch ich nicht«, erwiderte der Wächter.

»Ich hab auch Essen.«

»Sehe kein Kaninchen über deiner Schulter.«

Bevor Lena oder Finley einen weiteren Vorschlag machen konnten, stand der Wächter ächzend von seinem steinernen Hocker auf. Er ging mit vorgerecktem Kopf nahe an Finley heran und pustete ihn mit seinem übel riechenden Atem an.

Fin drehte sein Gesicht zur Seite. Die Augen des Wächters funkelten spöttisch. Er packte ihn am Arm, zerrte und drehte daran, bis Finley aufschrie.

Lena bekam es mit der Angst zu tun. Der Koloss wollte Finleys Arm auskugeln. Schnell trat sie einen Schritt vor. »Du kannst meinen Umhang haben«, lockte sie und vergaß völlig, dass sie den Umhang selbst zur Tarnung brauchte.

»Du redest zu viel«, sagte der Wächter mit einem bösen Grinsen. Er ließ Finley los, packte mit einer Hand Lenas Gesicht und griff mit der anderen in ihren Mund.

»So, die gefällt mir!« Er hielt Lenas Zunge hoch. Sie wollte entsetzt aufschreien, aber es kam nur ein gurgelndes Geräusch aus ihrer Kehle. Der Wächter hatte Lena mit Stummheit geschlagen.

Der grausame Kerl warf ihre Zunge nach hinten, wo sie in einen kleinen Eimer fiel und wandte sich dann wieder an Finley. Der presste voller Panik beide Hände vor den Mund.

Der Wächter lachte und schlug ihn dann unerwartet und heftig mit den flachen Händen vor die Augen. »Pah, was soll ich mit deiner Zunge. Redet doch nur Unsinn. Die da sind viel besser, haben noch so einen schönen erschreckten Ausdruck«, sagte er und schaute befriedigt auf die blauen Augenpaare in seiner Hand.

Voller Verzweiflung schrie Finley auf. »Ich bin blind! Himmel was hast du mir getan.«

»Memme«, schnaubte der Wächter.

Er warf die Augen in den Eimer zu Lenas Zunge und gab beiden einen kräftigen Stoß in den Rücken. Sie flogen durch das sich öffnende Tor und fielen dahinter auf die Erde. Ein paar Augenblicke lang blieben sie beide reglos liegen. Hinter ihnen schloss sich das Tor mit einem dumpfen Knall. Der Boden vibrierte. Dann blieb alles ruhig.

Finley hob den Kopf und lauschte. »Es ist plötzlich so still! Wo sind wir?« Er fuchtelte mit den Händen in der Luft, bis er Lena an der Schulter zu fassen bekam. »Schlimmer hätte es nicht kommen können«, stöhnte er. »Oh Mann, ich könnte den Kerl umbringen für das, was er uns getan hat. Verdammt noch mal, wie soll ich uns da schützen?« Lena stieß röchelnde Laute aus. Finleys Hand rutschte von ihrer Schulter. Er presste ihren Arm, rang um Fassung, tastete sich bis zu ihrer Hand. »Wenn es dir einigermaßen gut geht, drück meine Hand zweimal.« Lena tat es. Er atmete auf. »Gut, wir verständigen uns mit Handzeichen. Einmal drücken heißt nein und zweimal drücken heißt ja. Lena, was siehst du? Die Lichtung aus deinem Traum?« Sie drückte seine Hand zweimal. »Verdammt« sagte er. »Wir müssen aufstehen.«

Beide erhoben sich voller Hast vom Boden, jedoch ohne einander loszulassen. Finley führte Lenas rechten Arm um seine Hüfte und legte seine Linke um ihre Taille.

»Gehen wir«, seufzte er. »Aber du musst mich führen.«

Lena griff nach seiner Hand, die an ihrer Taille lag, und führte ihn in die Lichtung hinein. Hier erschien alles grau, kahl und abgestorben. Eine ebene Fläche, ohne Gras. Nur nackte Erde. Es war unheimlich still, neblig und kalt hier. Die Eule, die sie im Wald gehört hatten, rief nicht mehr. Doch Lena wusste auch so, dass sie hinüber ans andere Ende gehen mussten. Dort ragte hinter dem Nebel eine Mauer auf. Die Strecke bis dorthin schien weit. Lena schaute sich immer wieder nach allen Seiten um. Sie fröstelte. Je tiefer sie in die öde Fläche eintauchten, desto mehr spürte Lena eine feindlich gesinnte Energie. Finleys Hals spannte sich an, weil er angestrengt lauschte. Plötzlich streckte er den freien Arm abwehrend nach vorne. Ein Lichtschein brach aus seinen Fingern, aber schwach nur, als würde der Energiestrom gleich wieder zusammenfallen.

»Etwas Böses braut sich zusammen, hab ich recht?«, flüsterte er. Verzweifelt versuchte er, seine Magie aufrechtzuerhalten. Vor Anstrengung traten die Sehnen an seinem Hals hervor. »Himmel, was ist das für ein Rauschen? Wenn ich nur meine Augen hätte!«

Lena sah plötzlich geisterhafte Wesen aus den Nebeln auftauchen, die sie von allen Seiten drohend umringten. Ein Schrei löste sich aus ihrer Kehle: unartikulierte Geräusche, fremd. Sie hielt den Atem an, presste die Lippen zusammen. Nicht schwach werden. Bei Sinnen bleiben. Lena hob den Arm und versuchte, eine Lichthülle zu schaffen. Aber der Hauch der Geister zehrte an ihrer Kraft. Wie Finley erzeugte auch sie nur einen schwachen Lichtschein. Er drängte die Gestalten nur unwesentlich zurück. Wind kam auf, brachte die Nebel in Wallung. Was war das? In der Luft erklangen Stimmen, zeternd, drohend, heulend.

Finley zuckte zusammen. Das Licht in seinen Händen flackerte, erlosch. Er schrie auf. »Was wollt ihr?«

Die schemenhaften Wesen kreisten sie ein, waberten um sie herum. Sie kamen aus der Erde und aus der Luft, sammelten sich immer wieder zum Angriff, rasten mit offenen Mündern auf sie zu. Ihr eisiger Atemhauch ließ den Boden gefrieren.

Dann erklang ein tief tönendes Grollen. Es schwoll an. Das Erdreich unter ihren Füßen bebte. Lena wurde davon schwindelig. Sie kämpfte um ihr Gleichgewicht. Erde riss auseinander. Eisschollen spritzten hoch. Überall taten sich tiefe Spalten auf. Sie klammerte sich an Finley. Er schrie, wild, verzweifelt. Auch Lenas Mund öffnete sich. Heraus kamen grausige, dumpfe Laute. Mehr nicht. Mit einem Schlag erstarb auch ihr magisches Licht. Tränen rannen ihre Wangen herab, gefroren auf ihrer Haut zu Eis. Es war aus. Vorbei! Wie sollten sie lebend auf die andere Seite kommen? Die Geister raubten all ihre Kraft. So kalt. So eisig kalt. Kein Gefühl mehr in den Gliedern. Lenas Denken erlahmte. War das der Tod?

Finley schlang plötzlich beide Arme um ihren Bauch. Seine Finger bewegten sich und formten magische Zeichen. Schwerfällig, unter größter Anstrengung, aber es schien zu funktionieren. Der Hauch der gierigen Geister, die sie beide in tödliche Kälte hüllten, entfernte sich ein wenig. Lena schöpfte Hoffnung, atmete durch. Die kalte Luft schmerzte in ihren Lungen. Fühlen! Leben! Nur nicht aufgeben. Durchhalten. Sie zwang ihre Beine, bewegte sich mit Finley vorwärts, führte ihn an den Spalten und Rissen in der Erde vorbei. Alle beide streckten sie wieder abwehrend den Arm nach allen Richtungen aus, mühten sich schützendes Licht zu erzeugen. Durchhalten! Ein Schritt nach dem anderen. Dann erklang neben dem Heulen der Geister eine himmlisch anmutende Musik. Die weichen Töne stärkten sie. Ein Gefühl von Wärme auf der Haut. Das Gehen fiel leichter. Der schwache Lichtschein aus ihrer Hand wurde heller und strahlte unvermittelt auf wie eine Sonne.

»Was ist das? Haben wir es geschafft?«, fragte Finley. Seine Stimme klang undeutlich, als wäre sein Mund noch gefroren.

Wie gern hätte Lena geschildert, was sie jetzt sah. Sie drückte seine Hand zweimal und hoffte, dass er begriff. Das letzte Tor lag vor ihnen – Mortadam. Lena konnte rosa Licht sehen, das wärmend zwischen den Ritzen des Tores hervorleuchtete. Sie führte Finley weiter, auf die Musik zu, vorbei an den giftenden Geistern, die nun gezwungen waren, sie durchzulassen. Lena sah den Riegel des Eichentores. Er lag in zwei kunstvoll gearbeiteten Figuren, welche geflügelte Frauenkörper mit einem Schlangenleib darstellten. Es erinnerte sie an den goldenen Gürtel, den sie um die Taille trug und der nun sanft pulsierte.

Langsam hob sich der Riegel aus den Figuren und sie schritt mit Finley durch das unbewachte, sich öffnende Tor. Anders als die zwei vorhergehenden Tore schloss es sich lautlos hinter ihnen. Lena blieb stehen, damit Finley merkte, dass sie angekommen waren. Sie griff an seinen abwehrend ausgestreckten Arm und schob ihn herunter.

»Wir sind da?«, fragte er, und Lena drückte bestätigend seine Hand. »Siehst du Cara irgendwo?« Seine Stimme klang, als wenn er befürchtete, dass alles umsonst war.

Lena zog ihn an sich, in der Hoffnung, ihm damit Mut zu machen. Sie waren ja erst durch das Tor getreten. Ihr Arm lag auf seiner Hüfte und sie drängte ihn weiter. Lena ging nach Gehör, der zärtlichen Musik folgend und vorbei an Ebenholzbäumen mit zwischen den Ästen liegenden Leitern, auf denen festlich gekleidete Wesen ruhten. Sie ließ ihren Blick umherschweifen, doch sie konnte Cara nirgends entdecken. So viele Bäume rechts und links des schmalen Wegs. So viele Abzweigungen. Es würde nicht einfach werden, sie zu finden. Doch vorher mussten sie zur Quelle der Musik, die Strahlenkönigin befreien, und vielleicht konnte dann sie helfen, Cara zu erlösen. Finley neben ihr sagte nichts mehr. Er brummte nur vor sich hin, weil er sich hilflos empfand, angewiesen auf Lenas Beistand. Schwer seufzte er auf und Lena wusste, dass er an Cara dachte und daran, dass er keine Augen hatte, die nach ihr Ausschau halten konnten.

Der schmale, mit winzigen rosa angehauchten Kieselsteinen bedeckte Weg machte jetzt eine leichte Biegung nach links. Die Musik schien sie auf einmal ganz einzuhüllen. Nach wenigen Schritten gelangten sie auf einen runden Platz, in dessen Mitte ein steinernes Postament stand. Lena stockte fast der Atem. Eine schöne blonde Frau lag darauf, gekleidet in ein edles, goldenes Gewand und mit einem Blumenkranz im Haar. Ihre Augenlider waren geschlossen. Um ihren ganzen Körper lag eine grobe Kette aus Eisen, so eng, dass es sie in völliger Unbeweglichkeit fesselte. Sie schien nicht einmal atmen zu können. Lena führte Finley an den Fuß des Monuments und animierte ihn, sich dort hinzusetzen.

»Cara?«, fragte er hoffnungsvoll. Lena drückte seine Hand einmal für Nein, und er sank in sich zusammen. Doch dann fasste er sich wieder. »Die Strahlenkönigin Alyssa?«

Lena bejahte mit zweimaligen Handdrücken. Dann stieg sie die drei Stufen des Postaments hinauf, um die Fesseln der Königin zu untersuchen.

Über den Händen sicherte ein Schloss die schwere Eisenkette. Aber einen Schlüssel fand sie nirgends. Natürlich nicht, das wäre auch zu einfach, dachte sie. Lena versuchte einen Teil der verschlungenen Fesseln über die Füße zu ziehen, um sie zu lockern. Doch die Kette saß zu fest. Finley tastete sich zu ihr hoch, da er merkte, dass sie sich mit etwas abmühte. Lena legte seine Hand auf die Kette, damit er das Problem begriff.

»Das ist ja Wahnsinn! Wie sollen wir die loskriegen?«, sagte er, während er sich an den Fesseln entlang tastete. Dann hatte er das Schloss unter seinen Fingern. »Wir müssten den Schlüssel haben. Oh Mann, Tahereh wird ihn weggeworfen haben, sonst hätte Niven uns den doch mitgegeben.«

Weggeworfen ... Lena griff nachdenklich an ihren Hals. Der Schlüssel ihrer Mutter. Es gab ursprünglich kein Schloss dazu. Sie hatte ihn damals nur behalten, weil er ihr gefiel, und bis heute wusste niemand, woher er stammte. Lena zog die Halskette mit diesem Schlüssel hervor und machte sich damit am Verschluss der eisernen Kette zu schaffen. Er passte! Er passte tatsächlich! Wenn Lena eine Stimme gehabt hätte, dann hätte sie laut gejubelt. Sie drehte den Schlüssel um. Es gab ein knirschendes Geräusch, ein metallisches Rattern, und die Fessel sprang auf.

»Was war das? Der Schlüssel um deinen Hals?«, fragte Finley, der die Geräusche richtig interpretiert hatte. Lena bestätigte es ihm und half ihm die Stufen herunter, damit sie beide mit ein wenig Abstand das weitere Geschehen abwarten konnten.

Es war ein heiliger Augenblick. Selbst Finley, der nicht sehen konnte, was passierte, fiel unvermittelt auf die Knie. Die Brust der Strahlenkönigin fing an, sich zu heben und zu senken, kaum dass sie von der eisernen Kette befreit war. Ihr Atem verströmte einen wunderbaren Duft nach Lilien und Rosen. Langsam setzte sich Alyssa auf. Sie wandte Lena ihr ebenmäßiges Gesicht zu und lächelte. Das lange Haar wogte golden wie die Sonne um sie herum. Leichtfüßig stieg sie von ihrem steinernen Bett herunter und ging auf Lena und Finley zu. Ihre ganze Gestalt strahlte in überirdischem Licht. Sie beugte sich vor und reichte ihnen die Hände. Lena und Finley erhoben sich.

»Danke, dass ihr dem Ruf meiner treuen Eule gefolgt seid.« Die Stimme der Strahlenkönigin klang weich wie Samt. Sie griff sich an die Brust und hielt gleich darauf einen kleinen Kristall in den Händen. Eine Flamme, erst winzig, dann größer werdend, loderte darin auf. Sie hob ihn hoch, und in der Luft entfachte sich eine riesige goldene Flamme, die rundum einen wellenartigen Lichtschein aussandte. Als Alyssa ihre Hände herunter nahm, schien die Flamme wieder im Kristall eingeschlossen. Jedoch erwachten jetzt die schlafenden Wesen in den Bäumen. Sie stiegen von den Leitern herab und traten mit leuchtenden Gesichtern zu Alyssa hin. Ehrerbietig verbeugten sie sich. Mit Verwunderung sah Lena die prachtvoll verzierten Schwerter, die in den Gürteln ihrer Kleider steckten.

»Meine Lichtkrieger«, hauchte die Strahlenkönigin.

Es schien nicht ganz eindeutig, ob sie das sagte, um Lena und Finley die glanzvollen Wesen vorzustellen, oder um sie zu begrüßen. Das war auch nicht wichtig. Lenas Herz machte plötzlich einen freudigen Hüpfer. Sie drückte Finley an sich.

»Was? Was ist?«, fragte er.

Lena drückte zweimal seine Hand, in der Hoffnung, dass er begriff, was sie sagen wollte.

»Cara?«, fragte er unsicher.

Noch einmal drückte Lena seine Hand zweimal als Zeichen für Ja. Finleys Gesicht strahlte auf, doch gleich darauf schien er zu spüren, dass etwas nicht in Ordnung war. Er wollte fragen, was los sei. Lena legte ihm einen Finger auf den Mund. Sie beobachtete mit einer leisen Angst, wie einer der Lichtkrieger die rothaarige junge Frau in seinen Armen trug. Er trat mit ihr vor Alyssa hin. Es war Cara, doch ihre Augenlider blieben geschlossen. Die Strahlenkönigin hob noch einmal den Kristall und hüllte Cara in den flammenden Schein. Es dauerte nicht lange, da schlug die junge Frau die Augen auf und atmete wieder. Der Lichtkrieger stellte sie auf den Boden, drehte sie zu Alyssa und da Cara sofort begriff, wer sie war, verneigte sie sich tief. Dann entdeckte sie Finley und stürzte sich mit einem erleichterten Schrei in seine Arme. Die Strahlenkönigin ließ den beiden lächelnd ein wenig Zeit. Als Cara dann auch Lena umarmte, trat sie vor.

»Dein Liebster hat seine Augen geopfert, um dich zu finden«, sagte sie zu Cara, die erst jetzt verstand, warum Finley sich so vorsichtig tastend verhielt. »Und du hast für mich deine Stimme gegeben.« Alyssa lächelte Lena an. »Doch noch bin ich mit meinen Lichtkriegern nicht frei. Du musst noch ein weiteres für mich tun. Die Strahlenkönigin hob den Kristall, hauchte darüber, und sofort begann er, sich mit leuchtenden Fäden zu umwickeln. Er sah nun aus wie ein goldener Kokon. Sie drückte das Gebilde in Lenas Hand. »Lass die flammenden Schmetterlinge fliegen, sobald ihr zu den Lebenden zurückgekehrt seid. Dann sind wir frei.«

Lena nickte, doch die Angst griff erneut nach ihr. Was, wenn sie den Rückweg nicht schafften? Wenn Tahereh etwas merkte? War dann alles umsonst? Doch die Strahlenkönigin ließ ihr keine Zeit zum Grübeln. Sie führte alle drei zu einer kleinen, eisernen Tür, die auf der Rückseite des Postaments verborgen war.

»Beginnt euren Weg ins Leben, wenn die Sonne untergeht.«

Auf Alyssas Wink hin öffnete sich die Tür und die drei traten hindurch. Cara übernahm die Führung von Finley, und da sie Augen als auch Stimme hatte, konnte sie dabei wenigstens auch erklären, was geschah. Als sich die Tür hinter ihnen schloss, schaute Lena sich um. Sie befanden sich in einem winterlichen Garten und es war tiefe Nacht.

TORE DER PLAGEN

Der Garten wurde von hohen Mauern eingeschlossen. Das Mondlicht erhellte ihn nur schwach. Vermutlich hatte schon lange niemand mehr einen Fuß hierher gesetzt. Lena konnte die Wege nur noch andeutungsweise erkennen. Ein paar steinerne Figuren und Putten, die wie zufällig zwischen ungepflegten Büschen aufragten, erinnerten bereits an Ruinen. Ihre zerborstenen Gestalten wurden von Moosen und Efeu überwuchert und sahen erbärmlich aus. Über allem glitzerte eine dünne Schneeschicht, die auch schon ewig hier zu liegen schien. Seltsamerweise war es jedoch nicht kalt.

Lena zog Cara und Finley in eine Mauernische, die in der Nähe der Tür lag, durch die sie hierher gekommen waren. Ein wenig versteckt hinter einem fast nackten Rosenstrauch stand hier eine steinerne Bank, die allen dreien Platz bot, um ein wenig auszuruhen.

Cara und Finley klammerten sich aneinander und küssten sich, als ob sie sich nie wieder loslassen wollten. Lena wurde bei diesem Anblick von ihrer Sehnsucht nach Niven fast überwältigt. Still und in sich gekehrt saß sie neben den beiden auf der Bank. Ihre Finger umklammerten den Kokon in der Tasche ihres Umhangs.

Nach einiger Zeit wurde Cara unruhig. Über Finley hinweg griff sie nach Lenas Hand. »Wir sollten uns beeilen, damit wir hier endlich herauskommen.«

Lena erschrak. Wie sollte sie Cara sagen, dass sie noch warten mussten? Sie nahm schnell Finleys Hand und drückte sie einmal.

»Lena sagt ›Nein‹«, übersetzte er. Er kramte in den Taschen seines Umhangs und zog seinen Beutel mit den magischen

Gegenständen hervor. »Wir müssen erst Niven benachrichtigen, damit er Tahereh ablenken kann.« Aber wieder drückte Lena seine Hand einmal, um ihm begreiflich zu machen, dass dafür jetzt auch der falsche Zeitpunkt war. »Wieso sollen wir Niven keine Nachricht schicken? Mann, das ist so grausam, dass du nicht mehr sprechen kannst, Lena und ich nichts sehen.« Finley verzog unglücklich das Gesicht. »Cara, kannst du uns helfen?«

»Lena deutet nach oben zum Himmel«, erwiderte Cara.

»Aha! Was haben wir? Tag? Nacht?«

»Es ist tiefe Nacht. Der Mond ist zu sehen.«

Finley seufzte. »Jetzt verstehe ich. Wir müssen leider noch den Tag hier verbringen. Die Nachricht an Niven muss ihn während des Tages erreichen und wir dürfen erst los, wenn danach die Nacht wieder kommt.« Lena drückte seine Hand zweimal zum Zeichen, dass das, was er sagte, richtig war. Finley drückte Cara an sich. »Lena hat es mir gerade durch Handzeichen bestätigt.«

»Na gut.« Cara lehnte sich in die Bank zurück und bettete Finleys Kopf an ihre Schulter. Auch Lena zog sie zu sich heran. »Hier sind wir ja wenigstens einigermaßen versteckt. Ruht ihr euch aus und ich halte Wache. Hab immerhin die letzten Tage lange genug geschlafen.«

Es schien wie ein Wunder, aber Lena konnte in dieser Nacht tatsächlich schlafen. Es tat gut und gab ihr wieder Kraft.

Am frühen Morgen schlichen sie alle drei auf die gegenüberliegende Seite des Gartens. Dort entdeckte Lena in der Mauer eine Öffnung. Sie führte durch einen kurzen Gang bis zu einer riesigen, mit Figuren und Zeichen verzierten Tür. An den anderen Mauerabschnitten konnten sie nirgends einen Ausgang finden. Es gab nur noch die kleine, unscheinbare

Tür, durch die sie hier hereingekommen waren. Der Rückweg am Abend musste also in dem gemauerten Gang beginnen.

Sie liefen zurück in den Schutz der Mauernische mit der Bank, wo sie die Nacht verbracht hatten. Von hier aus sollte Lena den Papilio-Wurfzauber ausführen, um Niven über den bevorstehenden Rückweg zu benachrichtigen.

»Denk daran, du musst einen Schmetterling mit grauen Flügeln schicken«, mahnte Finley.

Lena nickte. Es wäre ihr lieber gewesen, wenn Finley diese Aufgabe übernommen hätte. Doch ohne Stimme konnte sie ihm das nicht begreiflich machen und Cara ignorierte ihre Zeichensprache.

»Du stehst Niven am nächsten«, sagte sie.

Also fügte sich Lena und hoffte, dass es klappte. Sie nahm den Kokon, den Cara ihr reichte, in die linke Hand und umschloss ihn. Dann konzentrierte sie sich auf Niven und das, was sie ihm geistig übermitteln wollte. Viel war es nicht. Es durfte nicht zu kompliziert werden. Deshalb dachte Lena nur an die Tür, durch die sie heute Abend gehen würden und an den goldenen Kokon der Strahlenkönigin, den sie in die Welt der Lebenden bringen musste, damit Alyssa befreit war. Langsam streckte Lena ihre Hand aus, öffnete die Faust und visualisierte mit geschlossenen Augen, wie ein grauer Schmetterling mit dieser Botschaft zu Niven flog. Der Kokon in ihrer Hand vibrierte, sauste kraftvoll nach oben in den Himmel und zerplatzte.

»Finley, es hat geklappt«, flüsterte Cara.

»Wie sieht der Schmetterling aus?«, fragte er schnell.

»Unscheinbar und grau, wie geplant«, erwiderte Cara.

Den Rest des Tages bis zum Abend verbrachten sie mit Erzählen. Lena konnte jedoch nur zuhören und ab und zu Handzeichen für Ja oder Nein geben. Sie empfand den Verlust ihrer Sprachfähigkeit nun besonders schmerzlich, und am liebsten hätte sie vor Verzweiflung geweint. Doch sie nahm sich zusammen. Finley jammerte auch nicht über seine Blindheit, seine wunden Füße und seinen schmerzenden Bauch, sondern berichtete ganz nüchtern über ihre Erlebnisse und die schlimme Begegnung mit den Wächtern. Danach erzählte Cara von sich. Sie war in Gestalt eines schwarzen Panthers durch das Dorf der Grungalp gejagt und hatte sich dann am Rande der Klagsümpfe versteckt. Von dort aus hatte sie die Gespräche belauscht und so erfahren, dass die Gruppe in die Steinwüste nach Ardor wollte. Sie war dann dem Geist eines echten Panthers gefolgt, der kurz zuvor von den Grungalp getötet worden war und der ebenfalls den Weg zu den Zwillingsbergen einschlug. Vermutlich hatte der Geruch des getöteten Panthers sie vor Entdeckung geschützt. Niemand hatte etwas mitbekommen, nicht einmal die Vampire. An der Grenze von Ardor wartete sie dann.

Cara hielt Finley den Mund zu, als er sie wegen ihrer Eigenmächtigkeit ausschimpfen wollte. »Sei still! So konnte ich euch beide wenigstens vor dem Drachen retten. Und jetzt sind wir ja wieder zusammen.«

»Ja«, sagte er und drückte sie an sich. »Aber es hätte auch schief gehen können, und wer weiß, was jetzt noch vor uns liegt. Es war schwer bis hierher zu kommen, und es wird bestimmt auch nicht einfach, wieder nach Hause zu finden. Ich könnte es nicht noch einmal ertragen, dich zu verlieren.«

»Wir sind so weit gekommen, da schaffen wir auch noch den Rest«, erwiderte Cara zuversichtlich.

Die Zeit verging schnell, und als die Dunkelheit hereinbrach, fing der Boden unter ihren Füßen auf einmal an zu beben. Dieses Beben wurde begleitet von einem schabenden, quietschenden Geräusch, das durch Mark und Bein ging. Lena erschrak, doch dann begriff sie, dass der Riegel, der den Ausgang bei Tag versperrte, sich jetzt geöffnet hatte.

Cara sah sie an. »Ich glaube, wir müssen los.«

»Wer führt mich?«, fragte Finley.

Cara drückte ihn schnell an sich. »Keine Sorge, ich halte meine Augen für dich offen, und ich werde dich auch nie mehr loslassen.«

Lena ging voraus. Sie marschierte hinüber auf die andere Seite und in den gemauerten Gang hinein. Bald darauf stand sie vor der Ausgangstür, die fast drei Mann hoch vor ihr aufragte. Die Klinke sah wie eine reich verzierte liegende Acht aus. Lena drückte sie herunter und zog mit aller Kraft daran. Mit großer Anstrengung hielt sie einen Spalt offen, durch den Cara und Finley hindurchschlüpften. Dann zwängte sie sich selbst durch. Die schwere Tür knallte hinter ihr mit Wucht ins Schloss, Lena spürte den Stoß im Rücken. Sie prallte auf Cara und Finley, die aus dem Gleichgewicht gerieten, und so fanden sich alle drei erst einmal auf dem Boden einer großen Steinhalle wieder.

»Himmel, Lena, du bist umwerfend.« Finley rieb sich das aufgeschlagene Knie und lauschte dann. »Was ist das für ein Geräusch? Warum sagst du nichts, Cara?«

»Pst!« Cara hielt ihm den Mund zu.

Finley lauschte mit angehaltenem Atem. »Was ist das?«

»Pst!«, wisperte Cara wieder. »Heuschrecken, massenweise. Also still und keine abrupten Bewegungen.«

In Lenas Nacken kräuselten sich die Haare. Sie starrte auf die Tiere, welche vom Boden aus an allen vier Wänden bis hoch oben zur Decke übereinanderkrabbelten und schwirrende, zirpende Töne von sich gaben. Selbst die kuppelartige Decke war mit Heuschrecken übersät. Sie sammelten sich besonders dicht um eine Art Trichter. Dort konnte den Tieren wohl ein Weg ins Freie geöffnet werden. Die schwarze Statue einer Frau, die in der Mitte des Raumes stand, musste damit zu tun haben. Ihre Arme waren vor der Brust gekreuzt. Doch ihre Hände umklammerten ein eisernes Schwert, dessen Spitze – jetzt noch – zum Boden deutete. Die Augen der Statue beobachteten die drei Eindringlinge. Ihr Kopf bewegte sich ab und zu ruckartig nach oben zu den Insekten, als wenn sie überlegen würde, ob sie die Tiere frei lassen sollte. Aber das durfte nicht geschehen. Diese Massen von lärmenden Heuschrecken konnten ganze Landstriche kahl fressen. Der trichterförmige Kamin in der Decke führte vermutlich in die Welt der Lebenden. Lena holte zitternd Atem. Was würde die Statue tun, wenn sie an ihr vorbei wollten? Die nächste Tür befand sich am anderen Ende des Raumes, hinter der dunklen Figur. Ohne die Statue aus den Augen zu lassen, stand Lena vom Boden auf. Sie fasste nach Cara und Finley, wies zur gegenüberliegenden Seite des Raumes. Langsam gingen sie vorwärts. Lenas Herz klopfte heftig.

Wie an den Wänden, befanden sich auch auf dem Fußboden überall Insekten. Übereinander krabbelnd formten sie sich zu lebendigen, mannshohen Türmen, die sich miteinander verbanden. Dazwischen blieb eine Art gewundener Pfad frei, nicht breiter als drei Fuß. Lena trat äußerst vorsichtig auf, um nur ja keines der Tierchen zu zerquetschen. Sie hielt Finley an der Hand und Cara dirigierte seine Schritte. Unendlich langsam kamen sie vorwärts. Die Heuschrecken schienen ihre Anwesenheit zu spüren. Immer unruhiger hüpften die Tierchen umeinander. Ihr Zirpen steigerte sich zu einem ohrenbetäubenden Singen. Es erfüllte den ganzen Raum. Die Augen der Statue begannen zu funkeln. Ihr Kopf ruckte hin und her. Ihre Hände bewegten sich, pressten voller Erregung den Griff ihres Schwerts.

»Wir müssen uns beeilen«, flüsterte Cara.

Aber sie kamen nicht schneller vorwärts. Jeder Schritt musste sorgsam gesetzt werden. Es erforderte so hohe Konzentration, dass sich auf Lenas Stirn bald Schweißperlen bildeten. Der Blick der Statue heftete sich auf ihre Füße. Das war nicht ermutigend. Jetzt nur keinen falschen Schritt machen. Ein paar Heuschrecken krabbelten Lenas Beine hinauf, hüpften von da auf ihre Kleidung und weiter zu ihren zirpenden Kameraden. Sie achtete nicht darauf. Endlich erreichte Lena die Figur. Sie verbeugte sich tief, in der Hoffnung dadurch ihr Wohlwollen zu erhalten. Der Blick der Statue heftete sich auf ihr Gesicht. Durchdringende Augen musterten sie kalt. Dann löste die Gestalt eine Hand vom Schwertgriff. Lena erschrak. In einer ruckartigen Bewegung ihres Armes wies die Figur zur Ausgangstür. Lena atmete auf, verbeugte sich noch einmal und ging dann mit Cara und Finley vorsichtig weiter in die angewiesene Richtung.

»Sie beobachtet uns«, wisperte Cara.

Die Statue drehte sich mit einem schweren Schritt. Der Boden vibrierte. In Lenas Bauch breitete sich ein mulmiges Gefühl aus. Raus hier! So schnell wie möglich! Einen Fuß vor den anderen setzen und gleichmäßig atmen. Es waren nur noch ein paar Schritte bis zum Ausgang. Himmel, was war das?

Die Tür ragte so groß auf wie die Erste und hatte genauso reiche Verzierungen. Jedoch waren es keine Ornamente, keine magischen Zeichen und keine Figuren, welche das dunkle Holz schmückten. Lena erkannte alle möglichen Krabbeltiere, wie Spinnen, Käfer und alle Arten von Heuschrecken. Sie schienen zu leben, denn sie bewegten sich. Der Türgriff glich einer lebendigen Schlange. Sie erstarrte fast vor Entsetzen.

»Soll ich?«, flüsterte Cara.

Lena schüttelte den Kopf. Cara hatte genug damit zu tun, Finley sicher hier herauszubringen. Sie hielt den Atem an. Erneut bildeten sich Schweißperlen auf ihrer Stirn, liefen an ihren Schläfen herab. Ihre Finger umfassten den Türgriff. Lena schloss die Augen, drückte nach unten, griff fester zu, zog. Bewegung unter ihrer Hand. Nicht unangenehm. Aber die Schlange wand sich, züngelte, riss den Rachen weit auf. Finley und Cara schoben sich schnell durch den geöffneten Türspalt. Lena schob sich herum, ließ den Türgriff los und eilte ihnen nach. Aus den Augenwinkeln sah sie noch, wie die Statue sich mit einem dröhnenden Schritt von ihnen abwandte, ihr Schwert nach oben hob, und wie ein Schwarm Heuschrecken laut lärmend durch den trichterförmigen Kamin entwich. Als die Tür hinter ihr ins Schloss fiel, erklang ein metallenes Rumsen, das den Boden erschütterte. Dann war es still.

»Um Himmels willen, was war das?«, fragte Cara.

»Sie hat die Heuschrecken freigelassen.« Als Lena begriff, dass sie geantwortet hatte, fiel sie auf die Knie und schluchzte herzzerreißend. »Ich hab meine Zunge wieder. Cara, Finley, ich kann wieder sprechen ...«

Finley reagierte zuerst nicht, starrte nur auf das, was nun vor ihnen lag. Dann drehte er sich mit einem völlig überraschten Gesichtsausdruck zu Lena um.

»Ich kann wieder sehen, meine Augen. Fast besser als vorher. In dem Moment, als die Tür hinter uns zuschlug«, flüsterte er heiser. Er umfasste Caras Schultern, hielt sie ein bisschen von sich weg und betrachtete sie, als ob er sich jede kleinste Einzelheit ihrer Gestalt ins Gedächtnis einprägen wollte. »Was bin ich dankbar! Oh Cara, dass ich dich wieder sehen kann. Ich glaubte für immer blind geworden zu sein ... und Lena, was bin ich glücklich, dass du deine Stimme wieder hast.« Er nahm die jungen Frauen rechts und links in den Arm und drückte sie an sich.

Lena kuschelte sich eng an die Freunde. »Ich bin so froh. Jetzt wird es leichter. Du kannst wieder sehen und ich sprechen. Ach, am liebsten würde ich pausenlos reden.«

»Fang mit dem an, was du da drinnen noch gesehen hast«, meinte Cara praktisch und wies auf die Tür, durch die sie eben gekommen waren.

Lena wischte sich die Freudentränen vom Gesicht. Sie wurde ernst. »Die Statue hat ihr Schwert nach oben gerichtet, und der Trichter hat sich geöffnet. Wenn die Heuschrecken da drinnen nun alle frei sind ... nicht auszudenken.«

Cara beruhigte sie. »Ich glaube nicht, dass alle raus gekommen sind. Eher nur wenige. Dieser Rums, den wir gehört haben. Sicher kam der daher, dass diese lebende Statue ihr Schwert wieder auf den Boden gerichtet hat, was den Trichter verschlossen haben dürfte. Sie ist jetzt wieder allein. Ich denke, dass damit für sie alles in Ordnung ist.«

»Ändern können wir es sowieso nicht. Also sehen wir lieber zu, dass wir hier auch noch rauskommen. Wenn ich mir das hier so ansehe, bin ich noch dankbarer, dass ich meine Augen wieder habe.« Finley seufzte und wies nach vorne.

Der Raum glich einer riesigen Höhle. Eine hohe Mauer aus Naturfelsen führte wie eine gebogene Brücke quer hindurch. Rechts und links dieser Mauer ragten aus der Tiefe kuppelförmige Aufwölbungen, in denen aus Spalten und Klüften orange-gelb glühende Lava floss. Ab und zu vibrierte die ganze Höhle und dann platzte irgendwo Gestein auf. Feurige Ströme schossen an diesen Stellen in die Höhe und bahnten sich aus runden Löchern in der Decke einen Weg ins Freie. Es herrschte eine unangenehme Hitze hier. Sehr lange würden sie das nicht aushalten können. Der Schweiß rann bereits in kleinen Bächen an Lenas Schläfen herab und salzige Tropfen perlten von ihrer Stirn in die Augen. Auch Finley und Cara schwitzten.

Cara wischte sich mit dem Ärmel ihres Umhangs über das erhitzte Gesicht. »Wir sollten uns beeilen, bevor wir noch gebraten werden.«

Lena nickte. »Ich gehe voraus.«

»Zieh dir die Kapuze über den Kopf und wenn du merkst, dass der Boden anfängt zu beben, dann renne um dein Leben«, sagte Finley. Er zeigte auf die Mauer, auf der Spritzer von noch nicht ganz erkalteter Lava lagen. »Passt auf, wo ihr hintretet.« Lena schaute auf seine Füße, die diesen Weg ohne schützende Schuhe bewältigen mussten. Hoffentlich hielten die Stofffetzen, die sie um seine Füße gewickelt hatte, wenigstens die größte Hitze des Bodens ab. Finley winkte ab. »Hilft nichts, wir müssen da rüber.«

Lena seufzte. »Dann los!«

Sie setzte sich in Bewegung. Cara folgte ihr dicht hinterher, und Finley bildete den Schluss. Anfangs ging es noch leicht, die Mauerbrücke war relativ breit. Nur die unregelmäßig geformten Natursteine der gebogenen Mauer bildeten gefährliche Stolperfallen. Im Laufschritt umrundete Lena die vorstehenden Steinbrocken. Je höher sie hinauf stieg, desto schmäler wurde die Mauerbrücke. Es gab nichts, woran sie sich hätte festhalten können. Zur Mitte der Höhle hin war der Weg kaum noch breiter als eine Schrittlänge. Auf beiden Seiten tat sich zwischen den Kratern eine schwindelerregende Tiefe auf. »Schaut ja nicht nach unten«, rief Lena.

»Ich werde mich hüten!« Cara drehte sich nach Finley um.

Er schnauzte sie an. »Guck vorwärts!«

Hintereinander erreichten sie nun die höchste Stelle der Mauer. Die Hitze machte Lena das Atmen schwer. Sie presste den Mund zusammen und sog die Luft durch die Nase ein. Ihre Hände ballten sich zu Fäusten. Durchhalten! Im Laufschritt weiter. Vorsichtig.

Rechts und links brodelte in den unten liegenden vulkanischen Felsenkratern die glühende Lava über. Sie wurde zu einer trägen, feurigen Masse, die sich in Schlangenlinien ihren Weg durch das Geröll bahnte. Lena zwang sich dazu, nicht hinzusehen, konzentrierte sich auf den Boden unter ihren Füßen. Dann wurde die Mauer endlich wieder breiter. Bis zur nächsten Tür lag noch etwa ein Viertel der Strecke vor ihnen. Doch den gefährlichsten Abschnitt hatten sie bewältigt. Sie atmete auf. Lena lief ein wenig schneller, da sie dem Abgrund nicht mehr so nah kam. Fast wähnte sie sich schon am Ziel. Plötzlich erklang aus der Tiefe ein alarmierendes, grollendes Rumpeln.

Erschrocken blieb sie stehen. »Was ist das?«

»Lauft!«, schrie Finley in einem Ton, der sie umgehend zur Höchstleistung antrieb.

Dann brach auch schon das Chaos aus. Der Boden begann zu beben. Links von der Mauer zerbarsten Steine und schossen mitsamt einer feurigen Masse zischend nach oben. Feuerregen. Lena rannte so schnell sie konnte. Glühende Steine prasselten nur knapp hinter ihr auf die Mauerbrücke. Cara hetzte hinter Lena her. Sie spürte ihren keuchenden Atem im Nacken. Finley schrie, nicht nur wegen der umherfliegenden, brennenden Brocken, sondern auch weil der Boden seine Füße verbrannte. Lena und Cara fielen in sein Schreien ein, aus Angst um ihr Leben und aus Angst umeinander. Die Mauerbrücke vibrierte, als ob sie jeden Moment auseinanderbrechen wollte. Das Gestein spaltete sich. Es war, als ob der Boden, auf dem sie liefen, unvermittelt lebendig würde, um sie alle in den Schlund der Hölle zu reißen.

Stechende Schmerzen zuckten in Lenas Lungen. Keuchend rang sie nach Atem. Ihre Füße bewegten sich weiter in einer Geschwindigkeit, die sie nie für möglich gehalten hätte. Hinter ihr brachen immer mehr Felsbrocken aus der Mauer. Die Steine donnerten mit einem Höllenlärm in die Tiefe. Feurige Lava spritzte immer wieder explosionsartig auf. Es trieb sie an.

Weiter! Vorwärts!

Mit letzter Kraft schaffte sie es in den vorgebauten Gang vor der Ausgangstür. Schwer atmend sank sie zu Boden. Sekunden später erreichten auch Cara und Finley den schützenden Vorbau. Lena schrak hoch, stieß panische Laute aus. Die Lumpen um Finleys Füße rauchten. Flammen züngelten daran entlang. Cara erstickte den Brand mit ihrem Umhang und blieb dann einfach über ihm liegen. Lena hörte, wie beide heftig keuchend Luft in ihre Lungen pumpten. Sie krabbelte auf allen Vieren zu ihnen hin. Die verbrannten Bandagen mussten weg. Lena schob Cara vorsichtig beiseite. Mit zitternden Fingern löste sie die Knoten und wickelte Finleys Füße aus. Sie waren mit offenen Brandblasen übersät. Was hätte sie jetzt gegeben, um seine Wunden mit ein wenig Eis kühlen zu können.

»Oh Finley, das tut mir so leid. Es muss wahnsinnig wehtun«, hauchte sie zwischen keuchenden Atemzügen.

Finley hob kraftlos seinen Arm. Sein Gesicht verzerrte sich vor Schmerzen. Er konnte nicht antworten, keuchte nur. Lena stand auf und riss solange Streifen aus ihrem Kleid, bis nur noch ein Miniröckchen übrig blieb. Wie schon einmal bandagierte sie damit Finleys Füße.

»Ich schulde dir mindestens ein neues Kleid«, stöhnte er.

Lena wehrte ab. »Hab noch eines.«

Sie half Finley und Cara auf.

Finley konnte kaum auftreten. »Himmel, ich glaube, ich brauche schon wieder eure Hilfe.«

Cara stützte ihn. Dann schaute sie Lena unruhig an. »Hast du auch den goldenen Kokon nicht verloren?«

Lena tastete in der Tasche ihres Umhangs. »Er ist noch da.«

Sie holte tief Luft, drehte sich um und öffnete die Tür. Finley humpelte mit Caras Unterstützung hindurch. Lena folgte ihnen und dann standen sie alle drei in einem prächtigen, blau und golden schimmernden Säulengang, der ohne Zweifel zu Taherehs unterirdischem Palast gehörte.

TOR DER FREIHEIT

»Wir sind im Lapislazulipalast« flüsterte Lena.

Ihr Blick flog über die geheimnisvoll schimmernden Wände und die beiderseits des Raumes in gleichmäßigen Abständen aufragenden Säulen, die bis unter die Decke reichten. Der lange Gang endete an einer breiten Treppe, die hinauf zu einem goldenen Tor führte. Dahinter lag die Freiheit.

Finley richtete seinen Blick nicht auf die schimmernde Pracht des Säulenganges und auch nicht auf das Tor, das ihnen Erlösung versprach. Er betrachtete seine Füße und dann Lenas Haar. Prüfend schaute er danach hinter sich auf die geschlossene Tür, durch die sie eben gekommen waren.

In seinem Gesicht spiegelte sich Enttäuschung. Finley verlagerte sein Gewicht auf die Außenkanten seiner Füße.

Er seufzte. »Irgendwie hatte ich gehofft, jetzt meine Schuhe wiederzubekommen und heile Füße. Dein Haar ist auch noch immer kurz, Lena. Das Schwert kann ich vielleicht verschmerzen. Ich lass mir ein Neues machen, wenn wir zuhause sind. Aber ich weiß nicht mehr, wie ich auftreten soll.«

Cara griff nach seinem Arm, der um ihre Schulter lag. »Den Rest des Wegs schaffen wir noch und Lenas Haare werden wachsen, wenn wir erst hier draußen sind«, wisperte sie.

»Ja, und wir sollten uns schnell verstecken. Dort drüben ist die Nische, die Niven beschrieben hat.« Lena deutete nach links vorne, wo neben einer unscheinbaren Tür in einem Halbrund die Steinfigur eines Krieges stand.

Finley biss die Zähne zusammen. Cara und Lena nahmen ihn in die Mitte. Er stützte sich auf ihre Schultern und humpelte mit ihnen dorthin. Hinter der Statue war gerade soviel Platz, dass sie sich alle drei auf dem Boden verbergen konnten. Cara und Lena halfen Finley, seine Füße so bequem wie möglich zu lagern. Sein Gesicht verzerrte sich. Er stöhnte, weil die Schmerzen immer stärker wurden. Sie konnten nichts dagegen tun. Lena hoffte, dass sie nicht allzu lange hier ausharren mussten.

Sie warteten voller Unruhe. Ihren Teil hatten sie erfüllt. Aber konnte Niven auch den Schlüssel holen? Die Zeit verrann. Lena versuchte den Gedanken zu verbannen, dass alles umsonst gewesen sein könnte. Niven musste es schaffen. Er würde es schaffen!

Als sich die hölzerne Tür neben ihrem Versteck öffnete, duckten sie sich vor Schreck tiefer auf den Boden. Gleich darauf tauchte Nivens Gesicht über ihnen auf. Lena wäre ihm vor Erleichterung am liebsten um den Hals gefallen, aber er legte schnell den Finger an die Lippen. Vorsichtig half er ihr und den anderen aus der Nische heraus. Mit einer Bewegung seines Armes forderte er sie auf, mitzukommen. Als er Finleys schmerzverzerrtes Gesicht sah und die Bandagen um seine Füße, aus denen das Blut sickerte, trug er ihn kurzerhand auf dem Rücken den Gang entlang.

Der Weg schien nicht enden zu wollen. Lena atmete auf, als sie endlich die Treppe erreichten, die zum goldenen Tor der Freiheit führte. Die Stufen bestanden wie alles andere hier aus Lapislazuli. Jedoch glänzten sie im Widerschein der Flügeltüren golden auf. Die Treppe reichte länger hinauf, als es von Weitem ausgesehen hatte. Lena warf einen Blick auf Finleys Gesicht. Er biss die Zähne zusammen und versuchte, seine höllisch schmerzenden Füße zu ignorieren. Niven packte ihn unter den Achseln und schleppte ihn auch noch die Treppen hoch. Als sie vor dem Tor standen, legte Finley seine Arme wieder um Cara. Niven zog den Schlüssel aus der Tasche seines Umhangs und hielt ihn hoch. Lena atmete tief ein. Ihre Hände wurden vor Aufregung feucht. Ihr Herzschlag beschleunigte sich. Sie befürchtete schon, dass das rhythmische Dröhnen in ihrer Brust im ganzen Säulengang nachhallen würde. Niven behielt den Schlüssel in der Hand, steckte ihn aber noch nicht ins Schloss.

»Alyssa?«, flüsterte er. Statt einer Antwort zog Lena den goldenen Kokon aus der Tasche ihres Umhangs und zeigte ihn. Er atmete auf. »Finley, du und Cara, ihr rennt als Erste raus und in den Steinkreis. Lena, du hinterher. Ich schließe das Tor, damit sich das andere öffnen kann«, sagte er leise.

Sie nickten. Finley klammerte sich an Cara. Lena schob den Kokon in die Tasche ihres Umhangs zurück. Ihre Faust ließ das Gebilde nicht los. Niven atmete tief ein. Sein Gesicht wirkte blass und angespannt. Als er den Schlüssel ins Schloss steckte und ihn umdrehte, zitterte seine Hand.

Die Flügeltür öffnete sich lautlos. Cara und Finley traten hinaus und rannten ohne Rücksicht auf Finleys Verletzung auf den Steinkreis zu. Von der gegenüberliegenden Seite hörte Lena Schreie. Sie sah, wie die Gefährten aus der Höhle rannten, mit schussbereiten Bogen und gezogenen Schwertern. Lenas eigener Schritt ins Freie wurde unvermittelt noch auf der Türschwelle gestoppt.

»Halt!«

Das lähmende Wort hallte drohend um den gesamten Berg. Lena wirbelte herum und sah die Stufen hinunter. Das Entsetzen packte sie. Nivens Gesicht wurde kalkweiß.

Er schob sie nach draußen. »Geh in den Steinkreis, lauf weg. Ich bitte dich!«

Rückwärts tat Lena einen Schritt ins Freie. Sie hörte die anderen aus dem Steinkreis aufgeregt nach ihr rufen. Lena blickte sich nicht um. Ihr Verstand sagte, dass sie weglaufe müsse, und ihr Herz konnte Niven nicht hier zurücklassen. Lena zögerte eine Sekunde zu lang. Eine weibliche Gestalt reckte am Fuße der Treppe die Faust. Ihr schwarzes Haar wehte und ihre blaue Schleppe peitschte wütend durch die Luft. Lena begriff sofort, wer das war: Tahereh, die Schattenkönigin. Mit rasender Geschwindigkeit schwebte sie die Stufen hoch. Ihr Gesicht verzerrte sich in einem Ausdruck unglaublicher Wut. Es erschreckte Lena umso mehr, da diese Frau genauso aussah wie Alyssa. Nur die Haarfarbe und die Kleidung waren anders. Als Tahereh in der Türöffnung stand, wogte ihre ganze Gestalt. Der Berg zitterte. Hinter Lena klangen die entsetzten Rufe der Gefährten, die vom Steinkreis aus alles beobachteten. Taherehs flammender Blick interessierte sich nicht für das, was draußen vor sich ging. Sie schaute Niven vernichtend an und richtete ihren Arm mit der geöffneten Hand auf Lena.

»Gib es mir!« Taherehs Stimme klang herrisch.

Lenas Finger umklammerten den Kokon in die Tasche ihres Umhangs. Sie fühlte, wie der Gürtel um ihre Taille anfing zu pulsieren. Ihre Gedanken überschlugen sich. Cara hatte damals gesagt, dass dieser Gürtel ihr inneres Wesen stärken würde. Das war schön. Doch jetzt wäre es besser, wenn dieses Band um ihre Taille ihr Gehirn anregen würde. Sie musste Tahereh dazu bringen, Niven und sie mit dem Kokon gehen zu lassen. Sie musste etwas sagen!

Lena verbeugte sich tief. »Ich ehre dich, Schattenkönigin. Aber ich kann dir den Kokon nicht geben. Es wäre dein Tod.«

Lena wusste sofort, dass dies das Falscheste war, das sie hatte sagen können.

»Du willst mir drohen?« Tahereh ging einen Schritt auf sie zu. Ihre Gestalt wogte wie im Sturm. »Was fällt dir ein? Gib mir sofort den Kokon!« Taherehs Augen funkelten gefährlich. Ihr ausgestreckter Arm hob sich und richtete sich in einer Unheil verkündenden Geste auf Lena. »Oder ich werfe den Fluch des Todes auf dich.«

Lena nahm die Hand aus der Tasche und öffnete die Faust. Der goldene Kokon schimmerte sanft in ihrer Hand.

»Nicht!«, stöhnte Niven.

Lena hätte nicht sagen können, ob er sie oder Tahereh meinte. Sie schaute auf das kleine, längliche Gebilde in ihrer Hand. Der goldene Schimmer des Kokons verstärkte sich. Langsam schloss sie ihn wieder in ihre Faust.

Sie sah auf, blickte Tahereh an, flehte. »Bitte, ehrwürdige Tahereh. Wenn Alyssa stirbt, dann verschwindet alles im Nichts. Das Leben, der Tod, Tag, Nacht und auch du.«

»So soll es sein!« Taherehs Arm sank herab. Ihre Stimme klang tonlos und leise, doch gleich darauf wurde sie wieder heftig. »Ich kann mein Dasein hier nicht mehr ertragen, umgeben von den trauernden Schatten einstigen Lebens.« Ihre Lippen pressten sich zusammen und dann schrie sie ihren Hass heraus. »Denen ich ein Heim gebe, Zuflucht, Schutz, Frieden ... und die als Dank nichts anderes im Sinn haben als wieder zurückzukommen in Alyssas Licht.« Ihr Gesicht verzog sich voll Abscheu. »Meine von allen geliebte Schwester. Verlustiert sich im Farbenmeer des Lebens, berauscht sich am Grün der Bäume und der bunten Pracht der Blumen, während ich hier unten in eintönigem Grau versinke und der Depression anheimfalle. Weinend, Tag um Tag.«

»Ich fühle deinen Schmerz«, erwiderte Lena mutig. »Und ich danke dir, dass du ihn auf dich nimmst, sind doch deine Tränen das Kostbarste, das du den Welten schenkst. Doch ich flehe dich an, das Ganze zu sehen und nicht nur den Teil des Schmerzes.« Lena fühlte, wie sich die Schlangenfrauen auf der

Schließe ihres Gürtels bewegten. Sie streichelten ihren Leib an einer Stelle über dem Bauchnabel. Wärme durchströmte ihren Körper und sie straffte den Rücken. Mit ruhiger Gelassenheit schaute Lena in das noch immer wutverzerrte Gesicht Taherehs. Es nahm plötzlich einen Ausdruck misstrauischer Verschlossenheit an. Die Schattenkönigin packte ihre Faust, mit der sie den goldenen Kokon umschlossen hielt. Lena erschrak, spürte aber gleich darauf, wie sich das sanfte Streicheln an ihrem Bauch verstärkte. Es half ihr, die Fassung zu bewahren. Vielleicht ließ Tahereh sie nur deshalb weiterreden. »Nicht nur Alyssa, auch du siehst die Farben des Lebens«, sagte Lena leidenschaftlich. »Du siehst sie in den Träumen derjenigen, denen du in der Nacht den Schlaf schenkst. Welch unermessliche Farbenpracht muss sich dir in diesen Träumen darbieten, welche Schönheit.« Sie sah Tahereh furchtlos an. »Alyssa, deine Schwester, verbringt genauso viel Zeit hier im Lapislazulipalast, wie du. Sie hört die Klagen der Toten, muss die fahlen Schatten ertragen, wie du. Sie tröstet sie mit ihrem Licht. Aber du, ehrwürdige Königin, du nimmst die Trauer der Toten auf dich, schenkst ihnen großherzig Vergessen. Deine Tränen spülen das Leid des Lebens fort und lassen in den Schatten die größte Kostbarkeit aufscheinen, die es gibt. Perlen, die das Leben in neuer Schönheit wieder auferstehen lassen.«

Tahereh ließ Lenas Faust nicht los. »Die Träume der Lebenden sind oft hässlich.«

»Aber immer bunt, wie die Erde auf der sie gehen.« Lena drehte den Kopf ein wenig zur Seite und schaute an der Schattenkönigin vorbei in den Säulengang hinein. In ihren Augen sammelten sich Tränen, und ihre Stimme nahm einen beschwörenden Klang an. »Sieh dir die Wände deines Palastes an. Dein Kummer und deine Tränen spiegeln sich in ihrem tiefen Blau. Der Stein hat den Schmerz angenommen und in die Würde der Königin verwandelt, sodass dieser Palast schimmert in der Stille wahren Friedens. Es wäre nicht sichtbar ohne die zeitweise Anwesenheit deiner Schwester. Das Strahlen des Goldes, das Alyssa während ihres Aufenthalts hier in den Wänden hinterlassen hat, lässt die Wahrheit deiner Nacht aufleuchten und gibt ihr Kraft. Ich bitte dich, ehrwürdige Schattenkönigin. Lass deine Schwester frei. Ihr seid eins, wie eine Münze, die zwei Seiten hat und doch immer eine Münze bleibt. Verschwindet eine von euch, so ereilt die andere das gleiche Schicksal, und ohne euch ist alles verloren.«

Taherehs Gesichtsausdruck ließ sich nicht deuten. Lena fürchtete, dass sie zu viel gesagt hatte. Die Worte waren aus ihr herausgesprudelt. Sie hatte nicht überlegt, sondern ihr Herz sprechen lassen. Aber womöglich war ihre Rede in Anbetracht der Lage nicht klug. Hielt die Schattenkönigin sie für respektlos? Was, wenn sie nun erst recht wütend wurde? Sie hatte alles verdorben. Dann spürte Lena, wie sich der klammernde Griff um ihre Faust löste. Tahereh ließ sie los und wie bei einer Münze, die hochkant gedreht wird, verwandelte sie sich in rascher Folge einmal in die Gestalt Alyssas und dann wieder in ihre eigene. Nur allmählich legte sich der Aufruhr, in dem Tahereh sich befand.

»Geh, bevor ich es mir anders überlege«, sagte sie hart.

Lena verbeugte sich tief und wandte sich aufatmend um. Doch ihr Blick flog zu Niven zurück, und ihr Schritt stockte.

»Um Himmels willen, geh. Lauf!«, drängte er und trat einen Schritt auf sie zu. Er flüsterte. »Ich komme nach.«

Lena rannte los, auf den Steinkreis zu. Sie sah sich nicht nach Niven um. Doch in ihrer Brust empfand sie einen messerscharfen Schmerz, als wenn sie ihn verloren hätte. Als Lena die Gefährten erreichte, strömten ihr die Tränen über die

Wangen. Sie war froh, dass Cara da war, um sie tröstend in die Arme zu nehmen. Keiner stellte Fragen. Sie hatten alles mit angesehen und suchten nach Worten der Hoffnung, dass Niven es auch noch schaffen würde.

Niven stand voll in der Aufmerksamkeit seiner Ziehmutter. Durch den einen Schritt, den er auf Lena zugetreten war, hatte er die Türschwelle hinter sich gelassen. Das fiel Tahereh auf. Düster schaute sie ihn an.

Was die beiden sprachen, konnte Lena aus der Entfernung nicht verstehen. Aber Luczin mit seinem ausgezeichneten Gehör gab ihre Worte wieder.

»Du bist ein Verräter, Niven, und du willst mich verlassen.«

»Verzeih mir, Tahereh. Du weißt, dass ich nicht hierher gehöre.«

Mihai nickte. Sein Blick richtete sich starr auf Niven. »Nun komm schon!«

Lena zuckte zusammen, als Tahereh plötzlich in wildem Schmerz schrie. »Ich habe dich aufgezogen wie meinen Sohn.«

Sie sah, wie Niven sich vor ihr verbeugte. Luczin sprach die Worte nach, die er an Tahereh richtete: »Dafür bin ich dir dankbar. Aber es ist Zeit für mich, zu gehen. Als Lebender kann ich hier nicht bleiben. Es wäre falsch. Lebe wohl, Tahereh, Mutter ... und Königin meiner Nächte. Dein Bild wird ewig in meinem Herzen brennen.« Niven verbeugte sich noch einmal und ging rasch und festen Schrittes auf den Steinkreis zu.

Lena rang vor Anspannung die Hände. Ihr Blick zog Niven zu sich her. *Lauf! Beeil dich*, dachte sie. Wind erhob sich, und ein Sturm brach los. Voller Angst klammerte sie sich an Cara.

Die Schattenkönigin blieb auf der Türschwelle stehen und starrte Niven nach. Ihre Gestalt begann zu wogen. Eine düstere Wolke bildete sich um sie herum. Ihr schwarzes Haar wehte nach allen Seiten, und die Schleppe ihres Kleides wogte hoch über sie hinaus. Sie streckte den Arm aus und schrie so laut, sodass sogar der Boden im Steinkreis bebte.

»Fluch über dich, Niven. Wenn du nicht im Leben bei mir bleiben willst, dann im Tod.«

Taherehs Augen blitzten auf, und aus ihrer ausgestreckten Hand löste sich ein rot und silbern leuchtender Strahl, der auf ihren Ziehsohn zuschoss.

Lena klammerte sich an Cara, schluchzte, schrie. »Nein!«

Angefeuert durch die bestürzten Rufe der Gefährten rannte Niven um sein Leben. Der Fluch näherte sich seinem Rücken schneller, als er laufen konnte. Gustav stieß einen entsetzlichen Schrei aus. Er sprang aus dem Steinkreis heraus, niemand vermochte ihn zu halten. Der Alraun stürzte seitlich an Niven vorbei. Mit abwehrend erhobenen Händen stellte er sich zwischen ihn und den Todesfluch. Das tödliche Geschoss traf mitten in seine Stirn. Er stürzte zu Boden. Im gleichen Moment erreichte Niven die Grenze des Steinkreises. Der Vampir Vico brüllte in unsäglicher Wut auf. Er jagte auf Gustav zu. Im Lapislazuliberg schloss sich mit einem dumpfen Schlag das Tor. Der Boden bebte. Blätter und Erdbrocken wirbelten im Steinkreis auf. Ein Sog breitete sich von der Mitte her aus, suchte sie alle zu erfassen. In aller Eile bildete Niven mit Luczin und Briann eine Kette. Er beugte sich mit ausgestrecktem Arm aus dem Kreis heraus, schrie, trieb Vico an, der mit Gustav im Arm versuchte, wieder zurückzukommen. Im letzten Moment gelang es Niven, den Vampir bei der Hand zu packen. Mit nicht nachlassender Kraft zog er ihn mit, während alle in einem Drehwirbel nach oben geschleudert wurden.

Lena hörte die Schreie ihrer Gefährten. Sie verhallten in der dichten Hülle eines Sternennebels. Dunkelheit ... für einen

Moment glaubte sie, zu schweben. Dann wurde es allmählich heller und plötzlich plumpste sie neben Finley und Cara unsanft auf die Erde.

Als sie sich umsah, erkannte sie die Wiese. Umsäumt von Tannen und nur wenig entfernt, stand fest und hoch aufragend der Turm von Meister Kieran. Sie hatten es geschafft. Alle? Ihr Blick flog über die Gefährten. Fast jeder rieb sich stöhnend irgendeinen Körperteil. Niven robbte auf allen Vieren zu Gustav. Er lag mit dem Rücken auf dem Boden. Vico kniete neben ihm. Der Vampir streichelte sein struppiges Haar und seine knorpeligen Hände. Reik legte ihm seine Steinschleuder auf die Brust. Noch lebte der Alraun, aber es ging zu Ende mit ihm.

»Warum hast du das getan? Der Fluch galt mir, nicht dir.« Nivens Augen wurden dunkel vor Schmerz.

»Sie durfte nicht nehmen, was du nie gehabt hast – dein Leben«, flüsterte Gustav mit einiger Mühe. »Ich habe mein Leben gehabt, zweihundertneunundachtzig Jahre. Also gräme dich nicht um mich. Ich bin im Frieden. Nur eines, ich will es so gerne noch sehen ... den Aufstieg der Strahlenkönigin.«

Niven schaute zu Lena. Ihre rechte Faust war noch immer fest verschlossen, und sie brauchte jetzt die Finger der anderen Hand, um sie zu öffnen. Voller Ehrfurcht bestaunten die Männer den goldenen Kokon. Vico stützte Gustav, damit er sich ein wenig aufrichten konnte. Lena zeigte ihm das feine Gespinst. Das Gesicht des Alrauns wurde ganz faltig, als er glücklich lächelte.

»Lass sie frei«, bat er.

Lena richtete sich auf, legte den Kokon in ihre linke Handfläche und streckte den Arm aus. Sie hatte keine Angst mehr, dass ihr Zauber nicht gelingen würde.

»Strahlende Königin, Alyssa ... Ihr seid frei«, flüsterte sie.

Der Kokon flog hoch in die Luft und zerplatzte mit einem hellen, klingenden Ton. Ein großer feuriger Schmetterling flog heraus, dem viele kleinere folgten. Am Himmel verwandelte sich das flammende Insekt in das Gesicht und die Gestalt der Strahlenkönigin, während sich die kleineren Schmetterlinge als ihre Lichtkrieger zeigten. Sie stiegen immer höher hinauf, zerteilten den dämmrigen Schleier des Himmels und ließen Licht aufstrahlen, bis die Luft blau und klar erschien.

»Wir werden unsere Sonnenbrillen wieder brauchen.« Briann grinste. Sein Gesicht rötete sich wie die seiner Vampirgefährten.

»Ihr solltet besser gleich in den Turm gehen«, meinte Meister Kieran besorgt, doch sie lehnten ab.

»Es bringt uns nicht um, und dieses Schauspiel ist uns einen kleinen Sonnenbrand schon wert«, erklärte Luczin fröhlich.

Gustav strahlte. Er griff nach den Händen von Reik, Vico und Thure. »Man wird Lieder über uns singen …«

»Ja, das wird man.«

Reik deutete zum Himmel. Die Strahlenkönigin stieg herab und ging auf sie zu. Sie strich Lena über das kurze Haar, neigte den Kopf vor Meister Kieran, legte die Hände von Cara und Finley ineinander und nickte jedem der Vampire dankend zu. Niven legte sie die Hand auf die Brust, wie um die Last seiner Seele zu erleichtern. Auch Reik wurde von ihr mit einem herzlichen Blick bedacht. Dann kniete sie vor Gustav nieder und nahm seine Hände.

»Ich kann den Fluch meiner Schwester nicht rückgängig machen. Doch ich will dich in eine Eiche verwandeln, sodass dein Geist bei den Lebenden weilen kann, wann immer es dir gefällt. Der Stamm und die Äste sollen aus Gold sein, als Symbol für den Reichtum deines Herzens. Die Wurzeln werden tief hinunter ins Innere der Erde reichen und dir als Leiter dienen, um von der Welt der Toten in die Welt der Lebenden aufzusteigen. Deine Stimme wird in den Blättern flüstern, sodass du den Lebenden Rede und Antwort geben kannst. Ist dir das recht?«

Gustav nickte glücklich und schloss die Augen. Die Strahlenkönigin erhob sich und bewegte ihre Hände aufwärts. Der Körper des Alrauns verwandelte sich, wurde zu einer strahlend goldenen Eiche, ganz so wie sie es gesagt hatte. Die Umstehenden verneigten sich, vor ihr und vor Gustav, der nun in diesem Baum ein ewiges Denkmal hatte. Dann wandte sich Alyssa an Meister Kieran. Sie griff an ihre Brust und hielt plötzlich einen Kristall in der Hand, in dessen Innerem eine Flamme züngelte. »Bring sie an ihren Platz zurück.« Alyssa wies auf den Turm. Dahinter bildeten sich Nebel. Eine prächtige, alte Burg tauchte auf und verband sich mit Kierans Turm. Noch einmal schaute Alyssa alle an. Ihr Blick blieb auf Lena ruhen. »Danke«, hauchte sie.

Lena trat einen Schritt vor. »Darf ich dich etwas fragen?« Ihre Stimme klang fast schüchtern.

Alyssa nickte.

»Tahereh ... sie nahm deine Gestalt an, dann wieder ihre eigene. Wie eine Woge in beständigem Wechsel ...« Lena ließ ihre Hände umeinander kreisen, um ihre Erinnerung an die Schattenkönigin Tahereh zu verdeutlichen.

Die Strahlenkönigin lächelte. »Ich bin in Tahereh und Tahereh ist in mir. Eins und doch getrennt sind wir beide. Mein Licht ruht in ihrem Schatten und ihr Schatten zeigt sich in meinem Licht.«

Lena nickte, obwohl sie Alyssas Worte nicht ganz verstand. Die Strahlenkönigin wandte sich zum Gehen. Aber Lena hatte noch etwas auf dem Herzen. »Die Tore zwischen den Welten ...«

»Zur rechten Zeit werden sie sich öffnen.« Alyssa lächelte ihr noch einmal zu, dann löste sich ihre Gestalt auf.

Einen Augenblick lang blieben alle noch reglos stehen. Danach wandten sie sich einer nach dem anderen um und verneigten sich noch einmal ehrerbietig vor Gustav, dessen Seele in dem goldenen Baum ein neues Zuhause gefunden hatte. Noch erfüllt von den Wundern, die sie eben erlebt hatten, gingen sie kurz darauf in den Turm.

RAUM DER MAGISCHEN WIRKLICHKEIT

Lena lief gemeinsam mit den anderen auf das hohe Gebäude zu, das ihr so vertraut und doch auch wiederum so neu erschien. Unterwegs hörte sie Finley in der altbekannten Weise mit den Fingern schnipsen. Gleich darauf drangen aus der offenen Eingangstür schnelle bürstende Geräusche und leises Klirren heraus, als ob jemand fegen würde. Sie grinste.

Finley sah sie an und stöhnte. »Ich will schließlich meine Füße nicht auch noch mit den zurückgelassenen Scherben spicken.«

Er tappte auf den Fersen vorwärts, mit schmerzverzerrtem Gesicht und schaffte es gerade noch mit Caras Hilfe auf den Stuhl vor der Eingangstür. Cara sauste hinein, um Verbandszeug und Salbe zu holen. Briann blieb mit Lena und Niven bei ihm stehen.

»Wenn Lenas Haare ihre alte Länge haben, sind deine Füße auch wieder heil«, frotzelte er.

»So lange halte ich diese Schmerzen nicht aus.«

»Ich könnte dich in einen von uns verwandeln. Dann wären sie im Nu weg ... und fliegen könntest du dann auch.«

»Danke, aber ich fürchte, ich bin dann doch eher zum Märtyrer geboren«, erwiderte Finley.

Briann klopfte ihm lachend auf die Schulter. »Das wird schon, mein Freund.« Als er zu den anderen hineingehen wollte, stieß er mit Cara zusammen, die atemlos mit dem Verbandszeug wiederkam. »Ah, das mutige Pantherweibchen!« Er grinste und gab galant den Weg frei.

Während Cara nun geschickt die Füße ihres Finley verarztete, mussten Lena und Niven ihr über Briann Rede und Antwort stehen. Der Vampir war Cara suspekt. Doch sie beruhigte sich, als keiner etwas über ihn kommen ließ, genauso wenig wie über die anderen vier Vampire. Als sie zusammen in die Küche traten, ging auch sie ganz unbefangen mit ihnen um. Cara geriet jetzt so richtig in ihr Element und übernahm unauffällig die Regie. Sie schnipste in rascher Folge mit den Fingern. Töpfe klapperten, Körner raschelten, Wasser floss und der Herd entfachte sein Feuer. Bald zog der köstliche Duft von Getreidebrei und süßen Beeren durch den Raum. Die Tür des Küchenschranks klappte auf, und eine Flasche voll falschem Schnaps flog mitsamt Gläsern auf den Tisch. Eine Karaffe mit frischer Limonade folgte. Weingläser füllten sich mit Wasser und färbten sich kurz darauf tiefrot. Cara reichte sie den Vampiren.

»Ich hoffe, das ist euch recht.«

Die Vampire betrachteten die Gläser, schnupperten am Inhalt und nippten vorsichtig. Es war richtiges, echtes, frisches Blut. Vollkommen verdutzt schauten sie Cara an.

Luczin sprach es aus. »Hirschblut. Wie hast du das gemacht?«

»Wie alle meines Volkes, beherrsche auch ich die hohe Magie. Ich bin immerhin eine Sidda«, sagte Cara stolz. Dann sah sie, dass Lena noch in ihrem Reiseumhang am Tisch saß, und stupste sie an. »Das türkisfarbene Kleid würde dir jetzt gut stehen.«

»Zieh doch einfach nur den Umhang aus«, widersprach Niven. Doch Lena schüttelte den Kopf und schob diskret den Überschlag ein wenig auseinander, sodass ihre nackten Schenkel zu sehen waren. Er stutzte. »Oh, das ist ein Argument.«

Lena stand auf, um nach oben in ihr Zimmer zu gehen.

Finley rief ihr ungeniert hinterher. »Lena, wehe du schmeißt das Kleid weg. Das will ich als Andenken an diesen fürchterlichen Weg der Dornen. Das kommt ins Museum der Burg hinter uns, und zwar genauso, wie du es jetzt ausziehst.«

»Kein Problem«, erwiderte sie fröhlich.

Lena ging nach oben. Noch auf der Treppe hörte sie Finley erzählen, wie ihr Kleid immer kürzer wurde, weil sie Stoff brauchten, um seine Füße zu bandagieren.

Cara ging nach draußen und deckte den Tisch neben dem Turmeingang. Den Vampiren wies sie die Plätze zu, die mehr im Schatten lagen. Die Männer setzten sich. Als Lena zu ihnen herauskam, leuchteten Nivens Augen bei ihrem Anblick bewundernd auf. Er und Luczin sprangen fast gleichzeitig auf, um ihr den Stuhl anzubieten, auf dem sie zwischen ihnen sitzen sollte. Cara verschwand noch einmal, um mit einer dampfenden Schüssel wiederzukommen, die sie neben Reik abstellte. Sofort wurde den Vampiren klar, warum sie im Freien tafelten.

»Hölle, ein Keller voll Knoblauch ist eine Wohltat im Vergleich dazu«, brummte Thure.

Vico verzog das Gesicht. »Dein Blut muss ja völlig verätzt sein von dem stinkenden Zeug.«

»Haben doch gesagt, dass wir euch zu einer Portion Brennnesseljauchensoße einladen. Hm, riecht das köstlich«, schwärmte Reik mit glücklich strahlendem Gesicht und schaufelte sich die Brühe auf den Teller mit Getreidebrei. Dann krabbelte er jedoch unvermittelt von seinem Stuhl.

»Was ist?«, fragte Vico.

»Gustav«, erwiderte Reik bekümmert. »Essen kann er es nicht mehr, aber vielleicht macht ihn ja der Duft auch glücklich.«

Vico begriff, reichte ihm die Schüssel mit der übel riechenden Soße und begab sich mit ihm zu der goldenen Eiche, die nun den Geist von Gustav beherbergte. Die anderen beobachteten, wie sie dem Rauschen der Blätter lauschten und dann von der Soße unter die Erde an den Wurzeln mengten. Als Reik und Vico an den Tisch zurückkamen, wirkten ihre Gesichter sehr zufrieden. »Gustav genießt den Duft über die Wurzeln«, erklärte Reik und krabbelte auf seinen Platz zurück.

Ein wenig Gier bei diesem so lange vermissten Mahl konnte man Reik nicht absprechen. Nach einer Weile lehnte er sich satt und zufrieden in seinem Stuhl zurück. Er rieb sich den Bauch, der sich nun wie eine Kugel wölbte.

Vico, der wie die anderen Vampire außer dem Hirschblut keine Nahrung zu sich nahm, stupste ihn wenig später an. »Guck mal hinter dich. Deine Rückkehr ist schon entdeckt worden. Sie trauen sich nicht her, wegen mir«, grinste er.

Tatsächlich tummelten sich im Unterholz der Rodung viele Alraunen. Reik stieß einen Freudenschrei aus und rannte zu ihnen hin. Mit Händen und Füßen beantwortete er ihre vielen Fragen. Es sah aus, als ob er tanzte. Doch als er seine Leute einlud, seine Freunde zu begrüßen, lehnten die Alraunen wegen der Vampire ängstlich ab. Also stapfte er nach einiger Zeit allein an den Tisch zurück.

»Morgen früh gehe ich nach Hause und dann wird gefeiert, wie es sich für Alraunen gehört«, sagte er, ohne weiter auf die Zurückhaltung seines Volkes einzugehen.

Gegen Abend begaben sich alle wieder hinein in den Turm und tauschten bis spät in die Nacht ihre Erlebnisse aus. Finley, Cara und Lena hatten am meisten zu erzählen und so manches Mal packte sie wieder das Grauen über das, was ihnen widerfahren war. Auch Niven musste genauestens berichten. Wieso Tahereh aufgewacht war und ihre Flucht entdeckt hatte, war ihm ein vollkommenes Rätsel. Meister Kieran erklärte es damit, dass die Kräfte der Königinnen wohl jedes Maß überstiegen.

»Jedenfalls ist es nur Lena zu verdanken, dass wir jetzt hier sind und die Strahlenkönigin frei ist. Sie hat so mutig und klug zu Tahereh gesprochen, dass ihre Worte sie am Ende berührt haben«, sagte Niven und zog Lena an sich.

Früh am nächsten Morgen ging es ans Verabschieden. Sie schieden als gute Freunde, und niemand dachte mehr daran, dass sie zu Beginn der Reise eher noch eine Notgemeinschaft gebildet hatten. Reik fiel vor allem die Trennung von Vico sehr schwer. In Erinnerung an ihr gemeinsames Leid in den Klagsümpfen nannte er ihn seinen Schlangenbruder und bestand auf einem baldigen Wiedersehen. Erst als Vico ihm das versprach, ging er aufrecht und stolz zu den Seinen, die ihn in einiger Entfernung bereits erwarteten.

Gleich danach machte sich Alrik auf ins Korria-Dorf und versprach, Dorith auf Lenas Besuch vorzubereiten.

Auch der Feenkrieger Mihai wollte zu seinem Volk, den Sidda, zurück, um zu berichten. Niven sollte später nachkommen. »Sie werden platzen vor Stolz, weil du einer von uns bist. Ein Fata, geboren von einer Sidda«, sagte Mihai und umarmte Niven dabei immer wieder. »Ich werde dir ein schönes Zimmer richten, damit du dich wohl fühlst, wenn du bei mir einziehst.«

Die Vampire zog es zurück nach Dracopatria, wo sie auch schon erwartet wurden. Der Abschied fiel auch ihnen schwer.

»Der Turm steht euch immer offen und ich hoffe wirklich sehr, dass ihr uns oft besucht«, sagte Kieran herzlich.

»Wir versprechen, dass wir euch nicht aus den Augen verlieren.« Briann lächelte. »Außerdem brennt Finley sicher darauf, mit mir einmal über diese herrlichen Wälder hier zu fliegen, nicht wahr?«

»Sicher, sobald das Brennen in meinen Füßen nachgelassen hat.« Finley grinste erfreut.

An herzlichen Worten beim Abschied mangelte es nicht. Lena legte Luczin zum Schluss die Arme um den Hals und küsste ihn auf die Wange. Er zog sie an sich und sie fühlte sich gut dabei. Da war keine Unruhe mehr, kein Zittern. Sie empfand nur tiefe Zuneigung zu ihm. Die Dinge zwischen ihnen waren geklärt und das Band ihrer Freundschaft konnte ewig halten. Auch von Niven wurde Luczin umarmt und ohne Worte verstanden sich die beiden Männer und tauschten sich aus. Als sie sich voneinander lösten, blieb Luczins Hand auf Nivens Schulter liegen. Sein Blick streichelte noch einmal über Lenas Gestalt.

»Behandle sie gut, mein Freund. Du weißt, mir bleibt nichts verborgen und ich müsste sonst eingreifen«, sagte er leise.

»Sie ist der leuchtende Stern meines Lebens«, erwiderte Niven und nahm Lena in den Arm.

Meister Kieran, Finley, Cara, Niven und Lena begleiteten die Scheidenden noch nach draußen. Sie gingen noch einmal hinüber zu der goldenen Eiche, um sich von Gustav zu verabschieden. Dann packte Briann den überraschten Mihai um die Taille.

»Heute darfst du mit mir fliegen. Wir setzen dich in deinem Dorf ab«, sagte er und erhob sich mit seinen Gefährten gleich darauf in die Lüfte.

Der erschrockene Schrei des Feenkriegers ließ Finley grinsen. Nur zu gut erinnerte er sich an seinen eigenen Flug mit Briann. Wie die anderen blickte auch er ihnen nach, bis sie über den Bäumen verschwunden waren.

Meister Kieran und Cara stützen den humpelnden Finley und gingen mit ihm zurück in den Turm. Lena blieb nachdenklich draußen stehen.

»Was hast du?«, fragte Niven.

Sie schob ihn ein wenig von sich weg und nestelte an dem Beutel, den sie an einer Schlaufe in Taillenhöhe am Kleid befestigt hatte. »Ich habe eine Idee.«

Lena zog Niven an der Hand zurück in den Turm. Sie lief eilig zu Cara, die mit ihrem Liebsten bereits am Küchentisch saß. »Cara, ich möchte dir diesen Wunschring schenken«, sagte sie atemlos. Sie hielt der jungen Fee einen der silbernen Fingerringe entgegen, die Finley ihr in den ersten Tagen hier gekauft hatte.

Meister Kieran schlug sich mit der flachen Hand an die Stirn, weil in der ganzen Aufregung um Rückkehr und Abschied noch niemand auf diese so naheliegende Idee gekommen war. Cara begriff nun auch sofort, und ihr ganzes Gesicht strahlte auf. Finley, um den es dabei eigentlich ging, blieb der Sinn des Ganzen allerdings noch verborgen. Er flachste nur, dass Cara jetzt ohne Probleme ihren Kleiderschrank zum Platzen bringen könne.

Cara gab ihm einen Klaps auf den Hinterkopf und streifte den Ring über ihren Finger. »Ich wünsche mir, dass Finleys verbrannte Füße augenblicklich vollkommen heil sind, genauso wie die anderen Wunden seines Körpers.« Cara drehte den Wunschring dreimal.

»Mann, dass ich mir das wünschen könnte, hätte ich vermutlich nicht einmal begriffen, wenn du den Ring mir geschenkt hättest.« Finley schaute zu Lena und Cara, dann auf seine Füße, von denen sich auf magische Weise die Verbände lösten.

»Typisch, der große Zauberer sieht das Naheliegende nicht«, sagte Cara.

»Genau. Deshalb hat Cara den Ring bekommen«, bestätigte Lena.

Die Haut an Finleys Füßen pulsierte. Die Wunden und Rötungen verschwanden. Kurze Zeit später konnte er wieder ohne Schmerzen auftreten. Wie ein übermütiges Füllen sprang er durch die Küche, herzte und küsste abwechselnd Cara und Lena. Er wirbelte Niven im Kreis herum und hätte auch vor Meister Kieran nicht haltgemacht, wenn dieser ihm nicht abwehrend die Hände entgegengestreckt hätte.

»Schade, dass Briann schon weg ist. Der hätte mich bestimmt jetzt gleich noch auf einen Rundflug mitgenommen«, sagte Finley bedauernd, als er sich völlig außer Atem wieder hinsetzte.

Am nächsten Vormittag begaben sie sich hinunter ins Korria-Dorf. Sie wurden schon erwartet. Die Feen zeigten deutlich, wie stolz sie waren, dass Lena, die Fata, mit ihrem Dorf verbunden war. Dorith herzte sie ein übers andere Mal und verwöhnte Lena, wo es ging.

Nachmittags gingen sie zurück zum Turm und dann erlebten sie eine neue Überraschung. Die Erde bebte. Das kahle Waldstück, in dem die Alraunen lebten, hüllte sich in leuchtenden Nebel. Nach kurzer Zeit verzog er sich wieder und zwischen den Baumstümpfen mit den Behausungen der Alraunen ragten nun mächtige Eichen in den Himmel. Sie bildeten einen dichten, kraftvollen Wald.

»Sie sind wieder da. Endlich! Alyssa hat die Eichen aus den Nebeln befreit.« Kierans Gesicht spiegelte eine dankbare Freude.

Zwei Tage danach geschah das, worauf alle seit ihrer Rückkehr warteten. Lena saß mit Niven, Cara, Finley und Meister Kieran in der Küche des Turms. Sie diskutierten über das Gemälde, das in Dracopatria für das Museum der Strahlenkönigin entstehen sollte. Thure hatte das am ersten Abend im Turm vorgeschlagen. Es sollte Stationen ihrer Reise zeigen und auch die Erinnerung an Wighard wach halten. Plötzlich spürte Lena wieder ein Beben unter ihren Füßen. Anders als bei den holprigen Erschütterungen vor zwei Tagen fühlte es sich diesmal eher schaukelnd an. Sie schaute die anderen an. Meister Kieran sprang von seinem Stuhl auf.

»Alyssa öffnet die Weltentore«, rief er, »kommt!«

Sie liefen hinter ihm her, durch den Wald der Alraunen, bis an den Rand der Wiese. Die kleinen Wesen trieb es genauso aus ihren Behausungen, und sie rannten mit Reik an der Spitze mit ihnen. Aus der Entfernung beobachteten sie den Felsen, durch den Lena damals hierher gekommen war. Licht wogte um den Berg und ließ den Wasserfall davor glitzern und funkeln.

»Sie ist sicher schon im Raum der magischen Wirklichkeit«, sagte Kieran, »wartet nur ab …«

Lena konnte mit dem Begriff nichts anfangen. Kieran erklärte ihr, dass es tief unter dem Berg eine Höhle gab, mit einem grün schimmernden See, einem vereisten Wasserfall und gegenüber vier geheimnisvollen Toren in der Felswand. Er richtete seine Hände auf den Felsen. Licht strömte aus seinen Handflächen hervor. Der graue Stein wurde durchsichtig wie eine gläserne Wand. Lena sah die Gestalt der Strahlenkönigin Alyssa. Sie schimmerte durch den vereisten Wasserfall. Sie erkannte, wie Alyssa ihre Arme mit geöffneten Handflächen nach vorne richtete und nacheinander die drei gegenüberliegenden magischen Tore im Felsen beschwor.

»Tor des Geistes, der alles sieht … Tor der Seele, die alles erinnert … Tor des Lebens, das alles erfüllt … öffnet euch!«

Die Worte der Strahlenkönigin wehten zu Lena herüber wie ein Hauch des Windes. Nacheinander öffneten sich die Tore. Eine große Schar weißer Tauben flog aus dem Ersten, Sterne ergossen sich aus dem zweiten Tor und unzählige Pusteblumen schwebten aus dem Dritten und verharrten unter der Höhlendecke. Alyssa richte ihre Arme nun auf das letzte versteinerte Tor halb links im Felsen.

»Tor der Zeit, öffne nun du dich und entlasse die Dreiheit in die verbundenen Welten«, klang Alyssas flüsternde Stimme.

Der durchsichtige Fels verdichte sich wieder und wurde zu grauem Stein. Doch über dem Berg flogen plötzlich Tauben auf, Sterne stiegen wie ein funkelnder Lichtteppich zum Himmel und die Pusteblumen tanzten mit einem warmen Wind hinterher. Lena hätte nicht zu sagen vermocht, wo sie den Weg aus dem Fels ins Freie gefunden hatten. Sie waren überall. Die Luft vibrierte vom Flügelschlag der Tauben, die nun zahllos über sie hinwegflogen. Der blaue Himmel funkelte und die weißen Schirmchen der Pusteblumen fielen langsam zur Erde. Lenas Kopf und ihre Schultern waren bald davon bedeckt, genauso wie bei der jubelnde Menge um sie herum.

Kieran klatschte in die Hände. »Die Weltentore sind wieder für alle offen. Die Unseren können aus der Welt der Menschen zurück, wenn sie wollen, und wir können jetzt hier bleiben oder zu den Menschen gehen. Ganz wie es uns gefällt.«

»Dann ist wohl auch für mich der Zeitpunkt gekommen, Abschied zu nehmen.« Lena sah Niven an. Es fiel ihr jetzt schon schwer, von ihm und den anderen wegzugehen.

»Du weißt die Worte. Du kannst jederzeit hierher zurückkommen«, sagte Kieran lächelnd.

»Ich kriege bestimmt für den Rest meines Lebens Hausarrest. Mein Vater weiß ja nicht einmal, dass ich hier bin.«

Kieran sah sie aufmunternd an. »Als du zu uns kamst … habe ich dir da nicht gesagt, dass die Zeit hier anders läuft?«

Lena verstand nicht, was er meinte. Er erklärte es. »Du bist jetzt fast drei Monde hier, aber in der Welt der Menschen sind höchstens ein paar Augenblicke vergangen. So ist es immer, wenn jemand über die Grenze geht. Er nimmt die Zeit seiner Welt mit hierher. Niemand in der Welt der Menschen merkt es, weil das *Gefühl* der Zeit alles ausgleicht. Es ist ein Phänomen.«

Das Phänomen, von dem Meister Kieran sprach, war Lena zu kompliziert, als dass sie darüber nachdenken wollte. Für sie war nur wichtig, dass sie gar nicht so lange von zuhause weg war, wie sie dachte. Mit ein wenig Glück würde Lena noch nicht einmal zu spät zum Abendessen kommen und – sie konnte auf jeden Fall noch bis morgen hier bleiben.

ABSCHIED

Zum letzten Mal aß Lena an dem großen Tisch vor dem Turm den wundervollen Getreidebrei mit Caras göttlicher Beerensoße. Der Gestank der Brennnesseljauchensoße, die Reik neben ihr verspeiste, machte ihr fast nichts aus. Er war gekommen, sie zu verabschieden.

Cara hatte Lena gestern Abend noch einen Wunschring geschenkt und ihr bedeutungsvoll über das Haar gestrichen. Lena hatte den Wink verstanden und sich gewünscht, dass sie wieder so aussah, wie zu der Zeit, als sie gekommen war. Jetzt hatte sie wieder ihre Locken. Es gab ihr ein gutes Gefühl, obwohl es sie auch an den Spott ihrer Klassenkameraden erinnerte. Aber Lena war eine andere geworden in der Zwischenzeit. Gedankenlose Äußerungen würden sie nicht mehr so schnell verletzten können. Lena wusste jetzt, wer sie war: eine Fata – halb Fee, halb Mensch. Dieses Wissen gab ihr Frieden. Hier in Antiquerra hatte sie zudem Freunde gefunden. Echte Freunde, so wie sie es sich immer gewünscht hatte. Das machte Lena glücklich.

Sie hatte ihr altes rotes Kleid wieder angezogen. Der magische, goldene Gürtel mit den Schlangenköniginnen auf der Schließe schmiegte sich um ihre Taille. Das türkisfarbene Feenkleid hing in ihrem Zimmer oben im Turm, zusammen mit dem Umhang und einem neuen weißen Kleid, das Finley ihr geschenkt hatte. Das Zimmer gehörte nun ihr, hatte Kieran gesagt, und er wünschte sich, dass Lena bald wieder hierher kommen würde. Das hatte sie fest vor.

Als der Tisch abgeräumt war, ging Lena hinüber zu dem goldenen Baum, um sich von Gustav zu verabschieden. Sie hörte seine Stimme flüstern, und eine Träne quoll ihr aus dem

Auge. Der Baum schüttelte sich ein wenig und bestreute sie mit seinen Blättern. Es fühlte sich an wie eine Umarmung.

Dann erlebte Lena eine Überraschung. Sie hörte hinter sich ein Geräusch und drehte sich um.

»Luczin!« Lena fiel ihm um den Hals.

Er drückte sie an sich, nahm dann ihre Arme herunter und hielt sie ein wenig von sich ab. »Die Vögelchen haben mir gezwitschert, dass du heute unser schönes Antiquerra verlässt und nach Hause gehst. Das wollte ich nicht verpassen, denn ich will doch wissen, wo du lebst.«

Lena ging mit ihm hinüber zum Turm, wo Niven, Finley, Cara und Reik warteten. Meister Kieran stand bei ihnen und trug ein Säckchen in der Hand.

Er drückte es Lena in die Hand. »Vorrat für deinen Papilio-Wurfzauber. Wir müssen doch alle in Verbindung bleiben.«

Lena schaute ihn überrascht an. »Funktioniert meine Magie denn auch in der Welt der Menschen?«

»Gelernt ist gelernt. Sie funktioniert überall.«

Meister Kieran umarmte sie. Dann atmete er tief durch. Er richtete sich gerade auf und entbot Lena den Feengruß, indem er zwei Finger an die Stirn legte und sich dann vor ihr verbeugte. Lena erwiderte den Gruß. Ihr Herz wurde unvermittelt vom Abschiedsschmerz erfasst.

»Gehen wir, bevor ich in Tränen ausbreche«, sagte Cara.

»Ja, es fehlt nicht viel«, erwiderte Lena und blinzelte.

Niven legte seinen Arm um ihre Taille und zog sie an sich. »Lena, du Licht meiner Seele«, flüsterte er ihr ins Ohr, und dann grinste er. »Mach dich auf eine Invasion von Schmetterlingen gefasst.«

Arm in Arm ging Lena mit Niven durch den Eichenwald, begleitet von Luczin, Finley, Cara und Reik. Sie winkte Kieran noch einmal zu. Die Alraunen krabbelten aus ihren Behausungen hervor und umringten sie. Die kleinen Wesen folgten ihnen bis an den Rand der Wiese. Dort verabschiedete sich Lena von den Alraunen. Viele kleine Hände berührten sie und zupften an ihrem Rock. Von überall her hörte Lena die Alraunen mit knirschenden Stimmen Abschiedsworte rufen.

Sie ging in die Hocke und umarmte Reik. In seinem runzligen Rübengesicht arbeitete es und eine Träne tropfte auf ihren Rock. »Fata … Lena … Bleib nicht zu lange weg.«

Er schnaufte einmal heftig auf und richtete sich gerade. Mit ernstem Gesicht verneigte er sich vor ihr und führte zwei Finger an die Stirn zum Feengruß. Dann ging er mit seinen Gefährten in den Wald zurück.

Während Lena mit Niven, Luczin, Finley und Cara über die Wiese ging, blickte sie immer wieder zurück, solange bis die Alraunen nicht mehr zu sehen waren.

Vor dem Felsen holte Lena tief Luft und berührte den Stein. »Terra Antiquerra!«

Nichts geschah. Finley fing an zu lachen. »Ich wusste ja, dass du bei uns bleiben willst.«

Auch die anderen grinsten.

Lena schaute bestürzt, doch dann kam ihr eine Erinnerung. »Als ich hierher kam und zurück wollte … Kieran hat dich abgehalten, mir die richtigen Worte zu nennen. Das stimmt doch? Weil er Angst hatte, dass ich wieder verschwinde.«

Finley nickte. »Ich glaube, er war heilfroh, dass du nur die Worte kanntest, die dich von der Welt der Menschen hierher bringen.«

»Und wie lautet der magische Befehl, der mich zurückbringt? Fin, ich würde sehr gerne hier bleiben, aber es geht nicht.«

»Keine Panik, Lena«, Finley tätschelte ihren Arm. »Du musst es einfach nur umgekehrt sprechen.«

Lena schlug sich mit der Hand an die Stirn. »Darauf hätte ich auch selbst kommen können.« Noch einmal holte sie tief Luft und berührte den Fels. »Antiquerra Terra!«

Die Freunde fassten sich eilig an den Händen. Wind zog auf, Licht flimmerte um sie herum, und dann wurden alle in einem magischen Wirbel davongetragen. Als die Sicht wieder klar wurde, standen sie auf der Wiese im Stadtpark von Lenas Heimatort, und ihre Hand lag auf der Rinde des mächtigen Eichenstammes. Die Sonne schien durch die Blätter auf Lena herunter. Sie stand noch fast an der gleichen Stelle am Himmel, wie zu der Zeit, als sie von hier weggetragen wurde. Von der nahen Hauptstraße drang der Lärm des Feierabendverkehrs herüber. Cara klammerte sich an Finley.

»Das sind vorbeifahrende Autos, was ihr hört. Ist was ganz Normales bei uns«, sagte Lena.

»Es stinkt.« Cara rümpfte die Nase.

»Ja.«

Cara entspannte sich wieder und schaute sich um. »Der Park hier ist nicht übel. Der große See da vorne gefällt mir, mit den Seerosen … und die zwei weißen Schwäne. Sie schauen zu uns herüber. Ich glaube, sie wissen wo wir herkommen. Aber der Lärm ringsum ist schlimm, man hört kaum die Vögel.«

»Lena ist das gewohnt«, sagte Finley und schaute sie an. »Wir begleiten dich bis nach Hause.«

»Ich zeige euch unterwegs die wichtigsten Plätze. Falls ihr mich mal besuchen oder auch abholen wollt …« Lena deutete den Parkweg entlang, und sie setzten sich in Bewegung.

Niven drückte Lena an sich. »Das werden wir sicher.«

Luczin, der an Lenas rechter Seite ging, grinste sie an. »Worauf du dich verlassen kannst. Was hast du eigentlich vor in der nächsten Zeit?«

Lena blieb stehen, seufzte und wölbte die Unterlippe vor. »Ich muss wieder in die Schule.«

»Das scheint dir nicht so zu gefallen.«

Sie sah ihn an. »Die Schule schon. Nur habe ich hier keine Freunde, ist wohl wegen meines Feenerbes …«

»Du hast uns.« Er beugte sich an ihr Ohr. »Kein Vergessen … so willst du es, und ich auch.«

Lena gab ihm einen Kuss auf die Wange. »Ich vermisse euch jetzt schon.«

Sie gingen weiter.

Lena schmiegte sich an Niven und streckte Luczin die Hand hin. Hinter ihr liefen Finley und Cara Arm in Arm. Ein Stück voraus hörte Lena plötzlich lärmende Stimmen. Sie erkannte sie. Das konnte heiter werden!

Bald darauf bog ihre Klassenkameradin Emily mit Nina und den drei Jungs Beno, Max und Torben um die Ecke. Sie liefen auf dem Parkweg in ihre Richtung. Ihre Haare glänzten nass, und sie rempelten sich gegenseitig mit ihren Badetaschen an. Dann sahen sie Lena.

»He, das ist doch unser vampirgesichtiger Rauschgoldengel?«, rief Beno und streckte den Arm in ihre Richtung. »Na, wieder in der Gruft gewesen?« Die ganze Gruppe lachte.

»Was sind das denn für ungehobelte Gestalten?« Nivens Gesicht verfinsterte sich. Er nahm Lena fester in den Arm.

Lena sah, wie Luczins Blick eiskalt wurde und sich auf den Sprecher heftete.

»Nicht«, sagte sie schnell und drückte seine Hand. »Die fünf gehen mit mir in eine Klasse. Beachte sie gar nicht.«

»Uh«, rief Max spöttisch. »Wie seid ihr denn angezogen? Ist Fasching nicht längst vorbei?« Er stand vor ihnen und deutete auf Caras Feenkleid und die Umhänge von Niven, Luczin und Finley. »Das ist ja grottig.«

Cara schob sich auf ihn zu, fixierte ihn mit ihrem Blick und kraulte sein Kinn. Plötzlich veränderte sich ihr Gesicht und Lena hörte das Fauchen eines Panthers. Max tat erschrocken einen Satz rückwärts, doch Caras Gesicht zeigte bereits wieder den üblichen Liebreiz. Luczin zog zur selben Zeit Beno und Torben mit seinem Blick zu sich heran und ließ seine Vampirzähne blitzen. Die Augen der beiden Jungs weiteten sich.

»Nicht«, sagte Lena wieder und Luczin ließ los.

Lena betrachtete Emily und deren Freunde der Reihe nach. Sie sahen verwirrt aus. Fast taten sie ihr jetzt leid.

Ihre Schultern strafften sich. »Es wäre besser, ihr lasst uns durch!«

Die fünf traten beiseite und gingen an ihr vorbei. Lena dachte daran, dass sie ihre Klassenkameraden morgen in der Schule wiedersehen würde. Sie schaute ihnen nach. Schweigend und ungewöhnlich schnell gingen sie ihres Wegs. Vielleicht war morgen alles schon wieder vergessen. Vielleicht würden sie Lena wieder ärgern. Es war egal. Sie hatte Freunde. Gute Freunde. Mehr als sie zählen konnte, und es brauchte nur zwei Worte, um bei ihnen zu sein: Terra Antiquerra.

DIE AUTORIN

Angela Mackert

Die Autorin Angela Mackert, geboren im Jahr 1952 in Karlsruhe, lebt und arbeitet in Ettlingen. Nach einer Karriere als Geschäftsführerin eines Einzelhandelsbetriebs erfüllte sie sich einen ihrer Lebensträume und gründete eine eigene Schule für Astrologie und Tarot. Die Expertin für Esoterik veröffentlicht gefragte Fachbücher. Daneben gilt ihre Liebe der belletristischen Literatur. Ihre Geschichten und Fantasy-Romane sind oft von einem mystischen und geheimnisvollen Flair durchzogen.

Mehr über die Autorin unter: www.angela-mackert.de

Geheimisvolles und Interessantes über die Fantasy-Reihe "Antiquerra-Saga" finden Sie unter:
www.erlebe-magie-und-abenteuer.de

Angela Mackert
Feenschwur
Antiquerra-Saga (2)

Paperback, 200 Seiten
ISBN 978-3-7392-2092-5
Auch als eBook erhältlich

Viele Jahrzehnte sind vergangen, seit die Fata Lena aus dem Reich der Schatten zurückgekehrt ist, und ihr Schicksal liegt seither im Dunklen. Viele Feen aus Antiquerra leben nun in der fast zerstörten Welt der Menschen. Sie haben jedoch ihre Erinnerung und ihre magischen Kräfte verloren, müssen wie alle um ihr tägliches Brot kämpfen. Auch Rosa und Alena wissen nicht mehr, woher sie stammen. Doch eines Tages leuchtet in einer Eiche ein magisches Licht auf. Ist das die Wende? Es scheint einiges darauf hinzudeuten, doch als Rosa sich endlich wieder erinnert, fangen die Probleme erst richtig an.

Leseprobe: **Kapitel 1** — *Tochter des Lichts ...*

Meister Kieran trat durch die offene Tür seines Turms hinaus ins Freie. Nach ein paar Schritten blieb er stehen, die Hände um seinen Stab geklammert. Nie in seinem Leben hatte sich der Lichtmagier so leer gefühlt wie heute, nicht einmal damals, als er mit der Fata Lena und den Getreuen durch die Klagsümpfe gewandert war. Kierans Blick schweifte hinüber zum Waldrand und blieb an der Eiche hängen, deren Blätter im aufgehenden Licht der Sonne golden aufstrahlten. »Gustav«, flüsterte er, »ich bin zu alt und müde.«

Ein Windstoß wehte ein Eichenblatt zu ihm herüber. Kieran fing es auf. Wie pures Gold glänzte es in seiner Hand, und es erinnerte ihn an die Strahlenkönigin, deren flammenden Lichtkristall er in der Burg hinter seinem Turm hütete. Kieran seufzte schwer auf, als er an sie dachte. Er liebte die Strahlenkönigin Alyssa so sehr wie er ihre Schwester, die Schattenkönigin Tahereh, fürchtete. Dabei verstand er sie beide nicht, jetzt weniger denn je. Und er fühlte sich so schuldig, dass er sich am liebsten verkrochen hätte.

Wie so oft in den letzten Tagen schweiften Kierans Gedanken wieder in die Zeit vor mehr als einem Jahrzehnt, als er die Feen und

Magier mit feurigen Worten aufrief, in die Welt der Menschen zu gehen und deren Evakuierung nach Antiquerra vorzubereiten. Damals glaubte er, der Fata, die einst so viel auf sich nahm, um die Strahlenkönigin aus der Gewalt ihrer Schwester zu befreien, damit Ehre zu erweisen. Doch in Wahrheit tat er es wegen dem Geheimnis, das ihn mit ihr verband und das ihn fast erdrückte, weil er es nicht preisgeben durfte.

Kieran ließ das goldene Eichenblatt aus seinen Händen gleiten und setzte sich an den grob gezimmerten Tisch neben dem Eingang des Turms. Stöhnend barg er sein Gesicht in den Händen. Nach seinem Aufruf zur Rettung der Menschen hatte er mit allem gerechnet, aber nicht mit Alyssas heißem Zorn. Sie, die er immer als die Gütige betrachtet hatte, stieg aus ihrem Wolkenschloss zu ihm herunter und wies auf die brennenden Schwerter ihrer Lichtkrieger. Die Menschen hätten sie entzündet, schrie sie, durch ihren rücksichtslosen Umgang mit der Erde, die sie trug. Mit Gift hätten sie diese getränkt, um ihr den Atem zu nehmen; ihre Geschöpfe manipuliert; ihren Boden mit nicht enden wollenden Kriegen überzogen und sie so ihrer Seele beraubt. Mit Tränen in den Augen sprach Alyssa davon, wie die Menschen tief in den Eingeweiden ihrer Erde gebohrt hätten, solange bis es ihr den Lebenssaft entzog, sodass jetzt von dem einst fruchtbaren Planeten kaum mehr als eine Hülle übrig blieb. Nie würde sie zulassen, dass die Menschen dasselbe der alten Erde Antiquerras antaten. Alyssa befahl ihm, seine Feen und Magier zurückzurufen und die Menschheit ihrem Schicksal zu überlassen. Alles was Kieran ihr daraufhin entgegen hielt, konnte sie nicht erweichen, weder sein Hinweis auf die Unschuld derjenigen, die das Erbe ihrer Väter ausbaden sollten, noch sein Versprechen, nur diejenigen zu retten, die Demut im Herzen trugen. Auch mit seinem leidenschaftlichen Appell an ihrer aller Pflicht, das Leben — auch das menschliche — zu bewahren, richtete er nichts aus. »Wer sonst, wenn nicht wir?«, flehte er, doch sie lächelte nur.

»Jedes Leben, das ich nähre, führt in meiner Schwester Schoß, wusstest du das nicht?«

In den Tagen und Wochen danach konnte sich Kieran nicht entschließen, ihren Willen zu erfüllen. Stattdessen hoffte er darauf, dass die Strahlenkönigin ihre Meinung noch ändern würde. Doch dann verschlossen sich die Weltentore, und er wusste ....